TARA SIVEC

Traduzido por Mariel Westphal

1ª Edição

2019

Direção Editorial:
Roberta Teixeira
Gerente Editorial:
Anastacia Cabo
Tradução:
Mariel Westphal
Arte de Capa:
Dri KK Design
Revisão:
Fernanda C. F de Jesus
Diagramação:
Carol Dias

CIP-BRASIL. CATALOGAÇÃO NA PUBLICAÇÃO
SINDICATO NACIONAL DOS EDITORES DE LIVROS, RJ
LEANDRA FELIX DA CRUZ - BIBLIOTECÁRIA - CRB-7/6135

S637n

Sivec, Tara

No badalar da meia-noite / Tara Sivec ; [tradução Mariel Westphal]. - 1. ed. - Rio de Janeiro : The Gift Box, 2019.

Tradução de: At stroke at midnight
ISBN 978-85-52923-50-3
1. Romance americano. I. Westphal, Mariel. II. Título.

19-54905

CDD: 813
CDU: 82-31(73)

Fechando os olhos, respiro algumas vezes para me acalmar, enquanto me coloco atrás da cortina de veludo preto, na luz difusa dos bastidores. Uma música erótica que eu não conheço toca no sistema de som do clube, do outro lado da cortina, o grave da música vibrando pelo meu corpo.

— Você consegue fazer isso. É exatamente como você tem praticado. Feche os olhos e finja que você está apenas dançando no seu quarto — sussurro para mim mesma.

— Você normalmente tem quase cem estranhos no seu quarto assistindo você tirar suas roupas, enquanto dança ao som de uma música horrível dos anos oitenta?

Minha conversinha motivacional é interrompida e abro os olhos para encontrar minha amiga Ariel parada perto de mim nos bastidores. Ainda parecia estranho chamá-la de amiga, considerando que poucos meses atrás eu tinha zero interesse em falar com ela, menos ainda conhecê-la. Mas, ela é uma das razões para eu estar parada aqui neste momento, me preparando para fazer algo que eu nunca tinha imaginado fazer. Claro, é uma maneira estranha de fazer os seus sonhos se tornarem realidade, mas todo mundo tem que começar em algum lugar.

— Segui o seu conselho e escolhi outra música. Mas só para você saber, '*Eternal Flame*', do Eagles, não é uma música horrível dos anos oitenta. '*Is this burning, an eternal flame*'[1] é uma letra bonita e apaixonada — argumento, aumentando a minha voz para que possa ser ouvida por cima de todos os assovios, gritos e aplausos que estão a toda no outro lado da cortina, conforme a mulher que subiu no palco antes de mim termina de se apresentar.

— Se está queimando eternamente, provavelmente é clamídia — Ariel responde.

— É essa a sua ideia de conversa motivacional?

— Você *precisa* de motivação? — Ariel pergunta, com uma expressão confusa.

---

1 Trecho da música 'Eternal Flame' da banda The Eagles. "Está queimando, a chama eterna".

— Vem cá, a gente se conhece?! — eu falo, beirando a histeria. — Você acha que isso é algo de que estou cem por cento confiante neste momento? Estou enjoada. Talvez isso não tenha sido uma boa ideia. Eu não acho que pratiquei o bastante.

Começo a me afastar da cortina quando Ariel se aproxima e segura no meu braço, me impedindo de correr o mais rápido possível daquele palco e para fora desse clube.

— Você ensaiou o suficiente. Finalmente você conseguiu baixar a guarda. — Ela me lembra enquanto passo a mão pelo meu cabelo loiro, ao qual recentemente adicionei luzes de um loiro mais escuro, e que neste momento estava ondulado e balançando ao redor dos meus ombros e costas. — É aqui que o seu futuro começa, querida. Bem aqui. Nesse palco. É aqui que você toma de volta a sua vida e manda um belíssimo '*vá se ferrar*' para aquele idiota do seu ex-marido. E para aquele pedaço de mau caminho que está lá fora com os clientes e que não faz nem ideia do que está para atingi-lo.

Meus olhos começaram a queimar conforme as lágrimas surgiam. Rapidamente pisquei para afastá-las, antes que arruinassem o delineado gatinho perfeito e os cílios postiços que ela tinha colocado em mim no camarim uma hora atrás.

— Essa é a coisa mais querida que você já me disse — digo, fungando.

— Só pense assim: em vez de ter aquela barra gigante na bunda, você a terá na palma da sua mão e estará girando por cerca de quarenta e cinco segundos — ela diz, com um sorriso malicioso.

— E lá vai você arruinar tudo — digo, balançando a cabeça, dando mais uma respirada profunda e me afastando dela para voltar para a cortina.

— Você vai ficar bem. São dois minutos e quarenta e cinco segundos da sua vida. Terminará antes que você perceba. — Ariel me assegura com um tapinha nas costas.

— Preciso dos meus paninhos desinfetantes — murmuro, levando uma mão para minha boca e mordiscando nervosamente uma unha.

Ela bate, afasta a minha mão e revira os olhos.

— Você não precisa de paninhos de limpeza. Aquela barra está limpa. Ou quase. Sabe o quê? Não pense na barra e em todas as vaginas que tocaram naquilo antes de você nesta noite. Pense no quão libertador será. Pense sobre o seu negócio. O *nosso* negócio. Pense sobre ser independente e pagar suas próprias contas e pegar o gostosão lá fora, que provavelmente vai pirar quando vir você entrando no palco — ela diz, levantando uma das sobrancelhas.

— Eu não vou... fazer *isso* com ele — respondo, indignada, mesmo que o pensamento de estar nua em uma cama com aquele homem me faça ficar toda quente e inquieta.

— Pelo amor de Deus, você consegue dizer *transar*. Deus não matará um gatinho se você disser a palavra *transar*. E você, com certeza, vai dar uns pegas naquele homem, como uma lagartixa grudada na parede. Especialmente se ele vir você nesses trajes — Ariel fala, me olhando de cima para baixo. — Bem, nos trajes que você tem por baixo *dessa* coisa.

Paro um segundo para me observar e sorrio. Ele me disse para nunca, nunca mais usar essa fantasia, e estou usando só para irritá-lo. E para ver sua expressão quando eu a tirar. Não sou tão recatada quanto ele pensa. Eu posso mudar. Posso ser sexy e extrovertida, e fazer algo completamente escandaloso e fora da minha zona de conforto.

— Eu consigo fazer isso — afirmo, acenando com a cabeça.

— É claro que você consegue! — Ariel me anima, batendo o ombro contra o meu. — Só não tropece nesses saltos absurdos e caia de cara no chão. Dar vexame no palco não é legal.

Volto meu olhar para Ariel, e ela levanta as duas mãos e começa a se afastar.

— Você consegue. Balance a bunda e faça chover dinheiro! — ela diz, antes de desaparecer em um corredor para se juntar ao público do clube e torcer por mim.

— *Vamos dar uma grande salva de palmas para Tiffany! A seguir, temos um presentinho especial para vocês. Tenham seus dólares prontos, pessoal. Direto do castelo, procurando pelo seu próprio Príncipe Encantado, vem aí a princesa mais gostosa que vocês terão a chance de conhecer! Façam barulho para Cinderela!*

Soltando um longo e lento suspiro, seguro a cortina de veludo e a abro, colocando um sorriso no rosto e ignorando o frio na barriga enquanto subo no palco.

Eu consigo fazer isso.

Eu vou mostrar para todos que é possível para uma dona de casa cuidar de si mesma.

Mesmo que para isso ela tenha que ser uma stripper.

ENCONTRE UM EMPREGO E PAGUE PELA DST

Três meses antes...

Meus dedos correm cegamente pelo colar de pérolas ao redor do meu pescoço, enquanto eu olho pela janela da cozinha para o quintal da frente, pendendo a cabeça para o lado — e mentalmente adiciono '*chamar o jardineiro*' à minha lista de afazeres —, quando vi algumas ervas daninhas aparecerem pelo jardim. Nosso quintal sempre foi o mais bonito e o mais bem cuidado da nossa vizinhança de Fairytale Lane, e nunca teria nem sombra de ervas daninhas. O que os vizinhos pensariam?

Fairytale Lane está localizada em uma área que a maioria das pessoas na cidade se referia como "a área rica". Belas e grandes casas, e impecáveis jardins na rua sem saída, onde era seguro para as crianças brincarem e andarem de bicicleta, porque o trânsito era composto apenas de pessoas que moravam aqui.

Bem, além da época de Natal, quando as casas eram profissionalmente decoradas, e pessoas de toda a cidade passavam por aqui para ver as luzes e tentar espiar pelas janelas, imaginando como seria viver em casas tão lindas nesta rua maravilhosa. Na verdade, tem uma lista de espera para morar aqui. Temos milhares de inscrições pendentes, e a associação dos moradores passa o pente fino em cada uma delas quando uma das casas entra no mercado, o que não acontece com muita frequência. Uma vez que você morava em Fairytale Lane, você não conseguia mais imaginar outro lugar que tenha tamanha perfeição.

De repente percebo que chamar o jardineiro também significa *pagar* pelo jardineiro, e já começo a suar. Meus dedos largam as pérolas enquanto eu estendo uma mão trêmula para arrumar um pequeno porta-retrato preto que estava perto da pia, que provavelmente alguém mexeu porque não estava virado para direita, como todos os outros espalhados pela casa.

— Cynthia, você está me escutando?

O som de uma voz estridente ecoando pela cozinha me fez dar um pulo, derrubando a moldura de uma vez.

— O que foi esse barulho? Está tudo bem?

Segurando um suspiro de aborrecimento para mim mesma, porque, como a minha sogra entalhou em mim há tanto tempo, "uma dama nunca deveria franzir o cenho ou ser rude com ninguém", arrumo o porta-retrato e pego o telefone da bancada, enquanto me afasto da janela para olhar a enorme ilha feita de granito branco que ficava no meio do ambiente espaçoso.

A bancada era branca, os armários e o chão também, incluindo as paredes, assim como o resto da casa, com poucos toques de cor aqui e ali, nas pinturas penduradas nas paredes e nas almofadas da sala. Branco era associado à luz e bondade, e era considerado como a cor da perfeição. Era exatamente isso que eu queria quando Brian comprou essa casa e me disse que eu poderia decorá-la como desejasse, desde que eu não usasse cores fortes ou qualquer coisa que não fosse de classe.

— Está tudo bem, Caroline. E sim, escutei você. Estou apenas terminando de fazer a última leva de cupcakes, e farei a cobertura assim que esfriarem — digo para minha vizinha, que está do outro lado da linha. Ela não está me incomodando *nem um pouco*, me ligando dez vezes por dia, todos os dias da última semana, para ter certeza de que tudo está caminhando na maior perfeição para a festa conjunta de Halloween que temos todos os anos na nossa rua.

— E você os fez sem glúten, sem nozes, sem trigo e sem açúcar, correto? Você sabe que tivemos um problema com a mãe do Corbin Michaelson durante a festa de Halloween do ano passado, quando ela descobriu que os cookies que estávamos servindo tinham glúten, e fora que agora temos quatro crianças aqui na rua que têm alergia a nozes, e...

— Caroline, tenho tudo sob controle — interrompo-a, colocando um sorriso no rosto mesmo que ela não pudesse me ver enquanto eu segurava o telefone em uma mão e com a outra começava a reorganizar os duzentos cupcakes que estavam esfriando na bancada, de uma maneira mais enfileirada e retinha. — Sou a presidente da Comissão de Eventos da Vizinhança e cabeça da associação dos moradores. Planejei e executei centenas de eventos nos últimos treze anos, desde que compramos essa casa, incluindo a nossa anual festa de Halloween. Eu sempre tenho tudo sob controle.

Escuto Caroline suspirar do outro lado da linha e percebo que ela deve ter perdido a aula de etiqueta sobre manter a calma quando você está frustrada.

— Eu sei disso, é só que... você tem andado um pouco distraída ultimamente, com o Brian tendo ido embora e tudo o mais — ela diz, suavemente.

Minhas mãos começam a trabalhar mais rapidamente na tarefa de organizar os cupcakes em perfeitas fileiras bem alinhadas. Com uma pequena risada nervosa, respondo:

— Eu disse para você, está tudo bem com o Brian. Ele só tem viajado muito por causa do trabalho e é por isso que ele não conseguiu ir comigo nos eventos. Logo ele estará em casa e as coisas voltarão ao normal, perfeitas como sempre.

Percebi que eu estava divagando e rapidamente fecho a boca, piscando rapidamente meus olhos para impedir que as lágrimas caíssem pelas minhas bochechas.

Uma dama nunca mostra suas emoções.

Uma dama também nunca mente, mas sob as atuais circunstâncias, essa é a melhor saída. Tenho que acreditar que Brian *voltará* para casa logo. Talvez tudo não voltasse a ser como antes, mas dizer a verdade só nos faria passar por idiotas. Neste momento, minha reputação é tudo o que eu tenho, e nem pensar que vou manchá-la ao alimentar as fofoqueiras da cidade. Passei muito tempo me tornando a mãe perfeita, a esposa perfeita, o sucesso na organização das festas, e mantendo minha casa à perfeição, que causava inveja em todos na rua, para deixar qualquer coisa a arruinar. Brian literalmente me tirou de um estacionamento de trailers. Ele me tirou de um lar onde eu nunca sabia quando seria minha próxima refeição, me libertou da minha madrasta, que fazia da minha vida um inferno, e das minhas meias-irmãs que eram tão ruins quanto a mãe. Ele me libertou daquela prisão e me entregou o mundo em uma bandeja de prata.

Literalmente.

Quando ele me pediu em casamento, colocou um anel vintage de prata, com uma pedra oval sustentada por quatro hastes, da Tiffany and Co., fiquei cega pelo brilho e pelo luxo que eu nunca pensei, nem em um milhão de anos, que fossem ser meus em um estalar de dedos e o deslizar de um cartão Amex preto. Eu tinha tanto medo de perder tudo e ter que voltar para aquele estacionamento de trailers com o rabo entre as pernas, que por anos fiz tudo o que podia para ser o que o Brian queria. Sua mãe me deu aulas de etiqueta, e eu passei cada momento que estava acordada seguindo os passos da minha sogra, sendo perfeita, com classe, e ignorando os sinais que estavam bem na minha cara. Ignorando o fato de que Brian tinha uma queda por salvar donzelas em perigo, mas que assim que eu parei de ser a garota que precisava ser resgatada pelo cavaleiro de armadura brilhante, ele parou de me querer.

Escuto a porta da frente bater e termino rapidamente a ligação com Caroline, prometendo que a encontraria na rua, amanhã à tarde, para começar a preparar para a festa os cupcakes sem glúten, sem nozes, sem trigo, e cobertura sem açúcar.

Um vulto preto passa rapidamente pela porta da cozinha, e coloco o telefone no bolso do avental que cobria o vestido azul-claro que ia até a altura do joelho. Os saltos, combinando com o vestido, ecoavam contra o porcelanato italiano enquanto eu me apressava para a porta, parando no corredor.

— Anastasia, você está atrasada.

O vulto preto para no começo das escadas, com as costas para mim. Seus olhos fortemente delineados de preto demonstravam aborrecimento, enquanto se virava para mim.

— Eu já disse, é Asia agora. E eu tinha umas merdas para fazer — minha filha de treze anos murmura com um suspiro, colocando as mãos nos bolsos do seu jeans preto justinho.

— Olha a boca, mocinha! — repreendo-a, cruzando os braços enquanto balançava minha cabeça e respirava profundamente. Uma dama nunca se excede ou faz uma cena, até mesmo na privacidade do seu lar. — Você tem um closet cheio de roupas coloridas, não entendo por que você insiste em usar preto.

Decido não argumentar com ela sobre essa atitude ridícula de Asia sei lá o quê.

Estou rezando para que seja uma fase, assim com essa coisa de só se vestir de preto. Isso vai passar. Nós duas passamos por muito estresse nesses últimos tempos, e eu sabia que essa deveria ser a razão pela qual ela estava testando tanto a minha paciência. Você tem que escolher as suas batalhas com adolescentes. Infelizmente, parece que recentemente tudo entre nós termina em briga. Ao menos ela não se voltou contra o seu cabelo, lindo e comprido.

Embora eu sempre usasse o meu em um coque baixo junto à nuca, e minha filha deixasse o dela solto e bagunçado ao redor dos ombros e pelas costas, era tudo o que tínhamos em comum ultimamente.

— Eu gosto de usar preto porque é a cor da minha alma — ela dispara. — Terminamos aqui?

Ela nem me deu tempo de responder, antes de se virar e subir correndo as escadas para o segundo andar. Assim que escutei a porta do quarto batendo, meus braços caíram ao meu redor e meus ombros seguiram o exemplo.

Gostaria de dizer que não sabia o que havia acontecido com a minha doce e adorável garotinha. Ou que eu não tinha uma ideia do exato momento em que ela se transformara em uma adolescente rebelde que parecia sempre estar indo a um funeral. Mas eu sabia exatamente o momento, o segundo. Seis meses, quatorze dias e três horas atrás. Foi o momento que o meu mundo veio abaixo e eu tive que trabalhar duro para manter a fachada de vida perfeita, com a família perfeita, na casa perfeita, na rua que fazia jus ao nome: Fairytale Lane.

— Isso é só uma curva inesperada no caminho, Cinthya. Você conseguiu superar coisas piores e, com certeza, conseguirá superar mais essa — sussurro minhas frases motivacionais enquanto volto para a cozinha, com minha cabeça levantada, para começar a fazer a cobertura dos cupcakes. Paro para arrumar um vaso de cristal que estava na pequena mesa próxima à entrada da cozinha. — *Um lugar para cada coisa, e tudo em seu lugar* — era isso o que a minha sogra sempre me falava, e agora, depois de tantos anos com a sua voz conduzindo todas as decisões que eu tomava, era impossível esquecer.

Qualquer dia desses, Brian voltaria para casa, e os últimos seis meses seriam apenas um terrível pesadelo. Não terei mais que me preocupar em como pagaria as contas, ou em como fingiria que tudo estava bem sem perder a minha sanidade, ou passar noites em claro pensando em como as coisas chegaram nesse ponto. Consegui manter as aparências dizendo a todos que Brian estava extremamente ocupado viajando a trabalho, em vez de dizer a verdade mortificante. Eu conseguiria manter as coisas por mais um pouquinho. É impossível as coisas piorarem. Cheguei ao fundo do poço e não tem mais para onde ir, a não ser para cima.

Dando um passo para trás e sorrindo para o buquê de hibiscos azuis que escolhi essa manhã, e que agora estão no meio da mesinha, seguia para meus afazeres na cozinha quando a campainha tocou.

Passando as mãos no cabelo, para me certificar de que tudo estava no lugar, abro a porta com um sorriso no rosto. Um sorriso que desaparece quando vejo quem está na entrada da minha casa.

— E aí? — a ruiva estonteante e divorciada, que tinha se mudado para Fairytale Lane sete meses atrás, me cumprimenta.

Eu ainda não sei como a inscrição dela para se mudar para a nossa vizinhança foi aprovada. Foi analisada enquanto eu estava cuidando da organização do baile de gala no zoológico local e eu ainda não fiz as pazes com a associação dos moradores por fazerem isso sem a minha palavra final.

— Desculpe? — respondo, com o sorriso firmemente no lugar, mesmo eu querendo bater com a porta na cara da mulher.

Uma dama nunca bate a porta na cara de um convidado. Mesmo que esse convidado tivesse uma boa comissão de frente e estivesse usando uma regatinha que mostrava quase demais e, de acordo com os rumores, tinha apenas se mudado para Fairytale Lane para conseguir um marido que pagasse por uma nova... calibragem dos dotes e um aumento dos lábios vermelhos.

— Eu disse "*e aí?*". É um cumprimento. Tipo como "*olá*", ou "*tudo bem, idiota*". Mas esse último é apenas para amigos, e não somos amigas, então pensei que "*e aí?*" seria melhor — ela fala, dando de ombros.

— Posso ajudá-la em algo? — pergunto, querendo acabar logo com a conversa, antes que qualquer vizinho visse essa... *pessoa* na minha porta.

— Fico feliz que você tenha perguntado, Cindy! — ela cantarola alegremente, enfiando a mão dentro da blusa e tirando um pedaço de papel do decote e estendendo-o para mim.

Franzindo o cenho, me afasto do papel que ela estende em minha direção, me recusando a tocar qualquer coisa que tivesse sido enfiada entre seus peitos, e que ela mostrava para Deus e toda vizinhança ver.

— Meu nome é Cynthia, não Cindy — informo, ainda me recusando a pegar o papel de suas mãos.

— Que seja — ela murmura, revirando os olhos, não muito diferente do que Anastasia tinha feito há alguns minutos. — Meu nome é Ariel, não 'destruidora de lares' ou 'prostituta ruiva'. Eu sei que todos vocês, de nariz empinado do bairro, não têm nada melhor para fazer do que ficar fofocando sobre mim desde que me mudei, e isso só vai colocar mais lenha na fogueira, mas não me importo.

Pisco, absorvendo a sua linguagem vulgar, e meus olhos se arregalam em choque quando ela se aproxima da minha porta, abrindo o papel em suas mãos enquanto entrava no meu espaço pessoal.

Fiquei sem escolha a não ser pegar o papel que ela tão rudemente esmagou no meu peito.

— O quê... — murmuro com a voz trêmula, afastando de mim o papel enquanto olhava para a mulher parada na minha frente.

— Isso é um recibo do médico, Cindy. Diga para o pedaço de merda mentiroso que você chama de marido que ele me deve duzentos e quarenta e cinco dólares pelo exame, setenta e cinco dólares pela receita e, se ele for bem flexível, gostaria que ele se fodesse — Ariel anuncia, deixando sair um longo suspiro enquanto se afastava, levanta o rosto para o céu, fecha os olhos e sorri. — Caramba, isso me fez bem. Mais do que eu imaginava. Tenho queimado incenso a semana toda, fiz três sucos detox e fui a diversas aulas de hot yoga, mas nada me fez tão bem quanto tirar isso do meu peito. Obrigada, Cindy. Você é um docinho.

Com isso, Ariel se vira e começa a descer os degraus, me deixando de boca aberta, imaginando o que tinha acabado de acontecer.

Saindo do estupor, desço correndo os degraus para alcançá-la.

— Com licença! Poderia me explicar do que exatamente você está falando e o que o meu marido tem a ver com isso? — falo alto para ela, meus pés congelando quando percebo uma mulher olhando em nossa direção.

O barulho de um carro sendo destravado me força a afastar o olhar dela, e noto um homem que eu nunca tinha visto antes neste bairro. Ele está parado no meio da rua, próximo a uma caminhonete preta, com o molho de chaves na mão, olhando para mim. Seus profundos olhos azuis me deram arrepios, e eu quase esqueci do motivo que me fizera ficar parada no meio do jardim, até que vejo um sorriso malicioso em seu rosto. Aquele sorrisinho foi o que me impediu de apreciar a covinha em sua bochecha, ou o quão bem ele preenchia a calça preta e a camisa abotoada.

Não posso acreditar que acabei de gritar no meio do jardim, como uma mulher sem maneiras.

Afasto o olhar do homem que continuava a me observar rudemente do outro lado da rua, tirando-o dos meus pensamentos antes que eu começasse a fazer as contas de quanto tempo um homem não me olhava assim – com um pouco de diversão e se perguntando como eu devo parecer sem as minhas roupas. Cumprimento a mulher que estava passando, a quem eu não reconheci, com um aceno e um sorriso, enquanto ela voltava o olhar para o livro que estava segurando, e continuo caminhando até alcançar Ariel.

— Me desculpe, mas você poderia, por favor, me explicar o que está acontecendo? — pergunto novamente, dessa vez com a voz mais baixa.

Ariel finalmente para de andar e se volta para mim, apontando o papel, agora amassado, que eu ainda estava segurando.

— Está tudo ali, Cindy. Diga ao Brian que eu agradeço pela herpes. *Acho que o que acontece em Fairytale Lane nem sempre fica em Fairytale Lane.* Estou certa ou errada? — ela ri, me dando um soco de leve no braço.

Meu corpo pende para o lado e pequenas luzinhas brilhantes tomam conta da minha visão. A última coisa que vi antes de cair no chão foi um monte de ervas daninhas aos pés da Ariel, sabendo que nunca vou poder pagar o jardineiro para dar um jeito nisso. Conforme a escuridão tomava conta, eu mentalmente adicionei *encontrar um emprego para pagar pela DST* à minha lista de afazeres, percebendo que ISSO devia ser o real fundo do poço.

Capítulo dois

TROPECEI E CAÍ NO PÊNIS DELE

— *Talvez ela esteja com aneurisma cerebral. Espera, não. As pessoas não morrem disso?*

— *Rompimento de aneurisma cerebral é apenas fatal em quarenta por cento dos casos. Mas não acho que seja um aneurisma. A respiração dela está boa, e a pulsação está normal.*

O som abafado de vozes que eu não reconheço penetram em minha mente e percebo que devo ter deixado a televisão ligada quando fui para cama. Tento me desligar do som e voltar a dormir, mas é impossível. As vozes simplesmente não se calavam.

— *Você é como uma enciclopédia ambulante. Me fale sobre outro fato aleatório.*

— *Uma mulher mediana usa sua altura em batom a cada cinco anos.*

— *Ai, meu Deus! Eu quero guardar você em um potinho e levá-la nas festas!*

Percebendo que não dormirei novamente, abro meus olhos lentamente, piscando-os, e foco o olhar nas lâmpadas do lustre no teto.

Por que estou no chão, olhando para o lustre da sala de estar?

Uma cabeça aparece de repente sobre mim, bloqueando a luz. Uma cortina de cabelos longos e vermelhos roça meu rosto, e a face que surge, que infelizmente reconheço, sorri para mim.

— Ela está viva!

Meus olhos se arregalam e rapidamente movo meus braços e pernas para sair debaixo dela, até conseguir me levantar.

— O que é que você está fazendo na minha casa?! — pergunto a Ariel, com a raiva subindo, enquanto ela calmamente se senta com as pernas cruzadas no meio da minha sala de estar. E então percebo que tem alguém ao seu lado.

Uma linda morena, que estava sentada com o peito pressionado contra as pernas, e os braços ao redor delas, levanta a mão para ajeitar os óculos de armação preta.

— E quem é você?! Por que vocês estão na minha casa?! — eu guincho, percebendo que o som mais se parece com o de uma pessoa insana, mas não consigo impedir. Acabei de acordar no chão da minha sala de estar, com a vadia da rua e com uma estranha me olhando.

— Calma aí, sua maluca. Isabelle estava passando quando você desmaiou no jardim, e com a ajuda de um lindo cavaleiro em uma armadura brilhante, que estava parado na rua, trouxemos a sua bunda para dentro de casa. Você deveria nos agradecer — Ariel explica a situação.

— Aquele homem que estava parado do outro lado da rua esteve na minha casa?! Você deixou um homem desconhecido me tocar?! — grito, pouco me importando com o decoro nesse momento.

— Você age como se eu tivesse te drogado e deixado que ele fizesse o que quisesse com você — Ariel reclama com um revirar de olhos. — Ele viu você caindo e, puta merda, nunca vi alguém se mover tão rápido. Ele pulou o cercado e a pegou antes que você desse com a cara na grama. O que eu deveria fazer? Ameaçá-lo com uma faca e dizer para soltar você? Ele foi um perfeito cavalheiro. Um deliciosamente cheiroso, devo dizer. Ele ficou insistindo para que chamássemos a emergência, mas eu disse que você estava bem, provavelmente grávida, e que cuidaríamos de você.

Ela ri da própria piada, enquanto estou ocupada demais me concentrando em não entrar em pânico e pensando que no primeiro contato que tive com um homem lindo, e enxerido, em meses, eu estava desmaiada.

— Você disse a ele que eu estava grávida? Por que você faria algo assim?

E por que eu me importo se ele pensa que estou grávida? Ele é um estranho. Alguém que eu nunca mais verei.

— Você preferiria que eu dissesse que você desmaiou porque eu tinha acabado de contar que o idiota do seu ex-marido me passou uma DST, o que o levaria a acreditar que você também tem? Sério, todos esses favores que estou fazendo para você hoje, e não recebo nem um agradecimento... — Ariel murmura, segurando um dos cupcakes sem cobertura que estavam na cozinha, que já tinha a marca de uma mordida. — Além disso, esses cupcakes têm gosto de merda. Acho que você esqueceu de adicionar açúcar. E trigo. E manteiga. E praticamente tudo o que vai em um cupcake e que deixa as pessoas felizes. Você deveria melhorar o seu jogo no quesito de petiscos para os convidados.

Me inclinando, tiro o resto do cupcake da sua mão.

— Esses NÃO são petiscos e você NÃO é uma convidada! Não lhe dei permissão para entrar na minha casa NEM para atacar a minha cozinha. E para a sua informação, esses cupcakes são sem glúten e fazem muitas pessoas felizes — argumento.

— Que merda você disse? — Ariel murmura, meio confusa.

— Sem glúten significa que se exclui uma mistura de proteínas encontradas no trigo e alguns grãos, incluindo cevada, centeio e aveia — a morena fala, colocando os óculos que tinham deslizado novamente pelo nariz.

— Ela não é a coisa mais fofa que você já viu? Quero adotá-la — Ariel cantarola e lança um sorriso radiante para a mulher sentada ao seu lado.

— Aliás, eu sou Isabelle Reading. Moro logo virando a esquina. Você tem uma casa muito bonita.

A mulher estende a mão para mim, e sem ter outra opção, já que não quero ser rude mesmo ela sendo uma estranha dentro da minha casa, a cumprimento.

— Obrigada. E obrigada pela ajuda durante o meu... episódio. Prazer em conhecê-la, Isabelle.

Quando soltamos as mãos, ela se volta para Ariel.

— Acho que você deveria se desculpar e dizer o que você fez — Isabelle diz, suavemente.

— Mas é muito mais legal vê-la pirar. Ela é tipo um daqueles piões de brinquedo, girando, girando e girando, até bater em uma parede — Ariel responde.

Isabelle suspira e aponta na minha direção com a cabeça.

— Ugggghh, ok. Você é fofa, mas adora acabar com a diversão dos outros — Ariel reclama, revirando os olhos antes de virar na minha direção. — O seu marido não me passou herpes. Fiz aquele recibo médico no Photoshop e só disse aquilo para tirar uma reação de você. Pensei que você sabia o que aquele pedaço de merda estava aprontando, e que tinha sido você que tinha espalhado os rumores sobre mim pela vizinhança.

Fico de boca aberta antes de perceber o quão pouco elegante eu deveria estar parecendo e rapidamente a fecho.

— Então, você não dormiu com o meu marido? — pergunto, sentindo alívio.

— Oh, não. Eu definitivamente o peguei. Mas, em minha defesa, foi logo que eu mudei pra cá, e nos encontramos em um bar numa noite. Caí no papinho triste dele, de que vocês dois estavam se divorciando porque você tinha traído ele. Eu senti pena do cara. Até mesmo compartilhei meus problemas com aquele imbecil depois de muitas taças de vinho. Uma coisa levou à outra, e eu acho que meio que tropecei e caí no pênis dele.

Meu coração está batendo tão rápido que eu tenho quase certeza de que posso estar sofrendo um ataque cardíaco. Consigo sentir meu rosto ficando vermelho, e meu couro cabeludo pinicando.

— Foi só aquela vez, sete meses atrás, e foi bem ruinzinho, devo dizer. Não sei como você conseguiu ficar com aquele tipo de sexo medíocre por tanto tempo, mas você deveria dar graças a Deus por ele ter fugido da cidade com a babá. — Ariel termina sua argumentação.

Começo a balançar a cabeça, tentando me lembrar de como respirar.

Ariel se inclina e pega o cupcake da minha mão, que eu nem tinha notado que estava segurando, para secar o suor do meu rosto.

— Eles têm gosto de merda, mas olha só! Funcionam como paninhos para secar o suor!

— Pensei que tínhamos concordado que você contaria para ela, gentilmente... — Isabelle diz.

— Isso *foi* gentilmente! O cara fugiu da cidade e não é visto há seis meses. Ela sabe que ele estava traçando a babá. Jesus, *todos* sabiam que ele estava pegando a garota — Ariel murmura.

— Ele não fugiu da cidade! Ele está viajando a trabalho! — digo, freneticamente, tentando o meu melhor para recolher os cacos da minha vida, que pensei que estava *expert* em lidar, até que eles foram espalhados por toda a sala de estar.

— Ele roubou dinheiro da empresa do próprio pai e provavelmente fugiu do país com uma ninfeta que era a sua babá.

Apenas a menção de Brittany, a garota de vinte e um anos que eu conhecia desde que ela tinha treze – a primeira vez que a chamei para ficar de babá, quando Anastasia tinha cinco anos e Brian e eu tínhamos que ir para uma reunião da Comissão de Eventos da Vizinhança –, me dá enjoo. Sem falar no fato de que uma mulher que eu mal conhecia, que eu não gostava antes de saber que tinha dormido com meu marido, sabia basicamente detalhes demais da minha vida. A vida que eu tentei duramente manter intacta, para não deixar transparecer o que Brian havia feito.

— Brian não roubou dinheiro da Castle Creative, isto é absurdo — respondo, indignada, cruzando os braços, ainda tentando o meu melhor para impedir minha vida de ser desnudada.

Recuso-me a voltar a ser aquela garota do estacionamento de trailers e, se mentir era a minha melhor saída deste pesadelo, então que seja.

Brian era o diretor criativo da empresa dos pais dele, desde que se formou na faculdade. Castle Creative é a razão do orgulho e da felicidade deles, uma empresa que produz camas personalizadas de princesas. Por mais que eu queira fingir que o Brian nunca faria algo tão baixo e horrível, tenho centenas de mensagens dos meus sogros que provam o contrário. Eles querem saber onde ele está. Eles exigem que eu lhes diga para onde o dinheiro foi. Meus sogros pensam que eu sabia há anos sobre o que Brian andava fazendo, e não me deixariam em paz até que tivessem alguma resposta.

Recomponha-se.

— Ohhhhhh, entendi. Você está na fase da negação, não está? Podemos ir em frente e pular para a parte da raiva? Eu realmente gostaria de ajudar você a colocar fogo nas roupas dele lá no jardim ou qualquer coisa tão terapêutica quanto — Ariel fala.

— Vocês sabiam que é estimado que mais ou menos sessenta por cento das pessoas casadas acabarão traindo seus parceiros um dia? — Isabelle diz, me dando um olhar tímido enquanto esfrega os ombros. — Desculpe. Eu leio muito. Tendo a dizer um monte de fatos inúteis quando estou nervosa.

— Não estou em negação, e não queimaremos nada no meu jardim — digo a Ariel, ignorando Isabelle.

— Querida, está tudo bem. Todo mundo sabe.

Bato na mão de Ariel para afastá-la, quando ela se inclina tentando tocar no meu ombro.

— Ninguém sabe de nada, você não tem ideia do que está falando, e não me chame de *querida.*

Ariel suspira, se levantando do chão e estendendo a mão para ajudar Isabelle a fazer o mesmo.

— Se isso a ajuda a dormir à noite... Mas digo e repito: *todo mundo* sabe. Andar por aí fingindo que não é verdade e dizendo para as pessoas que ele está viajando a trabalho é inútil. Você está fazendo papel de idiota. Aceite. Levante a cabeça. Foi ele quem ferrou com tudo, não você. Você não tem nada do que se envergonhar. Bem, a não ser por aquelas monstruosidades que estão na cozinha e que você chama de cupcakes — Ariel fala, balançando a cabeça, enquanto vai para a porta com Isabelle logo atrás.

— Não preciso de conselho. Especialmente de você.

Ariel para, e lentamente se vira para mim. O sorriso sarcástico e o ar divertido que estava em seu olhar momentos atrás foram substituídos por uma expressão fria e raivosa.

— Claro que você não precisa. Porque a sua vida é perfeita, certo? E daí que o seu marido traiu você? Os homens traem. Você não é a primeira mulher a levar um par de chifres de um homem, e certamente não será a última. Engula o choro e pare de sentir pena de si mesma. Você não sabe o que são problemas *de verdade*, sentadinha aqui na sua casa requintada, olhando para os outros e os julgando.

Eu não me movo enquanto as observo desaparecerem pelo corredor, Isabelle me dando um pequeno sorriso e aceno enquanto vai embora. Escuto a porta da frente abrir e fechar e seguro a cabeça com as mãos, segurando as lágrimas.

Ela estava mentindo. Ela *tem* que estar mentindo.

Mas e se ela não estiver? E se todos realmente souberem da verdade? Eles saberão que a minha vida não é tão perfeita quanto deixei os outros acreditarem. Eles saberão que Brian não apenas roubou dos pais, como também cada centavo das nossas contas, me deixando com absolutamente nada, além de alguns cartões de crédito que estavam perigosamente perto do limite, depois de seis meses usando-os para pagar contas e colocar comida em casa. Quem ela pensa que é para me dizer que eu não sei o que são problemas *de verdade*?

Passei os últimos treze anos como esposa e mãe, cuidando das pessoas que eu amava, fazendo tudo para todos sem nem pensar em mim mesma. Não tenho emprego, não tenho dinheiro, e não tenho habilidades além de organizar eventos e festas de Halloween na rua.

Levantando-me do chão, limpo as mãos em meu vestido azul, arrumando o avental ao redor da minha cintura, e ando em direção à cozinha.

Farei a cobertura dos cupcakes, que *não* são monstruosidades, organizarei toda a decoração de Halloween, ligarei para os vizinhos para relembrá-los dos pratos que eles concordaram em levar quando fizemos a reunião da vizinhança no mês passado, e ignorarei tudo o que a Ariel disse. Não estou em negação. Estou fazendo o que posso para manter a minha vida e a da minha filha em ordem, e isso significa trabalho, como sempre. Não preciso de uma mulher maluca, que diz ter dormido com o meu marido, para me dar maus conselhos. Não vou tacar fogo em nada, como uma pessoa sem classe. Uma hora na presença de Ariel e eu quase deixei que a sua má influência me contaminasse. Já é ruim o suficiente que eu absorva um pouco da maneira promíscua dela por voltar a pensar naquele lindo estranho que vi na rua, que tinha me carregado em seus braços e me segurado perto daquele peito musculoso.

Pelo amor de Deus, Cynthia, uma dama definitivamente não deveria ter esse tipo de pensamentos sobre um homem que não é o seu marido!

Lembro de que quando eu estava grávida de algumas semanas da Anastasia, fiquei um pouco tonta e desmaiei na cozinha enquanto fazia o jantar para o Brian. Quando os meus sentidos voltaram, ele estava encostado na bancada, ao telefone, em uma chamada de trabalho. Ele nem me ajudou a levantar do chão. Quando me estabilizei e comecei a checar se estava tudo bem, se eu tinha algum machucado, ele finalmente desligou e disse, distraidamente:

— Desculpe, era uma ligação muito importante. Você parece estar bem agora. À que horas o jantar estará pronto?

Conectando o cabo da minha batedeira *KitchenAid* na tomada, começo a colocar os ingredientes para a cobertura na vasilha, quando uma foto que tinha Brian e eu no dia do nosso casamento, que ficava no meio da ilha, me chamou a atenção. Penso em como ele era encantador quando o conheci.

Eu, uma garota de dezoito anos, trabalhava em dois empregos para conseguir pagar o aluguel de um apartamento que não era muito melhor do que o estacionamento de trailers, e mesmo assim mal conseguia fechar as contas. E ele, um veterano da faculdade, com um fundo fiduciário que gastava com presentes e jantares em restaurantes finos, nos quais eu nunca tinha imaginado que um dia pisaria. Ele foi no posto de gasolina onde eu trabalhava no caixa nos finais de semana para completar o tanque e comprar um pacote de chiclete, e me chamou para um encontro antes mesmo de eu terminar de registrar os itens. A maneira como ele me laçou e me prometeu o mundo, me salvar dos problemas e esquecer o meu passado.

Eu fiquei grávida logo nos primeiros seis meses do nosso relacionamento e tive que desistir dos meus sonhos de fazer algo significativo com a minha vida, mesmo que na época eu não soubesse o que era. Coloquei minha vida em espera para criar a nossa filha, enquanto ele trabalhava longas jornadas, aprendendo tudo sobre a Castle Creative. Ele sempre desdenhava da minha vontade de ir para a faculdade para conseguir um diploma, quando Anastasia já era grandinha o bastante, porque ele dizia que cuidar da casa deveria ser a minha prioridade. Todas as vezes que eu me voluntariava para outra caridade, organização ou evento, porque eu não conseguia lidar com o fato de ficar em casa sozinha o dia todo, quando Anastasia começou a ficar em tempo integral na escola, ele chamava todo o trabalho duro que eu fazia como "hobbies fofos".

Todas as vezes que eu o questionava sobre ele voltar para casa com o perfume de outra pessoa, ou quando não voltava para casa, ele me dizia que eu estava sendo dramática e insegura.

Eu cheguei em casa seis meses atrás para encontrar um envelope contendo os papéis do divórcio na mesa do hall, e o armário dele completamente vazio. E eu nem teria me importado por ele não ter entrado em contato comigo desde aquele dia, se ele ao menos fizesse o esforço de falar com a filha durante todo esse tempo.

Algo que ele não fez.

O que significa que estou presa em um limbo, por tentar não me importar e me importando demais com um homem que jogou fora a família sem nem pensar duas vezes.

Abaixando as pás, ligo a batedeira e o barulho preenche a cozinha enquanto eu me encosto na bancada e pego o porta-retrato, olhando para o casal na foto.

Sem nem pensar no que estava fazendo, jogo a moldura na vasilha da batedeira. O girar rápido das pás, batendo na madeira e quebrando o vidro, soa uma alta cacofonia. Clicando no botão do lado da batedeira, faço o aparelho aumentar a velocidade, cruzo os braços e observo a bagunça com um sorriso no rosto, me perguntando se teria um pacote de fósforos na casa, e logo percebo o tipo de influência que Ariel tinha em mim.

A VIDA É UMA MERDA. OS HOMENS SÃO UMA MERDA.

— Deve ser algum erro. Passe de novo. Eu sei que tenho algumas centenas de dólares disponíveis nesse cartão — digo à mulher que trabalha no caixa do mercado, baixando minha voz e olhando nervosamente sobre o meu ombro, completamente mortificada de que alguém que eu conheço pudesse me ver.

A mulher me dá um sorriso simpático e passa o cartão novamente, se encolhendo antes de me devolvê-lo.

— Desculpe, senhora. Ainda diz que o cartão foi recusado. Você tem outro cartão para que eu possa tentar, ou quem sabe, dinheiro vivo? — ela pergunta, suavemente.

Eu já tinha entregado para ela meus três cartões de crédito, e cada um deles tinha dado a mesma mensagem. Sinto as lágrimas começarem a queimar nos meus olhos enquanto procuro dinheiro na bolsa, sabendo muito bem que eu não encontraria mais do que alguns dólares e diversas moedas, mas que não chegariam nem perto do total para pagar pelos produtos que estavam nas sacolas.

— Desculpe, eu... — Minhas palavras ficam presas na garganta e uma lágrima desliza por uma das minhas bochechas enquanto eu continuo a procurar na minha bolsa, apenas para me dar algo para fazer, para que eu não tenha que levantar o olhar e ver a expressão de pena no rosto da caixa.

— Cindy, aí está você! Procurei-a por todo o mercado. Você deixou cair o dinheiro no banco do meu carro, quando saímos para tomar café hoje de manhã.

Levantando a cabeça, dou de cara com a única pessoa que eu não queria que testemunhasse esse momento humilhante.

Ariel sorri e me dá uma piscadinha enquanto passa algumas notas para a caixa.

— Eu juro, você só não perde a cabeça porque ela está grudada. — Ariel ri, como se aquilo fosse a coisa mais engraçada que ela já falou na vida.

— Eu não preciso do seu dinheiro — sussurro, enquanto a mulher no caixa pega o dinheiro da mão de Ariel e finaliza a minha compra.

Na verdade, eu *preciso* do dinheiro dela, mas é humilhante admitir isto em voz alta, especialmente para *ela*. Uma mulher que dormiu com o meu marido e sabe todos os meus segredos.

— Deixe de ser uma vaca — Ariel responde no mesmo tom, mascarando com um sorriso no rosto enquanto encara a outra mulher.

A caixa dá o troco para Ariel e ela me empurra para a saída, pegando minhas sacolas, agradecendo à atendente e lhe desejando um bom dia.

Assim que estamos do lado de fora, Ariel me passa as compras e faço o que posso para olhar para tudo, menos para ela. Nunca senti tanta vergonha em toda a minha vida. Quero correr para o carro e me trancar lá dentro, para que eu possa sentar e chorar, mas não consigo fazer meus pés se moverem.

— Por que você fez aquilo? — eu sussurro, fungando enquanto equilibro as sacolas nos braços e olho para meus pés.

Ariel era a última pessoa que eu esperava que fizesse algo legal por mim, especialmente depois da maneira como a tratei desde que ela se mudou, e da maneira como me comportei quando ela esteve na minha casa ontem à noite.

— Ele levou tudo quando foi embora, não levou? — ela pergunta, suavemente.

Quero odiar essa mulher, considerado que ela dormiu com o meu marido, mas se o que ela disse ontem à noite era verdade, ele também lhe fez mal. Talvez não tanto quanto ele me machucou e me traiu, mas por mais que eu odeie admitir, isso significa que temos algo em comum.

Confirmo com a cabeça, em vez de falar, com medo de que se eu abrisse a boca, teria um colapso bem aqui na frente da loja.

Ariel suspira, cruzando os braços e chutando uma pedrinha com a ponta do chinelo.

— Sinto muito. E desculpe por aquelas merdas que eu falei ontem à noite, sobre como você não sabia o que eram problemas de verdade — ela me diz com um encolher de ombros.

Nervosa, ela muda o peso do corpo de um pé para o outro, enquanto eu observo o estacionamento, vendo uma mulher mais velha manobrar o carro em uma vaga de deficiente físico umas seis vezes, sem atingir a área de devolução de carrinhos que ficava ao lado, como se fosse a coisa mais fascinante que eu já tinha visto.

— Eu não sei o que dizer — murmuro, me sentindo desconfortável e estranha por ter um momento amigável com essa mulher, enquanto as sacolas pendiam dos meus pulsos e faziam meus músculos dos braços arderem.

— Apenas diga obrigada, como uma boa menininha. Vamos lá, você consegue. — Ariel brinca e dá uma risada.

— Obrigada — respondo, revirando os olhos. — Vou te devolver o dinheiro.

Embora eu não saiba exatamente como farei isso.

— Não se preocupe com isso. Vejo você hoje à noite, na festa de Halloween. Vou levar uma bebidinha especial, então prepare-se para ficar *trêbada*!

Ariel me acena enquanto vai em direção ao estacionamento, me deixando com os braços cheios de compras. Meu primeiro instinto é lhe dizer que ela não fora convidada para a festa de Halloween de hoje à noite, mas fecho a boca antes de fazer isso e a vejo entrar no carro. Eu não quero mais ser a pessoa que ela me acusou de ser – alguém que fica de nariz empinado e julgando os outros.

Fairytale Lane tinha sido fechada para o tráfego com algumas barricadas que bloqueavam a entrada da rua. Caroline e eu passamos a tarde toda arrumando as mesas no meio da rua, cobrindo-as com toalhas alaranjadas e colocando a decoração.

A rua estava incrível, colorida com laranja; luzes brancas, penduradas em cada árvore ao longo da calçada, e luminárias, com velas tremulantes, iluminavam os dois lados da rua.

Os vizinhos e suas famílias estavam conversando, rindo, comendo e se divertindo, enquanto eu ia pelas mesas. Reabasteço os pratos com comida, as vasilhas com batata chips e realinho as panelas que continham desde *chili* e *rigatoni* até molhos para *nachos* e bolo recheado de chocolate quente, me assegurando de que as plaquinhas que eu fiz, sinalizando as comidas sem glúten, estejam na frente dos pratos corretos.

Sorrio e aceno para os vizinhos, fingindo uma felicidade que eu certamente não estou sentindo. Ao chegar em casa depois do mercado e após fazer uma rápida ligação para a empresa que administra meu cartão de crédito, descobri que Brian havia cancelado todos os meus cartões. Queria me trancar no quarto e me enrolar em uma bola e chorar, mas não poderia fazer aquilo.

A festa precisava continuar, e eu tinha que me manter sorrindo e acenando, rezando para conseguir passar por tudo aquilo sem ter um colapso. Não sei o que farei. Não sei como pagarei pela hipoteca da casa, e certamente não sei como devolverei o dinheiro que Ariel me emprestou, imagine comprar mais comida quando o que tinha na despensa acabasse.

— Cynthia, aí está você! Procurei você por toda parte. A rua está incrível, como sempre. E a sua fantasia é adorável. Helen me disse que você teve um probleminha no mercado essa tarde. — Minha vizinha Alexis caminha em minha direção com um sorriso conspirador e para perto de mim, a franja do seu vestido preto dos anos 1920 girando em torno dos seus joelhos.

Olhando para o meu vestido de baile, longo, de cetim azul-claro, rodeado por um tule brilhante, toco nervosamente os dedos no colar de veludo preto ao redor do meu pescoço antes de passar a mão pelo meu cabelo preso em um coque alto, que estava preso em uma fitinha azul, e dou um sorriso trêmulo para Alexis.

— Não sei do que você está falando. Você já experimentou um dos meus cupcakes sem glúten? Estou recebendo um monte de elogios por eles este ano — aponto para as mesas mais à frente, onde estão os meus cupcakes, que permanecem intocados, empilhados em um prato em forma de abóbora.

Alexis se aproxima e coloca uma mão no meu braço.

— Helen disse que você teve um problema com dinheiro e que aquela mulher imoral, que mora a algumas casas daqui, ajudou você. Isso é verdade? — ela não faz muito esforço para mascarar o tom de voz, fazendo com que algumas cabeças se virassem na nossa direção.

Sorrio, desconfortável, e balanço a cabeça para as pessoas que estão nos observando, antes de me voltar para Alexis.

— O nome dela é Ariel, e ela é uma mulher muito legal — falo, me recusando a responder a pergunta sobre o dinheiro.

— Bem, Helen ficou muito preocupada quando ela viu você conversando com a mulher e disse algo sobre ela pagar as suas compras. Eu não podia acreditar no que estava ouvindo quando ela me contou. Eu disse: de maneira alguma Cynthia dirigiria a palavra para aquela mulher, muito menos aceitaria dinheiro dela. Que coisa absurda! Mas Helen bateu o pé, afirmando que viu tudo o que aconteceu. Está tudo bem com o Brian? Ele foi demitido? Ele nunca perdeu uma das nossas festas de Halloween, e estou preocupada com você, Cynthia. Você sabe que pode me contar tudo, não sabe? — Alexis pergunta, dando uma apertadinha de leve no meu braço.

É incrível como o fato de Ariel ter me chamado de nariz empinado e de julgar os outros, de repente me deixou *superconsciente* para ver o mesmo padrão nas outras pessoas. O sorriso no rosto de Alexis é o mais falso que eu já vi, e seus olhos estão arregalados de curiosidade, e não de preocupação. Sem falar na expressão de nojo em seu rosto, cada vez que ela menciona Ariel. Deixa-me fisicamente doente imaginar quantas vezes eu fiz exatamente a mesma coisa enquanto fofocava sobre Ariel, ou sobre qualquer outra pessoa.

Trinco os dentes e continuo sorrindo para ela, sabendo que obviamente *nunca poderia* dizer para essa mulher qualquer coisa. Conheço Alexis desde que ela e o marido se mudaram para Fairytale Lane, nove anos atrás. Vamos juntas para o nosso encontro semanal do clube do livro, ela trabalha comigo na Comissão de Eventos da Vizinhança, sua filha tem a mesma idade que Anastasia, e eu sempre gostei da sua companhia quando as meninas brincavam juntas.

Considerava-a uma amiga e alguém com quem eu poderia conversar sobre quase tudo, mas, de repente, parada aqui no meio da rua, escutando-a fingir estar preocupada comigo quando eu sabia que tudo o que ela queria era uma história para espalhar para os outros vizinhos, a enxergo sob uma nova perspectiva. Estou vendo-a da mesma maneira que Ariel me via. Uma dondoca metida, que julgava as pessoas. E eu não gosto disso.

— Está tudo bem, Alexis. Brian está viajando a trabalho e, por uma bobeira, acabei levando a bolsa errada comigo quando fui ao mercado — minto na cara dura, desejando ter coragem para dizer a essa mulher que a minha vida pessoal não é da sua conta.

— Querida, você pode falar a verdade para mim, está tudo bem. As pessoas andam falando e, bem... Não parece que as coisas estejam muito bem para você agora — Alexis diz, com falsa simpatia.

A náusea queima no meu estômago, e pressiono uma mão trêmula e suada na região, para acalmar o nervosismo. Isso era exatamente o que eu não queria – pessoas falando e espalhando rumores, mesmo que fossem verdadeiros. Estou envergonhada por ter deixado algo assim acontecer. Que eu tenha deixado um homem que eu pensava amar, me enganar e me deixar sem nada.

Queria que o chão se abrisse e me engolisse, para que eu não precisasse ficar aqui sabendo que todo mundo estava falando sobre o assunto pelas minhas costas e me fazendo parecer uma idiota, incapaz de fazer qualquer outra coisa a não ser aceitar, porque eu não era o tipo de mulher que faria uma cena, mesmo que eu quisesse desesperadamente fazer.

— Ei, fofoqueira. Que tal cuidar da sua própria vida?

Minha cabeça se vira e meus olhos se arregalam em choque quando Ariel chega perto de nós, vestindo uma fantasia sexy verde e vermelha de sereia, brilhante e colada, apontando um copo vermelho descartável para Alexis.

— Como é que é? — Alexis pergunta, indignada, colocando uma de suas mãos sobre o coração.

— Você me ouviu. O seu marido já entornou dez martínis, está enrolando as palavras e tentando apalpar os peitos falsos da Kathy Maben naquela fantasia de Mulher Maravilha a alguns metros para lá. Que tal se preocupar com as suas próprias merdas, em vez de ficar se metendo na vida da Cindy? — Ariel toma um gole da sua bebida enquanto ainda observa Alexis.

Minha vizinha metida olha sobre o ombro e confere que seu marido, Bob, está no jardim da casa de um dos nossos vizinhos e com a mão estendida para o peito de Kathy, o corpo dele balançando de um lado para o outro.

— Hey, Alexis, ouvi dizer que o Bob não tem ganhado chupadas suficientes em casa, algo a comentar sobre isso? — Ariel pergunta em voz alta, interrompendo diversas conversas das pessoas ao nosso redor, conforme elas olham em nossa direção.

— Como você se atreve?! — Alexis grita, apontando um dedo para Ariel.

— Oh, eu me atrevo. Como é a sensação, querida, de ter alguém xeretando a sua roupa suja para todos verem?

Alexis lança um olhar mortal para Ariel antes de se virar e se afastar de nós, caminhando pela calçada em direção ao marido. Ariel e eu ficamos lá e observamos ela ir até Bob, agarrar o braço dele e o arrastar para longe de Kathy.

— Eu não acredito que você acabou de fazer isso — sussurro, olhando para Alexis quando ela para, se vira para Bob, e começa a apontar o dedo na cara dele, sua boca se movendo tão rapidamente que eu só conseguia imaginar a mijada que ela estava dando nele.

— O negócio da chupada? Desculpe por isso. Eu sei que ela é sua amiga, mas ela é uma vaca. Dá para perceber, só de olhar, que a fofa nunca teve um pau na boca. Coitado do Bob — Ariel diz, com um suspiro, e balança a cabeça.

— Não, isso não. Quero dizer, não acredito que você me defendeu dessa maneira.

Ariel se vira para mim, encostando o quadril na mesa que estava ao nosso lado, fazendo com que alguns cookies balançassem e que outros se espalhassem pela mesa. Rapidamente me inclinei para frente e os arrumei novamente no prato.

— Olha, podemos ter as nossas diferenças, mas eu sei pelo que você está passando, ok? Meu ex-marido também me ferrou lindamente. Não é legal. Especialmente quando você vive nessa vizinhança e está sempre sob um microscópio — ela diz, olhando para mim enquanto abaixa a mão para o prato de cookies e tira alguns deles do prato que eu acabei de arrumar.

Com uma bufada, eu pego e os coloco de volta no lugar.

— O seu ex traiu você com Deus sabe quantas mulheres e fugiu do país com alguém de quase a metade da sua idade? — eu pergunto, dando um passo para trás e admirando a pilha bem alinhada de cookies.

— Meu ex trabalha em uma companhia de cruzeiros. Nosso casamento foi com o tema de *O Fantasma da Ópera*. Ele me traiu com Deus sabe quantos *homens*. Eu provavelmente deveria ter visto o que estava acontecendo quando ele insistiu em cantar as músicas na nossa festa — ela me diz, abaixando a mão mais uma vez para destruir a pilha de cookies.

— Você poderia parar de fazer isso? — eu peço, afastando-a da mesa.

— Mas é tão legal ver você ficar nervosinha. Jesus amado, você é um pé no saco. Aqui, beba isso — Ariel ordena, enfiando o copo vermelho na minha cara.

— O que é isso? — pergunto, pegando o copo da sua mão, olhando dentro e vendo que está pela metade, com um líquido claro.

— Água. Apenas cale a boca e beba.

Sentindo-me um pouco drenada depois do que acabara de acontecer com Alexis, e com os meus nervos completamente berrando por saber que todos nesta rua saberiam sobre isso dentro dos próximos cinco minutos, levo o copo aos lábios e tomo, engolindo tudo o que tinha, de uma vez.

Assim que o líquido atinge a minha garganta, a queimação que sinto faz meus olhos lacrimejarem, e me inclino, tossindo e grunhindo, enquanto

Ariel dá tapinhas nas minhas costas.

— Isso não era água! — grito entre tossidas, batendo o punho contra o meu peito.

— Não, era vodca com gelo. Mas o gelo derreteu, então tecnicamente tinha água na mistura — Ariel diz, com uma risada. A queimação na minha garganta começa a ceder e eu consigo respirar novamente.

— Oh, meu Deus. Eu não posso ficar bêbada perto dos meus vizinhos e das crianças — digo, olhando nervosamente para os lados, rezando para que ninguém tivesse visto o que eu tinha acabado de fazer.

— Se tem alguém que merece se soltar um pouco e ficar bêbada, este alguém é você.

— Por que você é tão legal comigo? — pergunto, suavemente, enquanto o zunido de conversas e risadas nos rodeia.

— Como eu disse, já estive onde você está. Jesus, ainda estou onde você está, eu só escondo melhor. Ao menos você não se casou com um cara que, não importa o quanto você tentasse, ele nunca a acharia atraente ou desejaria você. Tente viver com *isso* para o resto da sua vida — Ariel fala. A confiança que eu sempre vi brilhando em seu rosto lentamente desaparece e um olhar triste surge no lugar. — Você sabia que eu era dona de uma loja de antiguidades? Eu sou tipo uma acumuladora quando o assunto tem a ver com coisas antigas e legais, e quando as minhas coisas já estavam tomando muito da nossa casa, meu ex me convenceu a abrir uma loja e vendê-las. Eu adorava. Cada minuto daquilo. Desde ir para a estrada para procurar por coisas legais, a trabalhar dia e noite na minha loja, eu adorava. Era *meu*, e eu tinha orgulho disso. Mas o filho da mãe do meu ex um dia decidiu ir em um cruzeiro fora do país e nunca mais voltar. E como ele não ganhava muito dinheiro e o meu negócio estava indo realmente bem, eu tenho que pagar uma pensão para aquele merda. Eu perdi a minha loja por causa disso. E agora eu tenho apenas um mês antes de também perder a minha casa, e eu definitivamente não quero ter que vender mais das minhas antiguidades do que já vendi. Elas são tudo o que eu tenho. Eu sei que são apenas objetos, mas são *meus*.

Ariel se afasta da mesa e vira a cabeça na minha direção.

— A vida é uma merda. Os homens *são* uma merda. Nós, mulheres, temos que nos juntar. Você precisa aprender a não se incomodar com o que as pessoas pensam sobre você e decidir o que fazer com a sua vida, e eu quero ajudar você a fazer isso. Quero dizer, eu meio que lhe devo uma, já que eu dormi com o seu marido e disse que ele me passou herpes — ela diz, encolhendo os ombros.

— Se você vai me ajudar, é justo que eu também ajude você — digo-lhe.

— Você vai me ajudar a aprender a andar por aí com um pau enfiado na bunda o tempo todo? Porque tenho que ser honesta, Cindy, isso não me soa divertido.

Balançando a cabeça, me pergunto como é possível que depois de tão pouco tempo, eu não me sinta mais escandalizada pelas coisas que saem da sua boca. Pego Ariel pelo braço e a levo para o outro lado das mesas de comida.

— Primeiro, nós vamos comer. Depois, vamos bolar um plano para acabar com os nossos problemas de dinheiro — eu falo, pegando um prato e passando para ela.

— Tudo bem. Mas não se atreva a colocar no meu prato uma dessas porcarias de cupcakes que você fez, ou eu vou começar a bater em alguém.

Capítulo quatro

OLHA O NARIZ EMPINADO DE NOVO, IDIOTA

— Quem diabos fez essas coisas? Isso aqui tem gosto de merda.

Olho para o outro lado da mesa, onde estou ocupada realinhando as comidas e esperando Ariel voltar com mais álcool, quando vejo um dos meus cupcakes ser jogado de volta na pilha. Decorado com uma mordida.

— Isso é nojento. Quem é que coloca um cupcake comido de volta na bandeja, com todos os outros? Você tem alguma ideia do quão pouco higiênico é... fazer isso...?

Perco-me nas palavras quando levanto o olhar para ver quem foi que fez algo tão ofensivo e encontro o homem que vi no meio da rua no outro dia. O mesmo que veio ao meu resgate sem nem hesitar e ajudou Ariel e Isabelle a me levarem para dentro de casa. Ele está de pé do outro lado da mesa, olhando para mim de cima a baixo, me causando arrepios de novo, como naquele dia.

Ele é o homem mais bonito que eu já vi, e me encontro sem palavras, incapaz de terminar de dar o sermão sobre boas maneiras. Seu olhar é muito mais intenso agora que ele está a apenas alguns metros de mim e nem se compara com o outro dia. Seu cabelo escuro é mantido em um corte curto no lado da cabeça e mais longo e bagunçado no topo, como se ele tivesse na última hora passado as mãos pelo cabelo, e seus olhos azuis eram ainda mais profundos, contrastando com aquela profusão de cabelo escuro. Eu sempre me imaginei como uma mulher que preferia homens mais bem arrumados, já que, para mim, isso os fazia parecer mais distintos, como se eles se importassem com a aparência. Mas a luz do final da tarde batendo em seu rosto me faz imaginar como seria roçar a minha bochecha contra a sua.

Tire esses pensamentos da cabeça, Cynthia! Eles não são apropriados! Apenas o agradeça por ajudá-la no outro dia, como uma mulher educada faria.

— Fantasia legal — ele zomba, depois que termina de me examinar.

Sua voz grave faz com que um arrepio desça pela minha coluna, junto com a indignação, e eu esqueço completamente da minha gratidão. O ultraje pela maneira como ele claramente estava tirando com a minha cara, pelo que eu estava vestindo, ganha de qualquer coisa que eu estivesse sentindo enquanto olhava para ele.

— Essa é uma fantasia original de Cinderela, muito obrigada. O que exatamente você deveria ser? — eu pergunto, cruzando os braços sobre o peito e vagando meu olhar sobre ele.

A maneira como sua camiseta cinza moldava perfeitamente seu peito esculpido, como os músculos dos seus braços se flexionavam quando ele pressionava suas mãos na mesa e passava o peso para elas enquanto se inclinava em minha direção, a maneira como seu cabelo caiu em sua testa – tenho uma necessidade sobrenatural de esticar o braço e colocar a mecha de volta no lugar, deslizar meus dedos pelo seu cabelo e ver se é tão sedoso quando parece.

— Eu deveria ser o amigo entediado pra caralho, que foi carregado para essa festa porque disseram que teria mulheres vestidas em fantasias safadas, comida boa, e muita bebida — ele dispara, olhando mais uma vez para o meu vestido antes de voltar a me olhar nos olhos. — Os cupcakes têm gosto de serragem, os *coolers* na mesa de bebidas estão cheios de garrafas de água, e eu ainda não vi nada que se pareça com fantasias para maiores de dezoito anos. Apenas um monte de madames donas de casa entediadas usando vestidinhos pudicos de princesas.

Estou tão embasbacada com as palavras dele que esqueço das minhas boas maneiras e me xingo por passar tanto tempo secando o homem, em vez de lhe dizer onde ele pode enfiar essa atitude idiota. Estou tão fora de prática em mandar alguém pastar que fica claro, assim que abro a boca, que eu não deveria nem tentar.

— Esses cupcakes são veganos e são deliciosos! — eu respondo, pegando a bandeja de cupcakes e tirando do seu alcance.

Não que ele não pudesse alcançar, mas tudo bem.

— Sem mais cupcakes para o senhor. Você tem ideia da quantidade de germes que tem na boca? Você deu uma mordida, devolveu o cupcake, e passou as suas bactérias para todos os outros! E é claro que estou fantasiada com esse vestido. Como ousa insinuar que Cinderela deveria ser safada?! Como. Você. Se. Atreve? — Termino meu sermão com um sorriso no rosto, ainda segurando a bandeja perto do meu peito, só para o caso de ele querer dar uma de engraçadinho.

— Não tem bebida suficiente, no mundo inteiro, que me faça sobreviver a esta festa — ele murmura, balançando a cabeça, se afastando da mesa e indo embora, falando alto por cima do ombro para mim, conforme se afasta. — Oh, e aliás, por nada pela ajuda quando você desmaiou no jardim. Felicidades pela nova adição.

Estou muito ocupada olhando para a sua bunda enquanto ele caminha, e tão irritada pelo que acabou de acontecer, que quando Isabelle e Ariel se aproximam, abro minha boca e falo sem pensar:

— Desculpe, mas é apenas para moradores de Fairytale Lane — informo Isabelle, e logo em seguida sinto uma dor no ombro quando Ariel me dá um soco. — O que foi isso?

Colocando a bandeja de cupcakes na mesa, esfrego meu braço para aliviar a dor, olhando para Ariel enquanto ela joga um prato vazio em uma das lixeiras que colocamos ao longo das calçadas.

— De agora em diante, toda vez que você der uma de nariz empinado, vou te dar um soco no braço — Ariel responde, se aproximando de Isabelle, que está usando um belo vestido de baile amarelo, muito parecido com o meu azul. Não consigo evitar um sorriso ao perceber que nós três estamos vestidas como nossas xarás princesas.

A armação dos óculos de Isabelle deslizou pela ponte do nariz, e seu cabelo está recolhido em um rabo de cavalo bagunçado, que parece estar se soltando, mas, ainda assim, ela estava muito bonita.

— Desculpe-me — digo para Isabelle, com um sorriso acanhado. — É claro que você é mais do que bem-vinda para participar da festa. Foi muito gentil a Ariel convidar você. E eu adorei o seu vestido de princesa.

Mesmo que o soco da Ariel ainda doesse pra caramba, também tinha colocado um pouco de senso em mim. Eu não queria ser como Alexis, julgando todo mundo que acho ser diferente de mim. Culpo a minha perda momentânea de sanidade pelo homem grosso e irritante, que era tão bonito que parecia ter saído direto de uma capa de livro de romance.

Ariel olha com um sorriso para nós duas.

— Pronto, não foi tão difícil, não é? Você já está começando a parecer uma pessoa decente.

Isabelle solta uma risadinha antes de me dar um olhar sério.

— Ariel me disse que se eu não viesse, ela arrombaria a minha casa e me arrastaria até aqui. Ela me dá medo — ela sussurra, dando um olhar nervoso enquanto Ariel a abraça.

— Cindy, esta mulher está precisando da nossa ajuda. Não podemos deixar uma colega na mão. Ela tem vinte e cinco anos e mora no porão da casa do pai.

— É um porão reformado, e é muito aconchegante. Vocês poderiam me avisar quando for quase dez horas? Eu tenho um toque de recolher e não posso me atrasar — Isabelle nos diz, arrumando os óculos no lugar.

— Puta merda, se isso não for um pedido de ajuda, eu não sei o que é — Ariel murmura, balançando a cabeça para Isabelle.

— Não se preocupe, Isabelle, faremos com que você chegue em casa na hora certa — eu lhe asseguro, com um sorriso gentil.

— Escute, Belle, posso chamar você de Belle? Eu sinto que é o destino, que nós três estejamos juntas neste momento. A Cindy aqui está tendo que lidar com uma situação deixada pelo ex-marido traidor e ladrão. Estou tentando superar que eu não era boa o suficiente para parar o meu ex de ir atrás de homens, enquanto ele pegava o meu dinheiro e fugia. E você precisa sair do porão do papai. Nós somos mulheres inteligentes. Se juntas colocássemos nossas cabeças para funcionar, tenho certeza de que encontraríamos uma maneira de sair dessa situação — Ariel explica.

— Você sabia que quarenta por cento dos jovens adultos vivem com seus pais e é a maior porcentagem nos últimos setenta e cinco anos? A única vez na história dos Estados Unidos que esse número chegou a ser tão alto foi em 1940, quando a economia do país ainda estava se reerguendo da Grande Depressão e da participação do país na Segunda Guerra Mundial — Isabelle diz, rapidamente, despejando os fatos de cabeça, como se ela estivesse lendo uma página de um livro.

— Será que ela consegue ser mais adorável? — Ariel pergunta, apertando uma das bochechas de Isabelle.

— Não acho que eu esteja pronta para morar sozinha, mas gostaria de ter um pouco de ajuda para salvar a biblioteca onde eu trabalho. Ela está prestes a fechar porque não temos fundos suficientes para manter as atividades. Meu pai é deficiente, então eu sou a única ajuda que ele tem. Não posso perder o meu emprego, e eu realmente não quero que a cidade perca uma organização tão incrível como a biblioteca — Isabelle explica.

— Excelente. Então está confirmado. Nós nos tornaremos prostitutas e acredito que em algumas semanas já estaremos bem no departamento financeiro. Podemos fazer por nós mesmas e não precisaremos de um cafetão xeretando onde não deve, levando uma porcentagem do nosso dinheiro chupado, quer dizer, suado — Ariel anuncia.

Isabelle fica pálida e de olhos arregalados, fico impressionada que eles não tenham saído das órbitas.

— Eu não... eu não posso... eu nunca...

— Ela está só brincando, querida — falo para ela, suavemente, dando um olhar irritado para Ariel. — Diga a ela que você está brincando.

Ariel revira os olhos.

— Tá bom. Estava só brincando. Mas estou dizendo: se não conseguirmos pensar em um plano logo, não me oponho à ideia de rodar bolsinha na esquina. Não transo com ninguém há séculos e não me importaria em ter um pouco de ação que não inclua alguns gemidos, algumas estocadas e o cara rolando e roncando.

— Meu Deus, com que tipo de homens você esteve? — eu pergunto.

— Do tipo do seu ex — ela responde, com o rosto sem expressão.

Eu não posso nem argumentar ou dizer que o Brian não era assim na cama. E não é só porque uma pequena parte de mim sinta que preciso defendê-lo porque ele ainda é o pai da minha filha, mesmo que ele não esteja agindo como tal. Porque é verdade. Nossa vida sexual era menos que satisfatória.

Aposto que aquele homem que estava aqui minutos atrás não deixaria ninguém insatisfeita na cama. Aqueles músculos, aquele buraquinho no queixo e a sua silenciosa confiança pareciam gritar que ele sabia o que estava fazendo e que cuidaria de tudo com aquelas mãos enormes, realizando todas as fantasias da felizarda. Eu nem percebo que estou procurando por ele entre as pessoas, tentando ter outra visão dele, até que esse pensamento aparece na minha mente, me deixando tensa. Fazia tanto tempo desde a última vez que achei outro homem atraente, que é verdadeiramente patético que alguém que tenha insultado meu cupcakes e minha fantasia, não importando o quão aprazível ele fosse de se olhar, me fizesse ter tais pensamentos impróprios.

— Nós poderíamos vender comida. As vendas que eu organizo na Comissão de Eventos da Vizinhança sempre rendem os maiores lucros desde que fiquei a cargo da Comissão — anuncio, orgulhosamente, tirando da minha mente o tamanho da mão daquele homem e o que ele poderia fazer com ela.

— Cindy, testemunhamos o tipo de coisa que você cozinha. Não queremos matar as pessoas. É ruim para os negócios. Próxima ideia — Ariel diz, descartando minha sugestão com um revirar de olhos.

— Eu tenho uma ótima coleção de primeiras edições clássicas na estante do meu quarto, que eu acho que poderia me desfazer. Poderíamos montar um pequeno bazar na frente de uma das nossas casas e vender. Ooooooh, e poderíamos servir limonadas também! — Isabelle fala, contente, batendo as mãos uma na outra, se balançando.

— Você é tão fofa e adorável que eu não sei se quero abraçá-la ou bater na sua cabeça — Ariel fala, olhando para ela.

— Você tem uma ideia melhor? — eu a questiono.

Ariel abre a boca e eu imediatamente levanto a mão para interrompê-la, antes mesmo de começar.

— Uma que não envolva vender certas partes dos nossos corpos.

Ela rapidamente fecha a boca, com um muxoxo.

— Desculpe, essa é a única que eu tenho.

Cada uma de nós fica perdida em pensamentos, enquanto o resto da vizinhança continua na festa, falando, rindo e se divertindo. Bem quando eu ia desistir e considerar a ideia absurda da Ariel, um dos vizinhos do final da rua vem em nossa direção.

— Senhoras, vocês estão adoráveis esta noite.

Sorrio para John Abraham, um homem na casa dos quarenta anos com quem Brian costumava jogar pôquer uma vez por mês e golfe todo domingo, de repente me sentindo constrangida, imaginando se ele apenas veio aqui para ver se conseguiria algum material para fofoca. Certamente ele deve se perguntar o motivo de Brian andar desaparecido das reuniões, mas esta é a primeira vez que ele fala comigo desde que Brian foi embora, além de alguns acenos amigáveis quando nos víamos na rua.

— Olha só, eu escutei alguns rumores recentemente, e...

— Eu vou parar você aí, John. — Ariel o interrompe, dando um passo para frente. — Se você veio até aqui para se meter na vida da Cindy, vou lhe dizer a mesma coisa que falei para a Alexis, só que desta vez não medirei minhas palavras, e envolve você enfiando certas partes da sua anatomia na sua própria bunda.

Ariel lhe dá um sorriso doce, enquanto ele engole nervosamente, e seus olhos vagueiam da ruiva para mim.

— Eu juro, com todo o respeito, Cynthia. Eu só... bem, eu tenho uma proposta de trabalho para vocês, se estiverem interessadas.

Isabelle arfa, em choque, e minha boca se abre, pensando em como esse homem veio até nós no momento exato.

— Bem, por que diabos você não começou falando disso, querido Johnny? O que, exatamente, você tem em mente? — Ariel pergunta, cruzando os braços sobre o peito e se encostando na mesa.

A pressão dos braços força os peitos de Ariel a subirem até quase o seu queixo, e isso faz com que John fique alguns segundos vidrado antes de piscar e voltar o foco para os olhos de Ariel. O que foi bom para ele, porque dois segundos a mais e Ariel provavelmente teria cumprido a sua ameaça de enfiar as partes masculinas dele em sua própria bunda.

— Veja bem, tem uma festa que faremos no próximo final de semana. Uma festa de aniversário. Faremos na casa de um amigo, já que estamos reformando a nossa cozinha. De qualquer maneira, ele é o cara ali.

Todas nós olhamos para onde John está apontando, e deixo sair um suspiro alto quando vejo para quem ele indica: o homem com quem eu tinha acabado de discutir.

— Santa Mãe de Deus, ele tem uma bunda incrível! — Ariel murmura baixo, quando o homem em questão se inclina para pegar o guardanapo que alguém deixara cair no chão. Ele joga no lixo antes de continuar andando pela rua.

Ele pode ser um grosso e ter péssimas maneiras, mas ao menos ele tinha consciência sobre o lixo.

John volta a nos encarar e continua com a sua explicação, enquanto eu tento o meu melhor para parar de observar o homem, que parecia entediado e como se preferisse estar em qualquer lugar, menos ali.

— Essas fantasias de princesas são exatamente o que eu procurava. Estava pensando se talvez vocês três topassem ir na festa e fazer um pequeno número. Eu fiquei de tomar conta da diversão, mas tivemos um cancelamento no último minuto e estou sem saída. Vocês salvariam a minha vida. — John diz, nervoso.

Demoro apenas alguns segundos para processar o que ele está dizendo, e logo um grande sorriso toma conta do meu rosto.

— John, você me daria uns minutinhos para falar com as minhas amigas?

Ele acena com a cabeça e logo pego os braços de Ariel e Isabelle, puxando-as alguns metros de distância, onde pudéssemos conversar.

— De que merda ele está falando? — Ariel sussurra.

— Você não entendeu? Estamos vestidas de princesas. É uma festa de aniversário. John e a esposa têm quatro menininhas, e eu sei que uma delas faz aniversário por agora. Ele quer que nós sejamos as princesas para a festa de aniversário da filha, e como ele disse, a cozinha está sendo reformada, então eles farão a festa na casa de um amigo! Isso é tão legal. Não consigo acreditar que não pensei nisso antes, quando vi que estávamos vestidas de princesas! — exclamo e vejo o rosto de Isabelle ficar iluminado por um sorriso tão grande quanto o meu, enquanto a expressão de Ariel se fecha em uma careta.

Não tenho certeza de como me sinto sobre ir na casa de um homem que me viu no meu pior e insultou os meus cupcakes e a minha fantasia, mas me preocuparei com isso depois.

A coisa mais importante neste momento é que uma incrível oportunidade acabou de se mostrar no nosso caminho e não estou disposta a deixá-la passar só porque fiquei ofendida e um pouco envergonhada.

— Apareceremos em uma festa cheia de criancinhas ranhentas e remelentas e aí o quê? Balançamos nossas varinhas mágicas sobre elas, para transformá-las em anjinhos? Não, obrigada. Eu passo — Ariel reclama.

— Se ajudar na decisão, pago três mil dólares — John fala alto, ao longe.

— Puta merda — Ariel murmura.

— Mil dólares para cada uma — sussurro, pensando em quantas contas poderia pagar e em quantas idas ao mercado esse dinheiro poderia render, em troca de algumas horas de trabalho.

— Lidar com um monte de pestinhas por mil paus? Você tem ideia de quantos orais precisaríamos fazer para conseguir esse dinheiro? — Ariel pergunta.

— Em média, as prostitutas cobram vinte dólares por sexo oral, então precisaríamos fazer cinquenta, por esse preço, para conseguirmos o valor — Isabelle rapidamente fala mais um fato aleatório.

Eu e Ariel olhamos para ela com uma expressão de surpresa em nossas faces, e as suas bochechas logo ficam vermelhas.

— Li um livro fascinante, alguns meses atrás, sobre a vida das prostitutas nas ruas dos Estados Unidos — ela fala, suavemente.

Balançando a cabeça para clarear minha mente do pensamento de que Isabelle parecia conseguir todo o seu conhecimento, incluindo coisas relacionadas a sexo, de livros, em vez de experiências da vida real, vago meu olhar entre a morena e a ruiva.

— Então, o que vocês têm a dizer? Todo mundo está de acordo em voltar a colocar essas fantasias por algumas horas nesse final de semana e posar como princesas adoráveis e bem-educadas na festa de aniversário de uma menininha? — pergunto.

Eu realmente não gosto muito da ideia de interagir com aquele homem de novo, mas talvez ele se porte melhor, considerando que ele estaria em sua própria casa, e que seria o anfitrião. Um anfitrião sempre deveria ser educado e gentil.

— Bem, bata na minha bunda e me chame de gostosa, estou dentro — Ariel anuncia, esticando o braço para o centro do nosso pequeno círculo. Isabelle e eu seguimos o exemplo, concordando com esse aperto de mão triplo.

— Precisamos trabalhar na questão das boas maneiras, antes do final de semana — digo, soltando um suspiro.

Ariel me dá um soco no braço e eu deixo escapar um grito.

— Olha o nariz empinado de novo, idiota — ela me xinga, antes de se virar e caminhar de volta para John, para dar a ele a boa notícia.

Capítulo cinco

TIRA LOGO!

— Vocês sabiam que a Branca de Neve não foi a primeira princesa a estar em um desenho animado? Na verdade, foi Perséfone, a personagem principal de um curta da série Sinfonias Tolas, em 1937, que serviu de teste para Branca de Neve — Isabelle fala do banco de trás, se inclinando para colocar as mãos no descanso de braço entre mim e Ariel.

A animação em sua voz é contagiante, e não consigo evitar me virar no banco e lhe dar um sorriso, enquanto Ariel entra com o carro na rua onde é a festa. Assim que concordamos em fazer isso para o John, ele imediatamente mandou uma mensagem com o endereço da festa. Era um trajeto fácil, de quinze minutos para fora da cidade.

— Dê uma pausa, Enciclopédia Britânica, e dê uma olhada nessa casa — Ariel diz, com um baixo assovio, enquanto estacionamos na frente da casa do amigo do John, já que a entrada da garagem está lotada de carros.

— Parece um castelo — Isabelle sussurra, enquanto Ariel termina de estacionar o carro e damos uma boa olhada pela janela, para termos uma vista melhor.

Era uma casa de dois andares, estilo colonial, com janelas de madeira preta e branca, com uma torre de verdade na frente do lado direito, coroada com um pico alto que passava do telhado.

— Vocês sabiam que a Branca de Neve era a princesa mais jovem, com quatorze anos, e Mulan era a mais velha, com dezesseis? Essa se parece com a casa onde elas viveriam o "*felizes para sempre*" com os seus príncipes. É tão romântico — Isabelle afirma, com um suspiro sonhador.

— Quatorze? Caramba, não é de se admirar que nós, mulheres, sejamos tão ferradas. Sofremos lavagem cerebral desde que nascemos, para pensarmos que é completamente normal acharmos o homem dos nossos sonhos quando somos crianças, e que você é basicamente uma aberração da natureza e uma uva passa, se não o encontrar até os dezessete — Ariel reclama, enquanto tira o cinto de segurança. Isabelle e eu seguimos, as três saindo do carro e indo em direção à porta da frente.

— Seja legal. Ela fez a pesquisa sobre princesas assim como eu disse para *você* fazer o mesmo para se preparar para esta festa — eu relembro Ariel.

— Estou bem preparada. Coloquei a minha blusa que tem escrito "que se dane ser princesa, quero ser uma vampira"', bebi meu peso em vodca e fiz uma lista de todas as diferentes maneiras com as quais posso matar meu ex e fazer parecer um acidente.

Balanço minha cabeça assim que paramos na porta.

— Como que isso é romântico ou educado? — pergunto, enquanto Ariel toca a campainha.

— Eu não o matei *de verdade* e fiz parecer um acidente, não é?

Antes que eu possa responder e lembrá-la que ela precisa ser a melhor princesa que conseguir, para que possamos impressionar as pessoas e possivelmente ser contratadas para fazer mais festas, a porta se abre. Percebo que estou tão perto da porta que meu nariz está apenas a alguns centímetros do peito de alguém.

Alguém muito musculoso, a julgar pela camisa de manga comprida que ele está vestindo. Minha cabeça levanta e meus olhos encontram o mesmo par de olhos de um azul intenso que me fizeram esquecer momentaneamente que ele tinha me insultado na festa de Halloween. Ele me olhava com uma expressão de confusão.

— Filho da puta. Você está de brincadeira? — o homem murmura, com a sua voz grave mandando arrepios pela minha pele, mesmo que ele não parecesse muito encantado em nos ver.

Mesmo que sua grosseria se destacasse em nos receber, ou até mesmo segurar a porta para que pudéssemos entrar, eu não conseguia parar de olhar para ele.

Limpando a garganta, estendo a mão e sorrio, já que Ariel e Isabelle parecem estar na mesma situação de hipnose que eu, as duas com as bocas abertas em choque ao meu lado, olhando o homem à porta. Não é como se elas nunca o tivessem visto antes, mas claramente estarem de novo tão próximas a ele as deixou mudas. E já que ele tinha feito eu esquecer das minhas boas maneiras na noite da festa, imagino que agora seja uma boa hora para ser educada, sendo que fomos convidadas para a casa dele.

— Nunca tivemos a chance de nos apresentarmos. Meu nome é Cynthia, esta é Ariel, e Isabelle, e estamos aqui para trazer diversão para a festa de aniversário! — minha voz soa aguda e rezo para que não transpareça meu nervosismo.

— JOHN! VEM AQUI AGORA! — ele grita sobre o ombro, o olhar lançando adagas em minha direção, me fazendo recolher as mãos.

— Sabe, é extremamente rude quando alguém estende a mão e você não cumprimenta — eu informo, o que me rende um soco no braço, vindo de Ariel, que finalmente resolveu sair de seu estado catatônico.

— Nariz. Empinado — ela sussurra.

— Não me importo. Ele está sendo grosseiro — respondo em voz baixa, estreitando os olhos para o homem antes de voltar a falar com a minha voz normal. — Você está sendo grosseiro.

Ele abre a boca para dizer algo, provavelmente alguma coisa indigna aos meus ouvidos, quando John aparece no corredor e para à porta.

— Graças a Deus vocês estão aqui! As coisas estão ficando loucas — John me diz, antes de bater nas costas do homem ao seu lado. — Vejo que você já conheceu o meu amigo, PJ, de quem eu falei aquele dia. Agora a festa pode finalmente começar!

John levanta os braços em comemoração e uma garrafa de cerveja, que eu não havia notado, está em uma das suas mãos, quase derramando sobre si e no chão, quando ele se vira e volta para dentro, berrando a plenos pulmões que a diversão chegara.

Um alto coro de gritos e assovios ecoa do outro cômodo, enquanto PJ solta um longo e sofrido suspiro e finalmente se afasta da porta e gesticula para entrarmos.

— Estão servindo cerveja em uma festa infantil? — sussurro para Ariel assim que entramos na casa e paramos no hall, enquanto PJ fecha a porta. — Não parece ser muito apropriado.

Ariel dá de ombros e PJ passa por nós na direção onde John desapareceu. Conforme seguimos silenciosamente atrás dele, o barulho vai aumentando cada vez mais. Aproveito a oportunidade para dar uma olhada na casa dele, mais do que surpresa de que não tem latas vazias de cerveja empilhadas em cada superfície disponível e nem embalagens de comida no chão, considerando que ele tinha se comportado como um Neandertal. As paredes eram pintadas de um cinza-claro, a cor bem parecida com a sua camisa, com os batentes das portas em madeira preta, nossos saltos batendo no chão de madeira escura. As paredes do corredor eram decoradas com peças de artes aleatórias, com molduras pretas que contrastavam com a cor da parede, dando à casa uma aparência bem moderna.

— Eu não me importo se eles estão dando drogas nesta festa de aniversário, valerá a pena só para poder ver a bunda desse cara a noite toda — Ariel murmura, me impedindo de fazer qualquer outra coisa a não ser suspirar, e olhar para... a comissão traseira do PJ, que atualmente estava vestindo belamente uma calça jeans que pendia baixo em seus quadris, assim como no outro dia, na festa de Halloween.

Do nada PJ para e se vira para nos encarar. Minhas bochechas rapidamente esquentam de vergonha quando ele me pega olhando na direção da sua bunda e pisca para mim.

— Podem entrar, senhoras. — ele diz, indicando com a cabeça a próxima porta.

Ariel e Isabelle imediatamente passam por ele e entram na sala, onde a algazarra aumenta quando elas aparecem, e fico surpresa pelos vizinhos não terem chamado a polícia. Imagino o porquê de eu não ter visto nenhuma criança correndo por aí. Os únicos barulhos que escuto são de adultos entusiasmados. PJ pega no meu braço com a mão, me fazendo parar quando passo por ele.

— Eu não acredito que vocês estejam vestidas como malditas princesas — ele fala, balançado a cabeça, o calor da sua mão desaparecendo assim que ele me larga e cruza os braços na frente do seu impressionante peitoral.

— Claro que estamos. É uma festa de princesa — respondo, indignada, e levanto a cabeça. — O que exatamente PJ significa?

Levantando a mão, coloco uma mecha do meu cabelo loiro de volta no lugar, preso em um belo coque estilo francês, com uma tiara brilhante, me certificando de que estava tudo em ordem, já que este era um evento pago e não mais uma festa de vizinhos.

— PJ significa PJ. Quero dizer que não acredito que vocês estão usando as suas fantasias de princesas de uma loja de Halloween, as mesmas que usaram naquela festa chata pra cacete. Cetim, renda e inocência. Isso não foi ideia minha, e estou puto com o John por chamar vocês três. Mas ao menos faça o favor e mostre um pouco de decote — ele murmura, olhando para o meu peito, que estava completamente coberto de cetim e renda.

Esqueço o quão bem ele preenche a calça jeans e a camisa, e arfo em horror.

— Você é algum tipo de pervertido?! Isto é uma festa para crianças! — respondo rapidamente, passando por ele e entrando na sala para pegar minhas amigas e sairmos daqui.

Gritos e assovios encheram meus ouvidos assim que pisei na sala, meus pés parando abruptamente e meus olhos se abrindo em choque quando vejo o que está acontecendo.

Um homem estava recostado no sofá, enquanto outro segurava algum tipo de funil por cima da sua cabeça e um tubo em sua boca, despejando o conteúdo de uma garrafa de cerveja. Três outros homens os estavam animando. O da esquerda me deu uma piscada e então arrotou alto, seguido por uma tentativa em vão de cobrir a boca com a mão. Mais afastado, outro senhor estava inclinado sobre uma árvore de fícus, vomitando no vaso. Finalmente encontro minhas amigas de pé, perto da enorme lareira. Elas estavam paradas na frente de, pelo menos, uns vinte homens que estavam assoviando para elas e jogando notas de um dólar em suas direções, enquanto Ariel lhes xingava e Isabelle escondia o rosto no ombro de Ariel, se recusando a olhar.

— Eles estão definitivamente *agindo* como crianças, mas posso assegurar que eles são todos maiores de idade — PJ diz, suavemente, me fazendo pular de surpresa quando sinto seu hálito no meu pescoço, enquanto ele se inclina para falar no meu ouvido.

Sem me virar para enfrentá-lo, sigo para junto das minhas amigas, tirando do meu caminho um homem bêbado e desorientado até chegar nelas.

— Não acho que seja uma festinha infantil de princesa! — grito para ser ouvida por cima de todo o barulho que os homens emitiam enquanto notas de um dólar inundavam o chão aos nossos pés. Um dos homens grita:

— TIRA LOGO!

— Sério, você acha?! — Ariel grita de volta. — Um cara acabou de baixar o zíper das calças e colocou o pau pra fora!

Isabelle choraminga, pressionando mais forte o rosto contra o ombro de Ariel.

— O que você fez?

— O que você acha que eu fiz? Olhei para ele. E era um pau bem decente. Bom comprimento, excelente largura. Eu daria uma nota 8,5 na escala de paus — ela diz, com um dar de ombros. — Ele perdeu um ponto e meio por chamar o pau de Sanford e me informar que ele cospe quando está feliz. Como se eu não tivesse escutado *essa* antes. Idiota.

Vou para o outro lado de Ariel e ela passa o outro braço sobre mim, de maneira protetora, enquanto os homens continuam a algazarra e pedem para que tiremos nossos vestidos.

— Vocês sabiam que a cada dez homens, sete nomeiam seus pênis e testículos e frequentemente falam com eles, os estimulam e adulam? — Isabelle nos diz, finalmente afastando a cabeça do esconderijo e nos olhando.

— O que faremos? — pergunto, nervosa, para Ariel, sorrindo e acenando para os homens.

— Primeiro, pare de acenar para eles, como se fosse uma princesa! — Ariel grita, batendo na minha mão.

Não sei por que ainda sinto a necessidade de permanecer na personagem quando nossos planos para a noite viraram de cabeça para baixo. Essa fantasia me transforma naturalmente em uma princesa viva. Uma que sorri e acena educadamente até mesmo quando homens bêbados jogam dinheiro em nós e vomitam em vasos de plantas.

— Aqui, façam algo com isso! — John diz, se aproximando com um balde cheio de balões das mais variadas cores e formas, deixando aos nossos pés com um sorriso.

— Ooooooh, animais de balão! — Isabelle diz, contente, se abaixando e pegando um balão vermelho.

— Li sobre como fazer animais de balão, para me preparar para a festa, só por precaução — ela nos informa antes de dar um sorriso para John. — Consigo fazer um cachorro, uma cobra, um macaco, ou um peixe. Qual você quer?

John olha para ela, confuso.

— Você deveria engoli-lo. Quero dizer, é isso o que a stripper fez na nossa última festa. Foi incrível! Enfiou a coisa toda garganta abaixo e nem engasgou — ele fala, orgulhoso.

O balão que Isabelle estava segurando explode de repente, com um estridente *pop*, quando ela o aperta com força demais. A borracha estourada e vazia cai de suas mãos em direção ao chão.

— Acho que vou vomitar — murmuro.

— Tiffany não vomitou. Ela engoliu aquilo como se fosse uma profissional — John fala, antes de se afastar e se juntar aos amigos na algazarra que os homens ainda faziam à nossa frente, com dinheiro nas mãos, esperando que fizéssemos algo.

— TIRA LOGO! TIRA LOGO! TIRA LOGO!

— O que faremos?! — pergunto, histericamente, para Ariel.

— Temos duas opções. Começamos a tirar tudo, ou corremos como o diabo foge da cruz.

Penso nos três mil dólares que estavam nos esperando no final da noite. Penso nas contas vencendo em cima da bancada da cozinha. Penso sobre os três novos recados que recebi dos meus sogros, cada um mais raivoso e exigente que o outro. Penso em como está na hora de eu decidir fazer algo com a minha vida.

Olhando ao redor, para os homens espalhados na sala, meus olhos se encontram com aqueles azuis profundos pertencentes ao grosseirão que é o dono da casa. Ele ainda está na porta, encostado no batente com as mãos enfiadas nos bolsos da calça e com uma expressão entediada no rosto. De repente eu desejei ver em seus olhos algo além de grosseria e irritação. Talvez algo como choque de que essa princesa não fosse tão virginal como ele pensava. E então penso no fato de que o único homem que me viu nua foi o Brian.

Levantando meu queixo, sorrio para os homens que estão nos observando, suas vozes ficando cada vez mais altas.

Pego as mãos de Ariel e Isabelle, o que os deixa ainda mais animados.

Segurando firmemente minhas amigas, sabendo que era agora ou nunca, abro minha boca e berro com toda a minha força:

— COOOOOOORREEEEEEEE!

Capítulo seis

ESTÁ NA HORA DE SUJAR AS MÃOS

— Parece que fomos para a guerra de princesas — reclamo, cruzando as pernas e tentando desamassar a saia do meu vestido, sentada no divã.

— Não, parece que sobrevivemos a uma orgia de princesas. — Ariel replica, recostando as costas no sofá do outro lado da sala de estar, segurando o corpete do vestido que já estava começando a se desfazer.

Dizer que sair correndo e berrando da casa do PJ não fora uma decisão sábia, levando-se em conta que estávamos rodeadas de um bando de homens bêbados, que acreditavam estar prestes a assistir a um show de strip-tease, é o eufemismo do ano. Eles pensaram que fazia parte do "show". Mas depois de desviar de várias mãos bobas, o que resultou na Ariel chutando um dos caras entre as pernas, eles rapidamente perceberam que não estávamos atuando e que queríamos sair dali.

— Você tinha que ser tão grossa? — Solto um suspiro aborrecido enquanto a manga do vestido continua a cair pelo meu braço.

— Você sempre tem que ser tão *não*-grossa? — Ariel devolve, se inclinando no sofá com um braço, e com o outro continuava segurando o corpete. — Diga algo ofensivo. Agora mesmo.

Mordo minha língua enquanto Ariel me observa. Depois de um minuto de silêncio, ela se levanta calmamente e vai em direção à lareira, se inclina e derruba um porta-retrato, seus olhos nunca deixando os meus.

— O que você está fazendo? — pergunto, fazendo o meu melhor para não demonstrar na minha voz o quão aborrecida estou, e permanecer calma.

— Diga algo ofensivo — ela fala de novo, sua mão indo para uma pequena estátua de metal da Torre Eiffel, que Brian e eu compramos em nossa lua de mel.

— Você não se atreveria — sussurro, apertando minhas mãos no colo enquanto Isabelle, sentada no meio da sala, no chão, alterna o olhar entre mim e Ariel, como se estivesse assistindo a uma partida de tênis.

Com uma girada do pulso, Ariel derruba a estátua.

— Fale *orgia*! — Ela demanda, se movendo para outro porta-retrato.

— Não.

Tudo dentro de mim gritava para que eu me levantasse e fosse arrumar o que ela tinha bagunçado, precisando restaurar a ordem assim como eu precisava respirar. Se tudo estivesse onde deveria estar, tudo lindo e perfeito, eu poderia fingir que a minha vida não tinha se tornado uma grande e horrível bagunça.

Posso olhar a minha casa perfeita e esquecer do caos que me rodeava.

Com um sorriso, Ariel derruba o retrato, e não consigo me segurar. Levanto do sofá em um pulo e corro para colocar tudo no lugar, me assegurando que tudo ficasse virado para a direita.

Enquanto estou ali ocupada, Ariel vai para a parede onde uma pintura do pôr do sol em Paris está pendurada. Ela coloca a mão na quina direita da moldura.

— Eu posso fazer isso a noite toda, querida. Diga. *Orgia*.

Meus olhos se arregalam e minhas mãos começam a tremer, e antes que eu consiga lhe dizer para parar com esse comportamento infantil, ela empurra o quadro, deixando-o completamente torto.

— PARE DE MEXER NAS MINHAS COISAS! — grito e logo cubro a boca com uma das minhas mãos, mortificada pela minha explosão.

— Aí está. Já é um começo. Da próxima vez, tente me chamar de imbecil. É bastante terapêutico.

— Dizer esse tipo de coisa não vai fazer com que eu me sinta melhor sobre o que aconteceu esta noite. Cometemos um erro, então é melhor esquecermos de tudo e seguirmos em frente.

— Os últimos estudos mostram que pessoas que xingam com frequência têm uma longevidade maior. Xingamentos são expressões de emoções sem filtros, e as pessoas que xingam mais também são as mais sinceras — Isabelle explica, calmamente, do seu lugar no chão da sala.

— Viu? — Ariel fala, apontando para Isabelle. — É ciência. Você não pode discordar da ciência.

Aproximando-me da Ariel, endireito o quadro na parede, dou um passo para trás e fico satisfeita com o resultado.

— Como eu disse, vamos apenas esquecer que esta noite aconteceu.

Retornando para o divã, volto à minha posição de antes, sentada e de pernas cruzadas.

— Ou poderíamos bolar um novo plano. Tipo, lucrar com essa coisa de strip. Nós confundimos e cometemos um erro. Da próxima vez, estaremos preparadas. — Ariel se aproxima para se sentar próxima a mim.

— Não nos transformaremos em strippers, você perdeu a cabeça? Eu sou uma dona de casa e presidente da Comissão de Eventos da Vizinhança. Você era dona de um antiquário, e Isabelle é uma bibliotecária. Nós *não* somos strippers. Não quero, em hipótese alguma, tirar as minhas roupas na frente de um monte de estranhos.

Mesmo enquanto eu falava, veio a lembrança de um momento durante a festa, quando me passou um arrepio de excitação diante da ideia de fazer algo tão escandaloso. A liberdade que senti, a comichão de antecipação sobre a minha pele, a adrenalina fazendo meu coração bater mais rápido, e o pensamento de que não teria que responder perante a ninguém, a não ser eu mesma, que eu não precisava ser perfeita.

— Você está mentindo. Puta merda, você está mentindo! Posso ver escrito na sua testa! — Ariel exclama.

— Não sei do que você está falando. — Eu zombo. — E tenho quase certeza de que Isabelle nunca concordaria com algo tão ultrajante.

Isabelle morde o lábio, empurrando os óculos para cima do nariz, com um dedo, e encolhe os ombros.

— Esta noite foi... incrível! — ela fala, baixinho.

Ariel joga a cabeça para trás e ri, enquanto eu olho para Isabelle, em choque.

— Querida, você quase desmaiou quando descobriu para o que eram os balões. — Eu a lembro, gentilmente.

— Ok, aquilo foi um pouco chocante. Mas só porque eu não pesquisei o suficiente. Ou o tipo certo de pesquisa. Há muito material de referência que posso encontrar online sobre strip-tease, e eu não sei, pode ser divertido.

— E por *pesquisa* você quer dizer pornografia. Precisamos assistir pornô — Ariel diz, acenando com a cabeça.

Todo mundo nessa sala perdeu a cabeça. Completamente.

— Acho que precisamos nos manter no plano original, de fazermos festas infantis. Podemos imprimir alguns panfletos e montar um site. É uma ótima ideia e muito mais a nossa cara — digo para elas.

— A única cara que você conhece é a de entojo. Você precisa relaxar, curtir, sair da linha. Alguma vez você perdeu a cabeça por algo que o Brian tenha feito? Gritou, chorou, jogou coisas ou o xingou? Ficou bêbada e teve um casinho de uma noite, para tirá-lo da cabeça? As coisas não precisam ser necessariamente pretas e brancas. A vida é imprevisível. Você nunca sobreviverá a isso se não sujar as mãos — Ariel explica.

— Você não entende. Eu tenho uma filha. Não posso correr o risco de me deixar levar ou perder... a cabeça. Se as coisas são bem definidas, eu ainda estou no controle.

O barulho de passos descendo as escadas e em direção à sala de estar faz com que Isabelle e Ariel se virem e me dá tempo de engolir minhas lágrimas e me controlar.

— Preciso de cinco dólares para o lanche amanhã, Cynthia. — Anastasia diz, com uma expressão de tédio no rosto, se encostando no batente da porta e roendo uma unha, da qual o esmalte preto já estava descascando.

— Ok. Deixa eu...

— Você chamou a sua mãe de Cynthia? — Ariel interrompe, andando até parar na frente da Anastasia.

— Tudo bem, Ariel. Eu posso...

— Esse é o nome dela — Anastasia responde para Ariel revirando os olhos, assim que me levanto do divã e caminho na direção delas, antes que a discussão saia do controle.

— Escute aqui, Mortícia Adams, de onde eu venho não chamamos nossas mães pelos seus primeiros nomes. Mostre um pouco de respeito, cacete. A sua mãe está queimando todos os parafusos e ficando louca tentando manter um teto sobre a sua cabeça e comida na mesa, ela não merece escutar esse tipo de merda. E aproveitando que você está aqui, vá tirar essa porcaria preta dos seus olhos. Você parece uma prostituta qualquer.

Fico congelada no lugar, observando Anastasia abaixar as mãos e perder o ar de rebeldia, enquanto Ariel continuava a olhar para ela de cima a baixo.

Anastasia murmura para mim um pedido de desculpa rápido e baixo, se vira e sobe as escadas correndo. Em vez do costumeiro bater de porta, escuto seus passos indo direto para o banheiro em frente ao seu quarto, seguidos pelo barulho do chuveiro sendo ligado.

— Como você fez isso? — pergunto, maravilhada, ainda olhando para o lugar onde minha filha estava segundos atrás.

— Falei com ela como um adulto. Você não pode pisar em ovos com adolescentes ou eles vão comer você viva.

Rapidamente percebo que era exatamente isso o que eu vinha fazendo. Estava protegendo minha filha de tudo de ruim que acontecera, mentindo para ela a fim de lhe proteger, e na verdade, tudo o que fiz foi machucar não só a ela como a nossa relação.

Lágrimas inundam meus olhos e meu coração se parte ao meio quando entendo que eu sou a razão pela qual o nosso relacionamento está tão ruim ultimamente. Sabendo que sou a razão pela qual a sua vida não é mais cheia de cores, e cada palavra que ela me dirigia era cheia de mágoa. Posso culpar Brian por essa bagunça com todas as minhas forças, mas *sou eu* quem está vivendo com a cabeça enterrada na areia, perpetuando as mentiras que dizia a mim mesma e para a minha filha.

— Não conversamos muito sobre o que o pai dela fez. Obviamente ela sabe que ele foi embora, e sabe que a grana está curta, mas não sabe da história toda. Achei que estivesse fazendo a coisa certa — digo, observando Isabelle se levantar do chão e passar um braço ao redor da minha cintura.

— Eu não sou mãe, então não sei muito sobre criar filhos, mas provavelmente ela já sabe de tudo — Ariel fala. — Por mais que você queira negar, o bairro todo sabe. Honestamente, você acha que alguém não tenha dito nada para ela? Vou dar um chute e dizer que esse é o motivo de a garota estar se vestindo dessa maneira e agindo como uma vaca. Ela sabe que você está mentindo para ela e está fazendo tudo o que pode para deixar você irritada e dizer algo para ela — a voz calma de Ariel mostra um lado doce que eu não sabia que ela tinha.

A campainha toca, interrompendo nossa conversa, e fico contente por isso. Preciso de uma pausa desses pensamentos e preocupações. Ariel e Isabelle me seguem pelo corredor e não consigo esconder o meu completo choque quando abro a porta e vejo John parado ali. Além da vergonha de que um dos meus vizinhos tinha testemunhado o que acontecera nesta noite.

— John, o que você está fazendo aqui?

Ele dá um sorriso envergonhado e enfia a mão no bolso da calça, tirando um maço de notas e estendendo na minha direção.

— Depois que a bebedeira passou, percebi o enorme erro que cometi, e estou me sentindo horrível por causa disso. Não é o valor total que combinamos, porque, bem, mesmo me sentindo mal, a festa acabou não tendo strippers. Mas vocês merecem algo pelo que passaram — ele explica.

Ariel se aproxima e pega o dinheiro da mão dele, calmamente contando as notas.

— Mil dólares? Depois de toda aquela merda?

— Como eu disse, me sinto mal. Eu acho que deveria ter explicado um pouco mais sobre o que queríamos. E olha, os caras adoraram vocês três, mesmo sem tirar as roupas. Eles acharam vocês hilárias — John diz, com uma risada.

— Diz para o cara que eu chutei as bolas que eu sinto muito. — Ariel se desculpa.

— Na verdade, foi ele quem me deu o dinheiro e disse para eu vir aqui. Acho que ele curte essas paradas pesadas. Vai saber. — John tira do bolso um pequeno cartão quadrado e me entrega. — Olha, eu não sei se isso é algo que vocês pensam em seguir, ou se é só um bico, mas com um pouco de ajuda, acho que é uma ótima ideia, e acredito que vocês poderiam arrasar fazendo isso. Apareçam nesse endereço amanhã de tarde e perguntem pela Tiffany.

Eu pego o cartão e percebo que é um cartão de visitas.

— Essa é a mesma Tiffany que engoliu um balão sem engasgar? — Ariel pergunta.

— Sim, ela mesma. Tiffany é a professora de catequese da minha filha. Uma ótima garota. Muito legal.

John se desculpa mais uma vez, nos desejando boa noite, e se afasta, indo para a entrada da garagem e depois para a calçada da sua casa.

Silenciosamente fecho a porta, me viro e encosto na porta, observando Isabelle e Ariel, que estava com o dinheiro na mão, como um leque.

— Se professoras de catequese conseguem, então uma proprietária de loja de antiguidades, uma dona de casa e uma bibliotecária também conseguem. Festinhas de princesas para pirralhos *ranhentos*, onde ganharíamos alguns dólares de vez em quando, divididos entre nós três, ou isto aqui? — ela pergunta, se abanando com o dinheiro.

Olho novamente para o cartão e leio em voz alta o que está escrito em letra rosa pink:

Charming's - Clube de Cavalheiros

Voltando meu olhar para Ariel, observo o dinheiro com o qual ela ainda está se abanando.

— O que você acha, OG? — ela pergunta, com um sorriso.

— OG?

— Original Gangster, A Anciã, A Vaca no Comando, do que você quiser chamar. — Ela me diz.

— Ei, eu não sou velha — reclamo.

— Você tem trinta e dois; eu, vinte e oito; e a Isabelle, vinte e cinco. Você é a mais velha da sala e nossa guia. Respeitaremos os seus desejos e nos submeteremos à sua decisão. E aí, o que você nos diz?

Meu olhar vai de Ariel para Isabelle, ambas com um ar tão esperançoso. Olho para o teto – ainda consigo escutar o chuveiro correndo água no andar de cima – penso na minha filha e naqueles cinco dólares que ela precisa para o lanche. Assim como nos outros cinco dólares que ela precisará todos os dias até o final do ano letivo, e roupas, sapatos, comida, atividades extracurriculares, e um lar que tivesse luz e água.

— Acho que você está certa. Está na hora de sujar as mãos.

A RECATADA, A BOCA SUJA E A BIBLIOTECÁRIA ENTRAM EM UM CLUBE DE STRIP

— Essa não foi uma boa ideia.

Ariel suspira e se volta para me encarar, enquanto paramos na frente da porta do Charming's.

— O que combinamos na vinda? — ela pergunta, cruzando os braços e batendo o pé.

É a minha vez de suspirar, olhando nervosamente o estacionamento vazio e segurando minha bolsa mais firmemente de encontro ao peito antes de voltar meu olhar para Ariel.

— Bem, você disse que eu deveria parar de ser tão certinha e abrir a cabeça, mas eu nunca concordei verbalmente com isso — respondo, petulante.

— Na verdade, a Ariel perguntou para você se ela deveria marcar uma consulta médica para tirar o seu nariz da testa, e disse que você tinha que parar de ser tão idiota. Você se recusou a falar, mas acenou com a cabeça — Isabelle me corrige. — Em muitas culturas, um aceno de cabeça é usado para indicar consentimento, que você está ciente ou que aceita algo.

— E é assim que eu encerro o caso. — Ariel sorri, se voltando para frente e batendo com o punho na porta. — Só porque estamos aqui não quer dizer que vamos realmente ser strippers, embora saibamos que esta é a melhor decisão. Só estamos aqui para pegar umas dicas com Tiffany, pedir para ela mostrar alguns movimentos, e partimos daí.

Antes que eu possa pegar o seu braço, arrastá-la para longe do clube e convencê-la de que aquilo era um erro, a porta abre com tudo, e imediatamente damos um passo para trás.

— Estamos fechados.

O homem parado à nossa frente, que toma todo o espaço da porta, fala com um rosnado. O que lhe cai bem, já que ele se parece com um animal selvagem. Ele tem quase dois metros de altura, e a regata branca que está vestindo mostra todos os seus músculos bem trabalhados. Seu cabelo escuro é mais longo de um lado, caindo bagunçado ao redor do rosto e orelhas, e a sua barba está por fazer. Ele mais se parece com um urso, e estou com medo de que, levando em consideração a expressão feroz em seu rosto, ele possa morder.

— Ele poderia esmagar a minha cabeça como se fosse uma noz, com esses bíceps — Ariel sussurra ao meu ouvido enquanto eu tento me lembrar de como falar, assim como ter boas maneiras.

— Boa tarde, senhor. Nós temos um horário com...

— Estamos fechados — ele me interrompe.

— Me desculpe, mas se você ao menos...

— Estamos fechados — ele me interrompe de novo, cerrando os olhos com irritação.

— Escuta aqui, seu brutamontes, não é nossa culpa se os esteroides tomaram conta do seu cérebro e provavelmente encolheram o seu pênis, o que deixou você com raiva. Só nos deixe passar para que possamos conversar com a Tiffany. — Ariel ataca.

Ele responde, dessa vez com um rosnado de verdade, que retumba em seu peito. Eu definitivamente deveria temer pelas nossas vidas neste momento, mas a coisa está ficando ridícula.

— A sua mãe não lhe ensinou boas maneiras? — Eu bufo.

— Nós. Estamos. Fechados. Porra. Vão embora, cacete.

Ele dá um passo para trás, para fechar a porta, quando Isabelle rapidamente me tira do caminho, dando um pulo para frente e colocando um pé na porta para impedi-la de fechar.

— Com licença, mas como estávamos tentando lhe dizer, nós temos um horário. Tiffany está nos esperando, e se você puder ser gentil o suficiente para nos mostrar onde ela está, deixaremos você em paz.

O Incrível Hulk a olha de cima para baixo, e eu meio que espero que Isabelle saia correndo e gritando para o carro, considerando que esse homem provavelmente poderia quebrá-la ao meio sem fazer qualquer esforço. Mas ela se mantém firme até que ele finalmente desiste.

Com um grunhido, ele se vira e entra no clube, nos deixando paradas à porta aberta.

— Puta merda, olha só para você, toda corajosa! — Ariel exclama, dando tapinhas nas costas de Isabelle.

— Não acredito que eu acabei de fazer isso. Nunca fiz nada parecido em toda a minha vida. Sinto que conseguiria qualquer coisa neste momento. Eu sei que deve ser a adrenalina falando, que é um hormônio de estresse secretado pelas glândulas suprarrenais e que serve para preparar o corpo para uma reação de luta em situações de perigo, e que vai se esvair em cinco minutos, mas é tão legal! — Isabelle divaga enquanto Ariel vai para frente, segura seu braço e a puxa para dentro do clube.

— Excelente. Então temos cinco minutos para encontrarmos a Tiffany, sermos instruídas e conseguirmos que você tire a roupa, já que você se sente tão bem — Ariel fala e eu as sigo.

Assim que chegamos ao final de um corredor comprido e escuro, um ambiente de mais ou menos setecentos e cinquenta metros quadrados aparece na nossa frente. Estou surpresa por ver que dentro não é tão decadente quanto achei que seria. Tem um palco que acompanha toda uma parede, com cortinas de veludo preto que caem logo atrás. O centro do palco se projeta em uma passarela, abrindo para uma pequena área quadrada onde se elevava o mastro para o pole dance. Os cantos do palco estão iluminados em rosa pink e luz branca, e as mesmas cores brilham no teto do clube.

Em vez de cadeiras frágeis e mesas desgastadas, pelo ambiente se espalham mesas pretas, pequenas e arredondadas, com velas rosa no meio de cada uma. Cada mesa é rodeada por elegantes cadeiras de couro preto, com encostos altos e apoios de braços.

— Esse é o clube de strip mais requintado que eu já vi — Ariel murmura, enquanto continuamos a caminhar pelo clube, observando os arredores.

— Você só pode estar de brincadeira.

Embora eu só tenha escutado essa voz duas vezes, a reconheceria em qualquer lugar, assim como aquele frio na barriga que ela me dava.

Parado a alguns metros no ambiente difuso está PJ, com um olhar irritado no rosto. O raivoso Hulk nos olhava como se quisesse nos matar, e havia um outro homem com um sorriso enorme no rosto.

— Bem, bem, bem. Fera me disse que tínhamos visitas, mas não disse que eram três beldades — o sorridente fala, vindo em nossa direção e parando bem em frente a Ariel, a luz do teto o iluminando, ficando mais fácil de ver suas feições.

Ele tinha o mesmo cabelo escuro que o PJ, mas estilizado com gel. O rosto sem nem uma sombra de barba, lindos olhos verdes e um terno escuro que o vestia como uma luva. Meu primeiro pensamento foi que ele era exatamente o meu tipo.

Então por que não consigo tirar os olhos do PJ?

Ele está vestindo outra calça jeans surrada, mas em vez de uma camiseta, ele optou por uma camisa abotoada, fora da calça, de uma cor azul vívida, a mesma que seus olhos, com as mangas dobradas até os cotovelos. Sua barba ainda está por fazer e, assim como na outra noite, sinto vontade de passar minha bochecha contra ela.

Tiro meus olhos do PJ tempo suficiente para ver o homem de terno levantar a mão para Ariel.

— Meu nome é Eric Sailor. Gosto de longas caminhadas pela praia, assistir comédias românticas e dormir de conchinha depois do sexo.

Ariel engole em seco antes de lhe dar um olhar aborrecido.

— Me erra.

Eric joga a cabeça para trás e ri, balança a cabeça e volta o olhar para Ariel.

— Você deve ser a boca suja de quem o Fera estava falando — ele diz, apontando com o dedão acima do ombro para o Incrível Hulk, ainda parado ao lado de PJ, com os braços cruzados e as pernas separadas, parecendo ainda maior.

— Desculpe, você disse que o nome dele é Fera? Meu Deus, isso é... diferente — falo, educadamente, quando na verdade eu queria dizer que esse é um nome bem apropriado para o homem.

— E você deve ser a recatada. Eric Sailor, prazer em conhecê-la — diz, com um sorriso ainda maior, covinhas aparecendo nas duas bochechas.

— Eu *não* sou recatada.

— Você está com um terninho da Talbots e com pérolas em um clube de strip-tease. Você é recatada. — Ariel me cutuca.

— Para a sua informação, é da Ann Taylor[2]. E essas pérolas são uma herança de família — digo a ela, pegando um pedaço de tecido da manga três quartos do meu paletó de tweed azul-marinho e branco, antes de alisar as mãos na lateral da saia do conjunto, que ia até o joelho.

Ao que parece, usar algo que lembre uma reunião de negócios não fora uma boa ideia para vir aqui hoje, mas é vestida assim que me sinto confortável. É como a minha armadura de guerra e me dá confiança. Ariel está vestindo uma regatinha rosa, com um amplo decote, combinando com uma minissaia jeans com a barra desfiada, e rasteirinhas; e Isabelle está com um vestidinho de verão rendado, que vai até os joelhos, e sapatilhas. Nós nos vestimos com roupas que nos faziam sentir confortáveis, a fim de

---

2 Ann Taylor – Loja de vestuário feminino, conhecida pelas roupas de estilo clássico.

conseguir encarar o que estava por vir. Não há nada de errado com isso.

— Vocês sabiam que a palavra *recatada* é sinônimo de puritana, originada no começo do século dezoito em razão da palavra *prudefemme*, que em francês significa mulher respeitável e digna? — Isabelle solta mais um de seus fatos aleatórios.

— E você deve ser a bibliotecária. A recatada, a boca suja e a bibliotecária entram em um clube de strip... — Ele termina a frase com uma risada.

— Olha só, Risadinha, estamos aqui só para falar com a Tiffany. Então se você fizer o favor de sair do nosso caminho, para que possamos acabar logo com isso, seria ótimo. — Ariel rosna.

— E já que Tiffany é uma das minhas funcionárias, você entende o porquê de eu estar um pouquinho hesitante em deixar alguém entrar no meu clube para falar com ela — PJ fala, finalmente se movendo e parando ao lado de Eric, enquanto o Fera continua a nos observar à distância.

— O Charming's é *seu*? — Ariel pergunta, em choque, enquanto aquele frio na minha barriga subitamente para e sinto um peso no lugar.

Claro. A primeira vez que a minha libido decide acordar e se manifestar em sabe-se Deus quanto tempo, é com o dono de um clube de strip. Sim, era um clube muito bonito e arrumado, mas, ainda assim, um clube de strip-tease.

E então eu lembro que estou parada no meio do dito clube, completamente preparada para aprender alguns movimentos com uma das dançarinas da casa, como um último esforço para tentar fazer as contas baterem no final do mês, antes que eu perca a minha casa. Mandei currículos para mais de cem vagas de emprego nos últimos meses, mas ninguém quer contratar uma dona de casa sem ensino superior, não importavam quantos eventos de arrecadação de fundos ela organizou ou então quantas estratégias de marketing ela teve que criar para o sucesso dos eventos. Então eu realmente não estou no lugar de julgar.

Se eu não pensasse que todos me olhariam como se eu tivesse perdido a cabeça, eu mesma me bateria no braço, para poupar Ariel do trabalho.

— Na verdade, nós somos sócios. Bem, eu sou dono de uma frota de iates de luxo de aluguel e dei o dinheiro para investir no clube, então acho que você poderia dizer que eu sou um sócio silencioso. É ele quem lida como peso-pesado — Eric diz, dando outro sorriso para Ariel.

— Isso deveria me impressionar ou algo assim? Que tal você praticar aquela parte do silêncio e parar de falar?

PJ finalmente mostra outra emoção no rosto além de aborrecimento, e sufoca uma risada. O som faz meu coração acelerar.

Eu realmente preciso superar isso. Não tenho nada que *sentir* algo quando se trata de outro homem. Claro, estou divorciada, e acho que poderiam dizer que estou "livre na pista".

Mas tenho muitas coisas na minha vida para me preocupar em adicionar esse homem na equação, um homem que claramente está incomodado com a nossa presença, mesmo que ele me dê frio na barriga. Tenho zero experiência em se tratando do sexo oposto, e algo me diz que eu precisaria ter muita experiência para chamar a atenção de alguém como o PJ. Não importa o quão rude e irritante ele seja, é impossível não gostar da visão.

— Olha, não estamos aqui para divulgar nenhum segredo do que quer que aconteça nos bastidores dos clubes de strip ou qualquer coisa do gênero. O que se passa atrás das portas fechadas, permanece atrás das portas fechadas e toda essa merda — Ariel diz para PJ. — O seu amigo John sugeriu que viéssemos conversar com a Tiffany, e já que você assistiu de camarote o desastre da outra noite, achamos que fosse uma boa ideia.

— Espere um minuto. *Vocês* são as strippers que foram contratadas para o aniversário de trinta e cinco anos do PJ? — Eric pergunta, maravilhado, antes de soltar outra risada. — Ai, meu Deus. Agora estou ainda mais puto por ter tido um encontro naquela noite e perdido toda a diversão.

Ele dá uma piscadinha para Ariel, e ela revira os olhos.

— Alguém concordou em ter um encontro com você? Você teve que pagar? Porque de onde eu venho, chamamos isso de contratar uma prostituta, e não ir em um encontro — Ariel fala, sarcasticamente.

— Tudo bem, já chega — eu digo, me colocando entre Ariel e Eric antes que a ruiva avance. — Nós realmente gostaríamos de apenas falar com a Tiffany, e sairemos do seu pé.

— Puta merda, você está falando sério? Pensei que estivesse brincando. Vocês realmente acham que podem ser strippers? — PJ pergunta, tentando segurar outra risada. Dessa vez meu coração ficou quietinho, já que eu não me importava com o tom de descrença em sua voz.

— Sim. Nós realmente achamos que podemos ser strippers. Por que é tão difícil de acreditar?

Ele se aproxima até que eu possa sentir o calor do seu corpo e o cheiro do seu perfume.

— Você tem o nariz empinado que deve te dar um torcicolo, a sua amiga não consegue manter a boca fechada, e a outra parece que precisa de sais aromáticos para não desmaiar só por colocar os pés neste clube. Vocês não foram feitas para esse ramo. Voltem para casa, para os seus maridos, e vão cozinhar alguma coisa. Procurem outro passatempo para preencher a vida entediante de vocês, e saiam do meu clube.

Com isso, ele vira e se afasta, me deixando de boca aberta, incapaz de acreditar que um homem que sabe absolutamente nada sobre nós, tivesse falado comigo daquela maneira.

— Você terá que desculpar o meu amigo. Ele é um pouco protetor em relação ao clube, considerando que é o nome dele que está na placa. — Eric se desculpa.

— O nome dele é PJ Charming? — Ariel pergunta, surpresa.

— Uhum — Eric responde, balançando a cabeça.

— O que PJ significa? — ela pergunta.

— Eu poderia dizer, mas então teria que te levar para uma sala nos fundos e te comer.

— Você é um porco — Ariel murmura, enojada.

Estou ocupada demais olhando para o outro lado do clube, para o corredor onde PJ desapareceu, desejando ter coragem para começar a usar o linguajar que a Ariel parece ser tão apegada, para me preocupar com os insultos que Ariel e Eric estão soltando. PJ seria uma ótima razão para esquecer todas as minhas boas maneiras e começar a soltar alguns palavrões.

— Bem, eu não me importo se ele é o dono do clube, eu quero arrancar o pau dele e forçá-lo a comer a coisa crua — Ariel reclama.

— Você meio que me dá medo — Eric murmura, ainda sorrindo para Ariel.

— Ótimo. Agora vá buscar a Tiffany antes que eu meta o meu pé na sua bunda e aí, sim, você vai ver o que é medo.

Ele balança a cabeça e ri, mas vai em direção oposta ao PJ, chamando pela Tiffany enquanto se afasta.

— Espero que você ainda esteja dentro, porque nem a pau mudaremos de ideia agora — Ariel sussurra, olhando para Fera, que ainda estava parado a alguns metros de distância na mesma posição, sem dizer uma única palavra enquanto nos observa.

— Ah, eu estou *tão* dentro. Vou mostrar para aquele idiota que ele acabou de cometer o maior erro da sua vida — respondo, raivosa, abrindo minha bolsa e tirando um pacotinho de lenços desinfetantes.

Aproximando-me de uma das mesas, abro o pacotinho e começo a limpar a cadeira de couro, embolando o lenço quando termino, jogando-o na mesa e me sentando na cadeira.

— O quê? — pergunto para Ariel quando ela se aproxima para se sentar ao meu lado, mas continua de pé me olhando.

— Ei, Fera! — ela grita. — Me dá uma bebida. Coisa boa. Precisaremos de muito álcool.

Capítulo oito

ESQUEÇA DOS PÊNIS, AGORA QUERO OUTRA FRUTA

— Mexa os quadris mais devagar. Se você continuar se balançando nessa velocidade, vai quebrar alguma coisa. Lento e preciso, este é o segredo para as gorjetas. — Tiffany instrui Ariel no meio da sala.

Com a mão segurando firmemente um dos quatro mastros de pole dance alinhados no meio da sala, e com a perna ao redor do mastro, Ariel olha para Tiffany por alguns segundos antes de fazer como lhe fora instruído. Tiffany dá um sorriso e diz palavras de encorajamento antes de se afastar, indo para Isabelle, que estava na frente do seu respectivo pole.

— Querida, eu sei que é assustador, mas você vai precisar apertar menos o pole antes que você corte a circulação dos seus dedos e quebre essa coisa no meio — ela diz, suavemente, para Isabelle, enquanto fazia pequenos círculos nas suas costas, para acalmá-la.

Tenho que dizer, eu realmente gosto da Tiffany. Fiquei surpresa quando ela veio nos encontrar no centro do clube uma hora atrás. Ela não é nada com o que eu esperava que uma stripper se parecesse. Ela é baixinha, um metro e meio, com o corpo cheio de curvas, um ondulado cabelo castanho com mechas loiras.

Ela não tem nem um tiquinho de maquiagem no rosto e está usando uma camisa soltinha e uma calça de ioga. Ela nos fez sentirmos confortáveis quase que imediatamente, falando sobre si mesma enquanto nos levava para uma salinha escondida atrás do palco, que servia de estúdio.

Descobrimos que ela não é apenas uma professora de catequese, como também é mãe solteira de um menininho de dois anos.

Ser uma stripper lhe dá a oportunidade de trabalhar de noite, enquanto seus pais cuidam do menino, e ficar em casa o dia todo com ele, ganhando dinheiro suficiente para mantê-los, já que o pai do seu filho decidiu que não queria ter nada a ver com eles no momento em que o teste de gravidez deu positivo. Gostei ainda mais dela ao saber que ela pediu para os pais olharem o filho dela por algumas horas, para que ela pudesse nos ajudar no seu dia de folga.

— Diga para a maníaca por limpeza ali que o mastro está totalmente limpo! — Ariel grita por cima da música que Tiffany colocou, me dando um sorriso debochado pelo reflexo do espelho, enquanto dança.

A sala tinha uma parede espelhada, do chão ao teto, e alguns mastros de pole dance alinhados, então todas nós tínhamos um pole para dançar e observar os nossos movimentos. Ou, eu era capaz de ficar parada observando o que Ariel e Isabelle estavam fazendo, já que eu não conseguia fazer nada mais do que ficar ali parada na frente do pole, gastando todo o meu pacote de lenços desinfetantes.

Tiffany se afasta de Isabelle e se aproxima de mim, me dando um sorriso amável.

— Do que você está com medo? Somos apenas nós, ninguém mais está olhando. Tudo o que você tem que fazer é segurar no pole e se mover no ritmo da música. Nada muito complicado — ela me diz.

— Eu não sei se consigo fazer isso. Meu marido... quero dizer, meu ex-marido, é o único que me viu sem as minhas roupas — falo para ela, enquanto Ariel e Isabelle se juntam a nós.

— Você não vai tirar as roupas hoje. Estamos apenas dançando e aprendendo a mover os nossos corpos de acordo com a música. De qualquer maneira, o Charming's não é um clube onde as dançarinas ficam completamente nuas. E suponho que as festas privadas que vocês estão planejando fazer também não sejam — Tiffany responde. — O strip-tease é mais sobre a antecipação. Criar a expectativa e fazer a audiência querer mais, até o último segundo. Você não vai entrar no palco, ou em uma sala cheia de gente, e imediatamente tirar as roupas. Você vai dançar, se mover sensualmente, e provocá-los. Eu não tiro o sutiã e nem a calcinha até literalmente os últimos trinta segundos da música que estou dançando, ou até menos. Por mais que a audiência queira ver aquele momento, a empolgação acaba assim que eles veem, e então eles começam a pensar na próxima dançarina e logo perdem o interesse em você. Eles querem a excitação, a expectativa; querem toda a diversão de imaginar como você é por baixo da fantasia, mais do que querem realmente ver. Acredite em mim. Você ganha mais gorjeta durante a apresentação do que quando você finalmente tira a roupa. Você só precisa aprender a provocar.

E então Tiffany se vira para Ariel e começa a balançar o corpo no ritmo da batida da música. Ela passa as mãos pelos seios e desce pelos quadris antes de pegar a bainha da camisa e lentamente levantá-la, parando ao deixar a barriga lisinha exposta.

Observo, vidrada, enquanto ela se aproxima de Ariel, tirando uma das mãos da bainha da camisa e passando a palma pelo lado do rosto da Ariel antes de se virar, se curvando lentamente e deslizando a mão pela perna, então olha para trás sobre o ombro e dá uma piscadinha para Ariel.

— Caramba. Isso foi excitante. Esqueça dos pênis, agora quero outra fruta — Ariel murmura, roubando uma risada de Tiffany.

— É exatamente sobre isso que eu estava falando. Provocar e excitar. Faça com que eles queiram mais.

— Com certeza eu posso fazer isso, mas a senhorita recatada ali pode precisar de mais algumas horas de instruções. E muita bebida. E uma proibição de paninhos desinfetantes — Ariel fala, pegando o pacote, agora vazio, da minha mão e o jogando para o lado. — Pare de pensar tanto. Esqueça das contas e da pressão e só pense em mostrar para aquele imbecil do PJ que você não é quem ele pensa que é.

Fiz nada mais do que ficar parada ali, nessa última hora, me sentindo muito machucada e com raiva pelas coisas que PJ presumiu que fôssemos. E sobre mim, em particular. Uma coisa é quando a Ariel me chama de recatada e me diz que tenho que abaixar o nariz, porque ela meio que me conhece e sabe que está certa na maioria das circunstâncias, mas estou trabalhando para melhorar isso. Outra coisa é quando um estranho pensa que só estou fazendo isso porque sou uma dona de casa entediada, quando ele presume que eu não tenho nada melhor para fazer do que ficar em casa e cozinhar alguma coisa para o meu marido.

O que me machuca profundamente é que seis meses atrás, seria exatamente isso o que eu teria feito. Por treze anos eu estive entediada, e tinha me voluntariado para qualquer coisa só para encontrar algum propósito, para encontrar a minha identidade.

Por treze anos, me certifiquei de que a comida estivesse pronta e na mesa todas as noites, que houvesse um bolo fresquinho, de sobremesa, esperando, e um martíni com azeitonas extras, na mão, para quando ele passasse pela porta, não importando o quão ocupada eu estivesse naquele momento. Eu largava tudo o que estava fazendo para atender todos os seus caprichos, ia nos eventos do seu trabalho quando eu queria nada mais do que um banho de banheira ou ficar quietinha lendo um livro. Coloquei minha vida em espera por outra pessoa, e me tornei algo que eu nunca pensei que seria: uma dona de casa entediada.

Eu fiz tudo isso e me perdi no caminho porque estava assustada demais com a alternativa. Estava amedrontada de que o relógio marcaria meia-noite e tudo o que tinha desapareceria. Eu tinha medo de que acordaria um dia e estaria de volta no trailer de dois cômodos, com o teto mofado e carpete manchado e esburacado com marcas de cigarro. Medo de que se tudo não fosse perfeito, da maneira como o Brian gostava, ele me mandaria de volta para aquele inferno.

Mas eu não sou mais aquela pessoa, e PJ não tinha direito de dizer aquelas coisas para mim quando ele não sabia o básico sobre mim. E agora eu sei como Ariel se sentiu em todos aqueles meses morando na nossa rua.

— Desculpe-me por julgar você — falo para ela, suavemente, quando a música que tocava no sistema de som acabou e a sala ficou em silêncio.

— Hum, ok — Ariel responde, desconfortável, me dando um olhar engraçado com o meu súbito pedido de desculpas.

— Desculpe-me por pensar que você fosse a prostituta da rua, e me desculpe por falar nas suas costas, com todas aquelas idiotas, e por nunca fazer você se sentir bem-vinda — continuo, percebendo que nunca senti um minuto de inveja ou raiva dela por descobrir que tinha dormido com Brian.

Percebi que eu nunca senti essas coisas porque eu parei de me importar com ele há muito tempo, e dizer essas coisas em voz alta, e admitir para mim mesma, fez eu me sentir livre; algo que eu não sentia há muito tempo.

— Você vai me abraçar agora? — Ariel pergunta, com uma expressão de horror no rosto.

— Hum, não. Quero dizer, a menos que você queira...?

Ariel começa a balançar a cabeça e dá um passo para trás; Isabelle entra no meio de nós, passando os braços ao nosso redor, e nos puxa até que estejamos em um abraço apertado.

— Um estudo recente descobriu que mulheres aprendem que elas não devem ser competitivas e tirar proveito das outras, e que seus espíritos competitivos não podem ser compartilhados aberta, feliz ou até mesmo divertidamente com as outras mulheres. O que deveria ser uma competição sadia se transforma em um desejo secreto para que as outras falhem; sentimento recheado de inveja, culpa e vergonha — Isabelle fala, rapidamente. — E esse é o porquê de ser difícil para as mulheres serem amigas, mas não vamos ter esse problema porque queremos que todas tenhamos sucesso e seremos melhores amigas para todo o sempre!

Ela nos aperta ainda mais, e não posso evitar rir enquanto Ariel deixa sair um pequeno gemido.

— Nós realmente precisamos tirar você do porão da casa do seu pai.

Esquivando-se do braço de Isabelle, Ariel cruza os braços e olha para mim.

— E então, o que vai ser? Você vai para casa cozinhar alguma coisa, ou vai balançar essa bunda e mostrar o dedo do meio para o PJ enquanto se sacode?

Com um profundo suspiro, volto para o meu pole, passo minha mão ao redor e aceno com a cabeça para Tiffany.

— Vamos lá. Toque algo bom. Talvez alguma música do *Nickelback* ou *Hanson* — digo para ela, com um sorriso confiante.

Ariel caminha na minha direção e dá um soco no meu braço. Deixo escapar um grito e olho para ela.

— Para que foi isso?! Eu não disse nada esnobe! — reclamo enquanto esfrego o local onde provavelmente terá um hematoma quando Ariel finalmente desencanar.

— Nova regra. Toda vez que você disser algo idiota pra cacete, vou bater em você. Tiffany, coloque algo do Kid Rock. Cindy claramente tem um gosto péssimo para música.

Capítulo nove

HANSON É UMA PORCARIA!

Com meus olhos fechados, me desligo de tudo a não ser da música que está tocando no meu celular, na mesinha de cabeceira.

Esqueço dos meus problemas, esqueço dos meus medos, e esqueço do quão ridículo isso é. Eu me solto e apenas sinto a música. E sorrio comigo mesma sabendo que Ariel estava errada.

Não tem nada de errado com Hanson, e a música deles tem o ritmo perfeito para dançar.

Meus quadris balançam sensualmente, e eu dobro um pouquinho os joelhos enquanto passo as mãos pelo meu corpo e paro nos quadris, como a Tiffany fez na nossa aula da tarde.

Lembro de todas as coisas que ela nos ensinou e tento recriar, o melhor que posso, o que ela fez, nem me importando que provavelmente eu não pareça, em nada, tão sensual quanto ela.

Eu me sinto viva. Sinto como se eu pudesse fazer qualquer coisa. Tenho todo o poder na palma da minha mão, e posso tomar a decisão que eu quiser sobre o meu futuro, sem ter ninguém que me diga o que fazer.

Não sou apenas uma dona de casa. Sou uma mulher inteligente, que pode prover para a minha família e farei o que for preciso para me certificar de que ficaremos bem, e PJ Charming pode ir... fazer algo terrível consigo mesmo.

Minhas mãos deslizam para cima até que estou com elas levantadas acima da minha cabeça, enquanto continuo a deixar a música tomar conta de mim e ditar como deveria me mexer, sabendo que nada pode me parar agora.

— Mãe? O que você está fazendo?

Um grito incrivelmente deselegante escapa dos meus lábios. Deixo meus braços caírem e me viro para encontrar Anastasia parada à porta do meu quarto, me observando e parecendo que vomitaria a qualquer momento.

Você não é a única.

Rapidamente corro para a minha cama e pego o celular, pausando a música, rindo nervosamente enquanto jogava o aparelho de volta na mesinha de cabeceira e passava as mãos pelo cabelo, para ver se algum fio tinha escapado do coque.

— Ah, nada. Era apenas... para um show de talentos que a Comissão de Eventos estava pensando em fazer — explico, com um aceno de mão. — Você não tem que estudar para uma prova de ciências? Você deveria estar enfiada nos livros. Gostaria de repassar a matéria? Vou pegar uns marca-textos e bloco de anotações. Que tal um lanchinho? Posso cortar algumas frutas.

Tento fazer com que a minha voz volte ao normal, mas sem sucesso. Tudo o que eu dizia parecia se elevar de tom, até que minha voz ficou tão aguda que eu poderia quebrar um copo de vidro.

— Eu já estudei e também fiz um lanche. Você está realmente pensando em fazer um strip-tease para o show de talentos? Quero dizer, todos os adolescentes da escola certamente votariam em você, mas seria melhor se você escolhesse outra música — Anastasia me diz.

— Strip-tease? Do que você está falando? — Solto um riso nervoso de novo, antes de voltar meus olhos para ela. — O que é que você sabe sobre strip-tease?

— Mãe, eu tenho treze anos. Eu sei sobre muitas coisas.

Ela entra no quarto e se senta na beirada da minha cama, e de repente eu lembro das coisas que Ariel me disse na outra noite. Que mesmo eu tentando proteger a minha filha do que estava acontecendo, ela provavelmente já sabia de tudo. Com um suspiro pesado, limpo o suor das palmas das minhas mãos na saia e sento ao seu lado.

Fico observando o seu perfil por alguns minutos, e agradeço silenciosamente Ariel quando vejo que não há traços de maquiagem escura ao redor dos seus olhos. Ela ainda está vestindo suéter, calças jeans coladas e tênis converse pretos, mas já é um começo.

— Quando você diz que sabe muitas coisas...

Começo, imaginando qual seria a melhor maneira de iniciar uma conversa como essa. Começo devagar ou vou logo ao ponto, como se arrancasse um Band-Aid?

— Quero dizer que sei que o pai estava dormindo com a minha antiga babá e levou todo o nosso dinheiro, e que também roubou dinheiro do vovô e da vovó e provavelmente fugiu do país? — ela pergunta.

Então faríamos isso no estilo Band-Aid.

— Tem certeza de que você não quer um lanchinho? — pergunto, tentando deixar a situação mais leve quando tudo o que eu quero é me enrolar na cama e chorar.

Anastasia balança a cabeça, negando, olha para as suas mãos, que estão no colo, e começa a descascar o esmalte de uma unha.

— Desculpe-me por não contar para você.

Ela encolhe os ombros.

— Tudo bem. Eu entendo. Sou só uma *criança*. Eu possivelmente não entenderia, não é?

Balanço minha cabeça, me inclinando, segurando sua bochecha e virando seu rosto para mim.

— Não é isso. Eu juro. No dia que você nasceu e os médicos a colocaram nos meus braços, jurei que eu nunca deixaria nada acontecer com você. Que eu faria o que fosse necessário para manter você segura e me certificar de que você fosse feliz. Que eu sacrificaria *tudo* para que você nunca tivesse que se preocupar. Eu apenas não queria que você se preocupasse. Pensei que se eu mantivesse tudo para mim, todos os nossos problemas desapareceriam e você nem saberia que *tivemos* problemas — explico.

— Eu sabia que ele não voltaria para casa, depois da primeira semana — ela sussurra, seus olhos se enchendo de lágrimas. — Não fomos boas o bastante para ele?

Rapidamente passo meu braço ao redor dos ombros dela e a puxo para mim, beijando o topo da sua cabeça.

— Ah, não, querida. Isso não tem nada a ver com sermos boas o suficiente e tudo a ver com *ele* e os problemas *dele* — digo, suavemente, enquanto nos balanço de um lado para o outro. — Não é nossa culpa que ele não era feliz. Não é nossa culpa ele ter ido embora. Eu fui uma boa esposa. Não. Eu fui uma esposa *excelente*. Dei a ele uma boa vida e uma filha linda, inteligente e incrível, mas, por alguma razão, isso não foi o suficiente. A culpa é dele, não nossa.

Todas essas revelações que eu venho fazendo ultimamente tiram um peso enorme dos meus ombros. Tenho me afogado em culpa, imaginando o que eu fiz de errado, desde o dia em que cheguei em casa e encontrei os papéis do divórcio na mesa no hall de entrada. Eu finalmente entendi. Eu não fiz nada de errado. Fiz tudo certo. Talvez eu seja muito certinha, mas era isso o que ele queria de mim.

Eu não precisava que tudo fosse perfeito. Só queria ser feliz. Já faz tanto tempo desde que eu senti qualquer coisa remotamente parecida com felicidade. E agora estou percebendo que tudo o que fiz foi trocar um trailer de dois cômodos por uma casa de trezentos e setenta metros quadrados e cheia de coisas brilhantes. Eu ainda estava infeliz, e ainda odiava tudo na minha vida, a não ser a minha filha.

Até hoje. Quando abri mão das minhas inibições e dancei num mastro de pole dance.

— O pai é um mentiroso de merda — Anastasia murmura, com uma fungada, afastando a cabeça do meu ombro e limpando as lágrimas.

— Ok, eu sei que estamos sendo abertas e honestas, mas ainda assim... olha a boca. — Eu a lembro.

— Você se sentirá melhor se disser o mesmo — ela me diz, batendo o ombro contra o meu.

— Você gostaria da Ariel. — Suspiro.

— Eu gosto dela. Ela é durona pra caral... — Dou uma olhada dura para ela antes que termine a frase — hum, pra caramba. Mas ela é legal. Eu gostei que você tenha feito amizade com ela. Você precisa de mais amigas legais, em vez das esnobes engessadas da nossa rua.

— *Eu sou* uma esnobe engessada nesta rua. — Eu a lembro, embora esteja tentando muito mudar essa postura.

Anastasia balança a cabeça, se levantando da cama.

— Não, você não é. Quer dizer, você era. Um pouquinho. Mas ainda há esperança para você, mãe. Cola comigo, e logo você estará comendo as almas dos seus inimigos em dois segundos.

Ela ri enquanto eu me inclino, pego um travesseiro e jogo nela. Anastasia desvia e vai caminhando de costas para a porta.

— Nós estamos bem? — pergunto, quando ela para no batente da porta.

— Sim. Estamos bem.

— Eu ainda tenho que chamar você de Asia?

— Não, isso já saiu de moda — ela responde, com um sorriso.

— Prometo não esconder nada de você, de agora em diante. E você sabe que pode falar comigo sobre tudo, certo? Falo sério. Sobre qualquer coisa mesmo. As coisas ficarão um pouco... fora do habitual por um tempo, mas vou dar um jeito nisso. Tenho um plano, e eu não quero que você se preocupe.

Ela concorda com a cabeça e me dá um sorriso tímido antes de desaparecer no corredor. Reclinando-me, começo a me deitar na cama quando Anastasia aparece de novo à porta.

— Ah, e se você *estiver* pensando em se tornar uma stripper, com certeza deveria seguir adiante com a ideia. Tem um corpo ótimo debaixo desses terninhos que você usa. Aqueles homens fariam chover dinheiro se você subisse no palco!

— *ANASTASIA!* — falo, em choque, e dou uma risada, pegando outro travesseiro e jogando na direção da porta.

— Só escolha uma música melhor. Hanson é uma porcaria! — Ela adiciona com um sorriso, voltando rapidamente para o corredor, o som da sua risada ecoando nas paredes enquanto ela ia para o seu quarto.

Rio comigo mesma, balanço a cabeça, deitando de costas, e olho para o teto. Pego meu celular e clico em "*tocar*" a música que eu tinha pausado quando Anastasia entrou no quarto.

— Ficaremos bem — sussurro para mim mesma, sorrindo e balançando a cabeça quando escuto o ritmo da música de jovens músicos cantando "MMMBop". — Vou me tornar uma stripper e a minha filha de treze anos aprova. Está bem. Tudo está bem, e isso é completamente normal.

STRIPPER DE PEITOS BRILHANTES

Olho para as louças sujas do jantar na pia, totalmente sem energia ou desejo de limpá-las e colocá-las na lava-louças, mas mesmo assim o meu corpo exausto se aproxima da pia e eu abro a torneira. Embora nossos jantares tenham ido de filé mignon com cauda de lagosta e aspargos frescos para macarrão instantâneo e queijo grelhado, e não sujam tanta louça assim, fui programada para limpar tudo imediatamente após a refeição: colocar tudo em seu lugar, limpar as bancadas até que estivessem brilhando, alinhar as cadeiras com a mesa, para que fiquem espaços iguais entre as cadeiras, e deixar a cozinha reluzente de tão limpa. Não importa o quanto eu tente, não consigo tirar da cabeça a voz irritante da minha sogra, me dizendo que uma esposa sempre deveria ter a casa em ordem para o marido.

Brian gostava de se sentar à ilha da cozinha, depois que eu terminava de limpar tudo, e falar sobre o seu dia. Ele não gostava de olhar para bancadas sujas ou pratos por lavar na pia enquanto me contava sobre o que tinha feito, quanto dinheiro rendeu, ou o quão maravilhoso tinha sido seu dia. Ele não gostava dos porta-retratos virados na direção errada ou que os saleiro e pimenteiro fossem deixados na mesa, em vez de estarem guardados na prateleira dos temperos, enquanto falava sem parar sobre os feitos do seu dia, nunca perguntando sobre como fora o meu dia.

A raiva e a vergonha que sinto por perceber que me tornei essa pessoa por alguém que não se importava com ninguém, a não ser a si mesmo, fez minhas mãos tremerem, e vários tipos de pensamentos irracionais começaram a passar pela minha cabeça. Rapidamente pego meu telefone, que estava na bancada ao lado da pia, procuro um número nos meus contatos e aperto em "*ligar*", minhas mãos tremendo enquanto levo o celular ao ouvido.

Ariel responde no primeiro toque.

— Tudo dói e sinto que estou morrendo. Você está interrompendo um banho super-relaxante de espuma, então espero que seja por uma boa razão.

Consigo escutar o barulho da água e balanço a cabeça pela sua falta de formalidade, mesmo que ela não possa me ver.

— Uma pessoa normal diz "alô" quando atende o telefone.

— Acho que já estabelecemos que não sou uma pessoa normal. Você me ligou para me dar um sermão sobre etiqueta telefônica?

Suspiro, olhando para as louças na pia.

— Não. Liguei porque tenho uma pilha de pratos na pia e minhas mãos estão coçando para lavar e não deixar para amanhã. Mas não sei se quero lavá-los porque é o correto ou porque fiz isso durante treze anos, só para deixar o Brian feliz — murmuro, me sentindo como uma idiota, assim que as palavras saem da minha boca.

— Você está tendo um surto? Devo chamar a emergência? — Ariel pergunta.

— Não estou surtando. Talvez eu esteja tendo uma revelação. Ou talvez eu apenas esteja ficando maluca. São pratos sujos. E nem é tanto assim. Tem dois pratos, um pote, uma panela e duas colheres. Por que isso é tão difícil?

Ariel é quem suspira dessa vez, e escuto mais uma vez o barulho da água.

— Estou indo aí.

— Não precisa. Eu estou bem — digo-lhe, olhando para o saleiro que está do outro lado da pia e imaginando como seria a sensação de abri-lo e jogar todo o conteúdo na bancada.

— Eu disse que isso aconteceria. Eu falei que você precisava extravasar. Ficar com raiva. Chorar. Perder a cabeça. Mas não, você não me escutou e agora veja o que está acontecendo. Você não consegue nem deixar louça suja na pia, sem pensar que você está ficando louca. Estou indo aí e vamos colocar fogo em alguma coisa. — Sua voz soa determinada e com uma pitada de entusiasmo.

Inclinando-me sobre a bancada, derrubo um porta-retrato que tem uma foto minha e de Brian em uma aula de culinária que fizemos alguns anos atrás.

— O que foi isso? O que você está fazendo? — Ariel pergunta quando escuta o barulho da moldura de madeira bater contra a bancada.

— Acabei de derrubar uma foto. Não está mais virada para a direita — solto uma risada ligeiramente histérica, pego o saleiro e faço o que tinha me dado vontade: desenrosco a tampa e espalho o sal por toda a superfície do balcão.

Rapidamente me viro e vou para a mesa da cozinha, movendo as cadeiras até que todas estejam tortas. Ainda estou rindo como uma lunática, mas não consigo parar com o caos, agora que dei vazão à vontade. Indo em direção às prateleiras embaixo do balcão, abro a primeira, olho, e tiro todos os potes e panelas, jogando-os atrás de mim. O barulho dos objetos quicando contra o piso, que Brian insistiu que importássemos da Itália, era tão alto que nem conseguia escutar o que a Ariel estava falando.

— O que diabos você está fazendo? — ela grita.

— Baguncei as cadeiras da cozinha, derrubei sal por toda a bancada e agora estou jogando tudo do armário no chão.

Segurando o telefone no ouvido, com o ombro, abro o armário da prataria e tiro tudo de dentro.

Gargalho quando os garfos, facas, colheres e espátulas caem ao redor dos meus pés, agradecendo que Anastasia estivesse na cama, com fones de ouvido e música tocando no último volume, pois abafaria o barulho que eu estava fazendo.

— Afaste-se da cozinha, Cindy. NÃO toque em mais nada até que eu esteja aí. Eu preciso ver isso com meus próprios olhos. Estou levando reforços — a voz de Ariel soa animada.

Eu a ignoro enquanto continuo com a bagunça, derrubando uma lata inteira de açúcar no meio do chão, maravilhada pela maneira como levantava uma nuvem de pó branca no porcelanato.

— Estou fazendo anjinhos de neve no açúcar, no nosso porcelanato italiano que custou oitenta e dois dólares o metro quadrado. Brian ficaria tão puto com isso. — Dou uma risada. — Isso é como o fundo do poço se parece, Ariel.

— Não é o fundo do poço a menos que você se ajoelhe e comece a aspirar essa merda pelo nariz — ela responde. — Puta merda. NÃO faça isso, Cindy. Ao menos enquanto eu não estiver aí, com o meu celular completamente carregado, para que eu possa gravar tudo.

Pegando um dos pratos sujos da pia, levanto-o acima da minha cabeça e então o arremesso para o outro lado da cozinha, observando como ele bate na parede e se estilhaça em milhares de pedaços.

— *OPA!* — eu grito.

— Jesus Cristo, você não é grega. Você é uma branquela protestante que está surtando. Ao menos grite algumas merdas, para eu poder me orgulhar de conhecer você. — Ariel suspira.

O barulho da campainha me faz congelar no lugar, com a minha mão pairando em cima da pia, preparada para pegar outro prato e jogá-lo contra a parede. Ainda segurando o telefone junto ao ouvido, vou para o hall.

— Eu disse que você não precisava vir. Estou bem — reclamo para Ariel, olhando sobre o ombro para a bagunça na cozinha, percebendo que eu não estava realmente bem, mas ao menos minhas mãos pararam de tremer, e eu não estou mais com tanta raiva ou vergonha.

A campainha toca novamente. Volto meu olhar da cozinha para a porta e pego na maçaneta.

— Então, não sou eu... — Ariel fala enquanto abro a porta.

Arregalo meus olhos, em choque, e o telefone escorrega do meu aperto, caindo no chão.

— É um momento ruim? — PJ pergunta, levantando uma sobrancelha e me olhando de cima a baixo.

Eu nem preciso me olhar, no espelho pendurado no corredor, para saber o que ele está vendo neste momento. Ainda estou vestindo o terninho da Ann Taylor no qual ele me viu mais cedo no clube, só que sem o paletó. A blusa de seda branca e de botões, que usei sob ele, está grudada em mim como se fosse uma segunda pele, depois de tanto suar no meu momento de loucura, segundos atrás na cozinha, e agora está completamente amassada.

Meu sempre comportado coque está uma completa confusão, e pelos cantos do olho posso ver mechas de cabelo caindo ao redor do meu rosto e os fios arrepiados. Isso sem falar no pó de açúcar cobrindo meus pés e pernas.

— Olá? — PJ fala novamente, acenando a mão na frente do meu rosto, já que eu estava parada na porta, olhando para ele com a boca aberta, incapaz de me mover ou falar.

Claro que ele ainda parecia tão bem quanto estava antes no clube. Ele ainda vestia o mesmo jeans e a camisa social, sem um amassado ou suor à vista.

— Você precisa terminar aquela chamada?

Ele aponta para o telefone que deixei cair, e o som da sua voz me tira daquele transe. Rapidamente me abaixo e pego o aparelho, interrompendo os gritos da Ariel assim que o levo de volta ao ouvido.

— PJ está aqui, tenho que desligar. Ligo para você mais tarde. Não precisa vir aqui — falo apressada ao me levantar, meu olhar indo direto para os seus belos olhos azuis, que pareciam ver através de mim, a julgar pela maneira como ele estava me estudando.

— *VOCÊ ESTÁ BRINCANDO COMI...*

Desligo o telefone no meio da frase da minha amiga e jogo o aparelho na mesa do hall, cruzando os braços enquanto respiro profundamente e foco em não me sentir envergonhada pelo fato de este homem me ver em meu pior momento.

— *Voltem para casa, para os seus maridos, e vão cozinhar alguma coisa. Procurem outro passatempo para preencher a vida entediante de vocês, e saiam do meu clube.*

As últimas palavras que ele me disse no clube, antes de ir embora, voltaram à minha mente até que eu esqueci a vergonha e fui direto para a raiva.

— O que você está fazendo aqui? — pergunto, irritada, não me importando nem um pouco com os bons modos ou de convidá-lo a entrar, com um sorriso educado. O tempo de ser educada ficara para trás há muito.

— Pensei que deveríamos conversar. Liguei para o John e ele deu uma olhada pela janela, para ver se você estava em casa — ele responde com um encolher de ombros e um tímido sorriso, que me recusei a pensar em como era adorável.

John está oficialmente fora da minha lista dos cartões de Natal.

— Não temos nada a falar, e estou meio ocupada aqui... — falo enquanto começo a fechar a porta.

PJ coloca o pé no caminho, me impedindo de bater a porta na sua cara, e eu suspiro, irritada.

— Olha, eu sei que é estranho eu aparecer aqui, do nada, e sinto muito se estou interrompendo... o que quer que você esteja fazendo — ele diz, dando uma olhada nas minhas pernas cobertas de pó branco antes do seu olhar encontrar o meu mais uma vez. — Mas você poderia me dar dois segundos para falar o que vim fazer aqui? — ele pede.

— Tudo bem. Mas não vou convidar você para entrar — falo, cruzando os braços, enquanto ele continua na porta, passando a mão pelo cabelo e deixando-o mais rebelde ainda, o que me deu vontade de passar as minhas mãos pelas madeixas mesmo eu não gostando muito dele no momento.

Alguns minutos de silêncio caem entre nós antes de PJ finalmente falar.

— Olha, eu só queria me desculpar por qualquer coisa que eu possa ter dito mais cedo e que tenha ofendido você.

— Nossa, o que você disse que possa ter me ofendido? — pergunto, com uma risada sarcástica. — Foi a parte que você disse que eu deveria ir para casa e cozinhar algo? Ou talvez a parte que eu tinha uma vida entediante e deveria procurar outro hobby? Ah, já sei! Aposto que foi quando você falou que eu tinha o nariz tão empinado que provavelmente me daria torcicolo. Você deveria ser mais específico para eu saber exatamente pelo que você está se desculpando.

Olho para o PJ, e ao menos ele tem a decência de parecer envergonhado e não tão cheio de atitude como mais cedo, quando me julgou sem nem saber uma única coisa sobre a minha vida.

— Desculpe-me. Tudo o que eu falei foi rude e desnecessário. Falei sem pensar. Tive uma conversa com a Tiffany depois que vocês foram embora e você ficará feliz em saber que ela me xingou de tudo e mais um pouco, indo de "*idiota filho da mãe*" a "*o maior imbecil de todos os tempos*".

A partir de agora, Tiffany será a minha nova melhor amiga.

PJ dá um passo para frente, encostando as pontas dos pés nas minhas sandálias, e eu tenho que levantar a cabeça para olhá-lo. Mantenho meus braços cruzados e meus pés firmemente plantados, me recusando a me mover. Temo que se eu me mexer, poderei colocar minhas mãos em seu peito musculoso, só para ver se eles são realmente firmes quanto parecem, ou dar um soco nele. Eu poderia fazer qualquer uma das duas opções.

— Ótimo. Obrigada pelas desculpas, você pode ir embora agora. — Dou um passo para trás, decidindo que me afastar dele seria a melhor escolha, antes que eu fizesse algo do qual me arrependeria.

— Cynthia, por favor. — Ele fala, suavemente.

Invoco a minha Ariel interior e um monte de xingamentos voa pela minha mente quando o som do meu nome sai da sua boca, fazendo com que eu me sinta quente e ansiosa.

— Eu realmente sinto muito pelo que falei. Julguei você rápido demais. Tiffany me contou um pouco sobre você e o que está acontecendo e... eu não deveria ter dito as coisas que disse. Não sou um filho da mãe. Sou só protetor com o meu clube e com as mulheres que trabalham lá.

Fecho meus olhos por alguns segundos, para organizar meus pensamentos. Parte de mim quer se sentir mortificada por Tiffany ter passado informações pessoais sobre mim para este homem, que claramente não tinha uma opinião muito boa sobre mim. Mas a outra parte, aquela que acabou de jogar um prato contra a parede da cozinha e a fez virar um caos de potes e panelas, está contente por ele saber sobre isso e se sentir como um idiota pela maneira como se comportou.

— Passei treze anos deixando que um homem me dissesse o que eu poderia e o que não poderia fazer. Não vou deixar isso acontecer de novo.

— Eu sei. E de novo, sinto muito. Quero ajudar você. Você e as suas amigas. Me dê a chance de arrumar essa situação. Voltem ao Charming's nesta sexta-feira à noite, quando o clube estiver aberto. Se estão determinadas a aprender a dançar, ao menos vejam como isso realmente funciona, quando o local está lotado e cheio de energia e testosterona — ele diz, voltando para a varanda.

Ele dá outra olhada em mim, da cabeça aos pés, enquanto continua a se afastar, e eu tento não me arrepiar.

— Apenas não use as pérolas, e vista algo que se pareça menos com uma dona de casa dos anos cinquenta. — Ele pisca, se vira e desce as escadas.

Observo as suas costas, atravesso a porta e grito em sua direção:

— Essas pérolas são herança de família!

Essa joia é a única coisa que eu tenho da mãe que nunca conheci, ela morreu no meu parto. A única coisa que a minha maldita madrasta não vendeu depois que meu pai faleceu, porque a mantive escondida sob o assoalho do meu quarto. É a única joia que eu ainda uso e que não vendi – coisa que eu fiz com as que o Brian me dera no decorrer dos anos. Elas não significavam nada para mim. Eu nem pisquei quando as deixei na loja de penhores.

PJ riu e o observei entrar na caminhonete – uma Ford grande e preta, que era cem por cento masculina e que o fazia parecer rude e gostoso ao mesmo tempo. Ele para com a porta da caminhonete aberta e olha para mim com outro sorriso que fez meu coração bater de uma maneira irritante. Brian dirigia uma BMW. Um carro pretensioso, lustroso e prateado, que o fazia tentar aparecer demais, especialmente quando ele tirava o lenço do bolso para limpar qualquer marca imperceptível naquela coisa idiota.

PJ provavelmente não tinha um lenço de bolso. Ele rasgaria um pedaço da camisa e o envolveria na mão enquanto lavava a caminhonete, segurava um balde sobre a cabeça e despejava a água no rosto, em câmera lenta.

Pelo amor de Deus, Cynthia, se controle.

— Dez da noite. Sexta-feira. Menos dona de casa, mais dançarina exótica. — Ele me lembra. — Se você conseguir lidar com isso, é claro.

Ele senta atrás do volante, fecha a porta e sai da entrada da minha garagem enquanto grito mais uma vez, mesmo que ele não possa me ouvir:

— Ah, eu consigo! Você não tem nem NOÇÃO do que eu consigo lidar. Vou mostrar meus peitos e talvez até coloque glitter neles! *SEREI A STRIPPER DE PEITOS BRILHANTES E SERÁ VOCÊ QUEM NÃO CONSEGUIRÁ LIDAR COM ISSO!*

Paro imediatamente de gritar na direção da caminhonete dele, que já está saindo da Fairytale Lane, quando vejo Phillip, um vizinho que participa junto comigo da Associação dos Moradores, parar na frente da minha garagem, segurando a coleira do cachorro na mão. Levanto a cabeça e aceno para ele, me recusando a me sentir envergonhada pelo que eu tinha acabado de gritar para toda a vizinhança escutar.

— Que tarde maravilhosa, não é?!

Phillip não diz uma palavra, apenas afasta o olhar e volta a andar rapidamente com o cachorro.

Voltando para dentro, fecho a porta e me encosto contra ela, finalmente vendo meu reflexo no espelho. Claro, eu estava uma bagunça completa, mas meus olhos estavam brilhando, e a adrenalina fluía em minhas veias. Eu nem me importo por ter gritado sobre stripper e peitos brilhantes e por provavelmente traumatizar meu vizinho. Tudo o que me importa é o fato de que vou fazer o PJ se arrepender de suas palavras.

Assim que eu reavaliar as roupas do meu closet.

CLONE DO WILLY

— Eu ainda não entendo por que você acha necessário trazer dez sacos de roupa, duas malas cheias de sapatos e... — eu paro, levantando a ponta da enorme bolsa de plástico e dou uma espiada no interior. — ... o que parece ser metade da Sephora[3] para a minha casa.

Fechando a bolsa, levanto o olhar enquanto Ariel coloca a cabeça para fora do meu closet, segurando um terninho da Nordstrom[4].

— Porque tudo o que você tem é bege e entediante.

Sentada na ponta da cama, eu balanço a cabeça para Ariel. Quando eu falei que o PJ tinha nos convidado para voltar ao clube e o que ele tinha me dito sobre me vestir como uma dona de casa dos anos cinquenta, esperei que Ariel ficasse indignada por mim. Em vez disso, ela fez uma chamada de emergência para Belle e apareceu aqui uma hora depois, carregando tanta coisa com ela que foi preciso três viagens para trazer tudo para o meu quarto.

— Isso não é bege, é trigo dourado. Usei esse terninho em um evento de caridade para a Liga Protetora dos Animais no ano passado. Foi tudo, menos entediante. Tomei duas taças de champanhe e quase adotei uma ninhada de cachorrinhos de quatro semanas.

A arrogância das minhas palavras perde o efeito quando Ariel bufa e revira os olhos.

— Caramba. Duas taças de champanhe. Calma aí, Cindy maluquinha.

Ariel desaparece novamente, e alguns segundos depois, Belle sai segurando um vestido em um cabide perto do corpo.

— Eu gosto deste aqui. É muito elegante — ela me diz, com um sorriso.

Abro minha boca para agradecê-la quando Ariel aparece na porta próxima a ela, apontando para o vestido e se encolhendo toda.

— Bege e entediante. Jogue fora.

— Isso é nude — argumento. — Não é entediante, e não vou jogar fora.

---

3 Sephora – Loja de cosméticos, presente em diversos países.

4 Nordstrom – Loja de departamento, com roupas de alto nível.

— Deixe-me adivinhar: você usou em um jantar de negócios com Brian, o tedioso, e depois de horas de uma conversa positivamente estimulante sobre ele, a meia taça de vinho merlot que você bebeu a transformou em uma mulher selvagem que pediu café e sobremesa. Aposto que foi uma anarquia total.

Depois disso, Ariel joga o vestido na pilha que ela já fez no chão e desaparece com Belle mais uma vez no closet. *Foi* um jantar de negócios com o Brian, onde tudo o que ele fez foi falar sobre si mesmo enquanto eu sentava ao seu lado sem dizer uma única palavra a noite inteira, me sentindo completamente invisível no meu vestido *nude*, que combinava com a cor das paredes do restaurante. Mas eu pedi a sobremesa. Um tiramisu, que estava uma delícia.

— Honestamente, como que você funcionava em uma sociedade normal antes de me conhecer? — Ariel questiona, sua voz ecoando de dentro do closet.

O barulho dos cabides soava como o arranhar de unhas em um quadro-negro, antes de ela voltar alguns minutos mais tarde, jogando uma braçada de roupas na pilha.

— Já que o filho da puta do seu marido levou todas as coisas dele quando foi embora e não temos nada divertido para queimar, vamos começar com essa pilha de roupas horríveis — ela me diz, chutando as ditas roupas aos seus pés.

— Não vamos queimar as minhas roupas. Você tem ideia do quão caras são essas peças? — argumento, mesmo percebendo que, pelo meu tom de voz, aquelas roupas me faziam querer procurar o fósforo mais próximo.

— Cindy, você teve uma revelação na outra noite. Você está no caminho certo para a recuperação e o primeiro passo é admitir que você tem um problema. Repita comigo: eu não vou mais colocar no meu corpo coisas que são das cores trigo dourado, nude e pastéis, ou qualquer coisa que seja da família da cor bege, a menos que essa coisa seja um homem que tenha a pele em alguma dessas cores — Ariel recita, colocando as mãos no quadril e levantando uma sobrancelha enquanto espera que eu faça conforme pedido. — E não temos que queimar tudo. Apenas algumas peças, para fazer você se sentir melhor. E por *você*, quero dizer *eu*, porque se eu tiver de olhar para essa merda por mais um segundo, vou vomitar. Podemos vender o resto.

— Não foi uma revelação, foi uma perda momentânea de sanidade. Joguei açúcar no chão da minha cozinha e xinguei um homem, Ariel. Não foi algo muito digno. — Eu a lembro, cruzando os braços e tentando ao máximo não pensar na bagunça que eu estava na outra noite.

PJ me viu no fundo do poço — suada, fedida e não muito bem psicologicamente. Tenho certeza de que ele apenas nos convidou para voltar ao clube nesta noite porque ele sentiu pena de mim.

— Você apenas repetiu o que ele tinha dito para você. Isso não conta como insulto a menos que você junte uns quinze xingamentos que o façam sair correndo, com o rabo entre as pernas, procurando metade das coisas que você o xingou no Urban Dictionary[5], enquanto se manda, porque ele não entendeu as palavras que saíram voando tão rápido da sua boca — Ariel explica e continua:

— E quem se importa se ele apenas nos convidou para voltar lá hoje porque ele viu a loucura em seus olhos e temeu pela vida dele? PJ pediu desculpas por ser um imbecil, ele viu que errou e agora quer nos ajudar. Nós precisamos de ajuda, Cindy. Precisamos do dinheiro. Temos uma ação muito limitada sem os contatos certos e conhecimento. PJ tem tudo isso. Talvez lá no fundo ele ainda não acredite que nós conseguiremos fazer isso, mas isto só significa que você pode se divertir pra caramba provando que ele está errado. Não negue que os últimos dias foram divertidos, sabendo que estamos quase provando isso.

Tenho que admitir: depois que o PJ foi embora naquela noite, senti renovar a animação pelo nosso pequeno empreendimento. Tomei a dianteira, e Ariel, Belle e eu trabalhamos sem parar, montando um plano de negócios de como funcionarão essas festas de strip em casa, já que não podemos exatamente montar uma propaganda ou mandar e-mails para nossos amigos, anunciando os serviços. Então estivemos pesquisando e juntando o máximo de informações que conseguimos nos últimos dias. Embora eu admita que PJ colocou lenha na fogueira, ele não é a razão principal pela qual eu quero fazer isso. Ele não é a força que me impulsiona a querer fazer a minha vida voltar aos eixos, a finalmente fazer algo por mim mesma, e descobrir no caminho quem eu realmente sou. Provar que ele está errado é apenas uma pequena gratificação nesse momento importante.

— Você está quase com o nariz no lugar — Ariel continua, enquanto se posiciona na minha frente. — Você está abrindo o seu horizonte, fazendo novos amigos, indo em clubes de strip, e aprendendo pole dance. Este é o seu momento, Cindy. Você está começando a tomar forma, só tem que

---

5 Urban Dictionary – Dicionário online para expressões e gírias, em inglês.

mostrar quem é que manda. Queime as roupas entediantes.

Rio da maneira que Ariel tem de colocar as coisas sob perspectiva, mas ela está certa. Este é o meu momento. Estou parada na beirada do precipício e eu preciso dar o pulo final. Do contrário, nada mudará.

— O que é um Clone do Willy e por que está no fundo do seu closet, em uma caixa de sapato? — Belle pergunta, do nada, parada no batente da porta do closet, segurando uma embalagem cilíndrica.

Ariel arregala os olhos e se aproxima de Belle. Meu rosto fica quente e provavelmente deve estar em um tom perigoso de vermelho enquanto Belle continua a examinar a embalagem, girando-a nas mãos, tentando ler as instruções.

— Você tem um Clone do Willy no closet, fechado? Você escondeu essa mágica ferramenta conjugal no fundo do armário, em uma caixa de sapatos? Esqueça tudo o que eu falei. Você está com o nariz tão empinado que vai precisar de uma cirurgia para colocá-lo no lugar — Ariel reclama, pegando o objeto da mão da Belle e balançando-o no ar, aumentando a minha vergonha.

— Foi um presente — murmuro.

— Isso é uma ferramenta de ajuda conjugal? Para que serve? — Belle pergunta.

— A Cindy aqui tinha a oportunidade de moldar o pênis do marido e não a aproveitou. Poderia ter tido horas de prazer com esse negócio. HORAS, Cindy. Estou tão desapontada com você neste momento — Ariel diz, balançando a cabeça.

Cerro a mandíbula. Meus dentes estão apertados, e minhas mãos, fechadas em punho sobre meu colo, e estou me controlando para não gritar.

— Espere um minuto. Você realmente pode fazer um molde do quibe de alguém e... eu não entendo — Belle diz, com um suspiro.

— Que merda, um quibe?

— Quibe é o do cara, esfirra é a da mulher — Belle explica, encolhendo os ombros, como se fosse a coisa mais normal do mundo.

— Jesus amado, por acaso estou no Twilight Zone[6]? — Ariel reclama. — Nunca na vida diga quibe e esfirra novamente. É pênis e vagina. Ou pau e boceta. Qualquer coisa menos quibe e esfirra — a ruiva continua, apontando o tubo para o rosto de Belle antes de se virar para mim. — E

---

6 Twilight Zone – programa de TV de ficção científica, aqui no Brasil o título ficou como 'Além da Imaginação'.

você. Quando o seu marido compra um equipamento para fazer o molde do pênis dele, você faz um molde do pênis dele! É excitante que ele queria que você brincasse enquanto ele estivesse fora. Ou que você brincasse enquanto ele estivesse vendo. Agora, sério, eu vi o pênis dele e não acho que fazer uma cópia exata daquela coisa fosse a melhor maneira de apimentar a relação, mas talvez ele não tivesse enfiado o pau na babá se você tivesse uma réplica dele na sua mesinha de cabeceira. E digo mais, ele definitivamente não teria enfiado o negócio dele em *mim*.

Aperto minhas mãos, uma contra a outra, tão forte que tenho quase certeza de que logo ficarei sem circulação.

— Vocês sabiam que o brinquedo sexual mais caro do mundo é um vibrador de ouro branco, incrustado com cento e dezenove diamantes e que vale cinquenta e cinco mil dólares? — Belle pergunta.

— Puta merda — Ariel murmura, ignorando Belle. — Esse Clone do Willy me fez lembrar de algo, porque a imagem na embalagem é de um pênis nem um pouco impressionante. Você sabia que o Brian esteve com o pênis em nós ao mesmo tempo? Nós somos como aqueles Seis Graus de Separação[7], do Kevin Bacon, só que são Seis Graus do Pau do Brian.

Fecho meus olhos e respiro profundamente, me levanto da cama e paro na frente da Ariel.

— Não, não somos.

Minha voz soa baixa e fraca, embora meus pensamentos estejam berrando, implorando para sair.

— Ele esteve, sim. Totalmente. Ele estava nos comendo ao mesmo tempo, o que significa que nós duas nos pegamos. Basicamente, eu e você fizemos sexo — ela fala, indiferente, dando de ombros.

— De acordo com estudos recentes, existem duas mil e seiscentas gírias para genitália — Bella continua, e tanto eu quanto Ariel nos voltamos para observá-la. — Estou apenas dizendo que não sou a única que usa palavras diferentes para se referir a partes do corpo. É completamente normal.

— *Não* é completamente normal duas amigas fazerem sexo. Isso cruza todos os limites e eu não estou pronta para isso — a ruiva reclama.

— Nós não fizemos sexo. Quer parar com isso? — falo, tentando ao máximo me manter calma.

— Está tudo bem. Superaremos isso. Precisaremos de alguns anos de

---

7 Seis Graus de Separação – Teoria de que duas pessoas estão conectadas em seis ou menos graus.

terapia, mas tenho certeza de que ficaremos bem. Só precisamos parar de imaginar nós duas cavalgando o mesmo pênis, com provavelmente algumas horas de diferença. Puta merda, acho que vou vomitar.

Ariel pressiona a mão contra a boca e vejo sua garganta se movimentar, enquanto ela engole algumas vezes.

— Isso nunca aconteceu. Não precisamos de terapia.

— Você ainda era casada com ele sete meses atrás. Eu consigo fazer a conta.

— Eu posso assegurar, a sua conta, com certeza, está errada.

Meu coração dispara no peito e toma tudo de mim para não gritar, a plenos pulmões, que ela parasse com aquilo e se concentrasse no que eu deveria usar nesta noite.

— Duzentos e dez dias, ou seja, você ainda estar casada com o cara é igual a fazermos sexo com o mesmo pênis! — Ariel grita, frustrada, jogando as mãos no ar.

— NÃO FIZEMOS SEXO COM O MESMO PÊNIS PORQUE DUZENTOS E DEZ DIAS ATRÁS EU NÃO ESTAVA TRANSANDO COM O MEU MARIDO! A ÚLTIMA VEZ QUE TRANSEI COM ELE FOI HÁ MIL E NOVENTA E CINCO DIAS! — eu berro.

Um silêncio desconfortável enche o quarto depois do meu pequeno surto, e eu rapidamente limpo as palmas suadas, na frente da minha saia.

— Jesus, e eu aqui brincando com essa coisa de recatada todo esse tempo. Quem diria que era realmente verdade? Três anos? Eu sei que vou soar como uma vaca, mas não é de se admirar que o cara traiu você — Ariel fala, fazendo meu sangue ferver.

— Especialistas definem um casamento sem sexo como fazer sexo não mais do que dez vezes por ano, ou menos do que uma vez por mês — Belle murmura.

Cansada dessa loucura, eu pego o Clone do Willy da mão da Ariel e agora é a minha vez de apontar a embalagem para o rosto dela.

— Você sabe quem comprou esta coisa? Eu. EU COMPREI O CLONE DO WILLY PARA O BRIAN! — gritei, minha voz aumentando a cada palavra. — Porque você está certa. A ideia de que eu usaria essa coisa enquanto ele estivesse viajando a trabalho DEVERIA ser excitante. Mas ele achou que era estranho e nojento, então eu joguei isso no fundo do closet e nunca pensei nisso de novo. E não, eu não transei nos últimos três anos, mas não foi por falta de tentar. Eu queria transar. Eu queria TODO o sexo, mas Brian estava cansado, Brian não estava no clima, Brian teve um dia longo no trabalho, Brian tinha uma reunião cedo na manhã seguinte. Eu comprei tanta lingerie que parece que a Victoria Secrets[8] descarregou um caminhão na minha cômoda, mas o BRIAN NÃO ESTAVA NO CLIMA. Ao que parece, Brian só não estava no clima *comigo*.

Toda a raiva e frustração me deixam em um instante, e antes que eu perceba, meus joelhos cedem e estou sentada bem no topo da pilha de roupas entediantes, chorando e chacoalhando o Clone do Willy para lá e para cá.

— Reservei quartos de hotéis na cidade, acendi velas, planejei fugas surpresas nos finais de semana, comprei filmes pornôs! O meu histórico de buscas do Google provavelmente está cheio de pornô que comprei. Amanhã eu posso ser atingida por um ônibus e as pessoas verão o meu histórico pornográfico do Google e não vai ser uma coisa legal! — Eu soluço. — Por anos eu tentei tudo o que pude para fazer meu marido transar comigo, mas nada funcionou. Agora eu vou morrer, sem sexo e sozinha, com pornografia entre aluna e professor no computador!

Ariel silenciosamente se senta ao meu lado, pegando o Clone do Willy da minha mão e o jogando do outro lado do quarto.

— Você NÃO vai morrer sem sexo e sozinha, com nada no seu histórico da internet, além de outro, muito maior e muito mais prazeroso quibe — ela me assegura.

— Ele nem tinha um quibe satisfatório. Deus, eu sinto falta de sexo. — Solto um suspiro.

— O quibe dele era ferrado, e ele nem saberia como usá-lo, mesmo se tivesse um mapa e um guia.

— Viu? É legal usar quibe! — Belle exclama.

Ariel pega uma das minhas mãos, me puxando para levantar do chão e limpando minhas lágrimas.

— Desculpe-me se insinuei que a culpa era sua. Ainda estou tendo problemas para aceitar o fato de que há uma gata selvagem escondida no meio de toda essa roupa bege. — Ariel se desculpa. — Nesta noite, Stella encontrará uma nova paixão[9].

Ariel volta a atenção para as bolsas de roupas e começa a abri-las.

---

8 Victoria Secrets – Famosa loja de roupas íntimas femininas, conhecida pelos desfiles anuais e pelas modelos famosas.

9 Referência ao filme 'A Nova Paixão de Stella' onde a protagonista é uma mulher madura que começa a se relacionar com um homem mais novo.

— Vamos deixar você matadora, e o PJ nem vai saber o que o atingiu — ela anuncia, tirando de dentro de uma das bolsas um minúsculo vestido vermelho que não tinha tecido suficiente para cobrir todas as partes importantes.

— Eu não quero que nada o atinja. Eu nem ao menos gosto dele — minto, imaginando o seu lindo rosto e o quão maravilhosamente bem ele preenche a calça jeans.

— Você não tem que gostar dele para brincar no parque de diversões. Você precisa de uma boa foda, Cindy. Brian era no máximo medíocre. Você precisa de uma foda estelar, de curvar os dedinhos dos pés, de desmaiar, de esquecer o seu próprio nome. E, enquanto você está ocupada transando por uma semana inteira, você também pode adquirir um pouco do conhecimento dele para os negócios, é só sucesso.

Não vou mentir: a ideia de dormir com PJ me deixa tremendo de excitação. Ele definitivamente parece um homem que não precisa de um mapa ou um guia no quarto. Mas esse negócio que estamos tentando fazer funcionar precisa ser a nossa prioridade. Sair do vermelho e botar minha vida nos trilhos precisa vir em primeiro lugar, não um homem de profundos olhos azuis que eu tenho quase certeza de que não nos leva a sério, ou que não acredita que nós três conseguiremos fazer nosso negócio vingar.

Deixarei Ariel me vestir e irei nesta noite até o clube idiota do PJ, mas farei isso por *mim*. Porque *eu* preciso de uma mudança. Porque eu preciso de um lembrete de que sou uma mulher forte e independente, que pode fazer as coisas acontecerem. Com um pouco de confiança e com as minhas novas amigas ao meu lado, posso fazer qualquer coisa.

— Operação Fazer a Cindy Ser Comida está em andamento — Ariel anuncia, jogando o vestido vermelho para mim.

— Esse não é o propósito desta noite, e eu não vou usar isto. — Jogo o vestido de volta para ela.

— Eu acabo de descobrir que você gosta de pornô. Sinto-me mais próxima de você do que antes. Não estrague meu momento. Vá para o banheiro e se enfie neste vestido vermelho piriguete — ela ordena, segurando minha mão e colocando o vestido nela.

— Tudo bem. Mas esta noite será totalmente voltada ao nosso negócio, e nada mais — digo para ela, enquanto me viro e vou para o banheiro.

— Sim, sim, que seja. Licença para pequenas empresas, design do site, preencher formulários de impostos, blá, blá, blá, Cindy terá um quibe esfregando na esfirra dela — Ariel grita para mim.

A SUA ESPOSA SABE ONDE VOCÊ ESTÁ NESTA NOITE?

— Isso é fascinante. Eu já entrevistei vinte homens e recolhi tanta informação que vocês ficariam malucas. Vou fazer um plano de estudo quando chegar em casa. — Belle soa maravilhada enquanto faz anotações em uma pequena caderneta, que carregava para cima e para baixo desde que chegamos ao Charming's.

Tento puxar para baixo a barra do short que a Ariel me forçou a usar, tentando evitar que a papada da minha bunda apareça toda vez que eu ando, sem sucesso. Essa coisa minúscula, de couro, parece que foi costurada em mim, e não cede.

— Com licença, senhor? — Belle fala alto, para se fazer ouvir acima da música que está tocando no sistema de som do clube, enquanto segura o braço do cliente que acabou de entrar. — Você tem alguns minutos para falar comigo? Gostaria de saber quantas notas de um dólar você tem na carteira. E você parou no banco para sacar o dinheiro? Percebi que você está usando uma aliança de casamento. A sua esposa sabe onde você está nesta noite, e se sabe...

— Pare.

Nós nos viramos quando escutamos uma voz ameaçadora atrás de nós, nossas cabeças inclinadas para podermos ver o Hulk com uma expressão raivosa, parado com as pernas abertas e os braços cruzados no peito.

— Estou quase terminando as minhas perguntas. Só mais algumas e então...

— Não — Fera interrompe Belle mais uma vez.

— Pare de interrompê-la. Isso é grosseiro.

Mas desisto de argumentar sobre a sua falta de boas maneiras porque estou ocupada demais tentando puxar o short para baixo, com uma das minhas mãos, enquanto com a outra, tento manter no lugar o profundo decote V da blusa de seda branca, e evitar que meus seios pulem para fora daquela coisa ridícula.

A cada movimento que faço, sinto as alças fininhas da blusa caírem pelos meus braços, até que não há nada mais segurando a peça de roupa no lugar, além da minha mão.

— Andar para lá e para cá perguntando aos clientes do clube se as esposas deles sabem dos seus paradeiros é que é rude — Fera resmunga, e esta é a primeira vez que o escuto dizer mais do que alguns rosnados.

— Estou juntando dados e fazendo uma pesquisa. Você não pode me dizer o que fazer — Belle fala, estreitando os olhos e dando um passo para frente, não demonstrando nem um pouquinho de medo pela maneira como ele a estava observando.

— Pare. De. Falar. Com os clientes — Fera fala, em uma voz baixa e profunda.

— Tudo bem. Então vou perguntar para *você*. A sua esposa sabe onde você está nesta noite? Quantas notas de um dólar você tem no bolso? — Belle pergunta, sua caneta pairando sobre o bloco de anotações, pronta e esperando por qualquer informação que ele possa lhe dar, alheia ao olhar sombrio que ele lhe endereçava.

— Vá para casa.

Com essas palavras finais, Fera se vira e vai embora, seu corpo gigantesco engolido pelo mar de pessoas que andava por ali com bebidas nas mãos, esperando a primeira dançarina entrar no palco.

— Como eu vou fazer uma pesquisa se ninguém está cooperando? — Belle reclama, colocando os óculos de volta no lugar enquanto Ariel se enfia no meio de nós, virando um copo e esvaziando o conteúdo, os cubos de gelo tilintando no vidro quando ela afasta o copo da boca.

— Você deveria fazer a pesquisa ao participar das atividades, e não acabar com a vibe de todo mundo com centenas de perguntas, como se fosse uma repórter atrás de um furo. Tome uns drinks. Se misture. Rebole no colo de alguém. Abrace a beleza da experiência de um clube de strip — Ariel fala. — E pelo amor de Deus, pare de se cobrir.

Ela dá um tapa na minha mão, para afastá-la do decote da minha blusa.

— Sim, por favor, pare de se cobrir.

Ariel solta um longo e sofrido suspiro quando Eric se junta ao nosso grupo, os olhos pairando no decote que ela nem tenta esconder, naquele vestidinho vermelho que me recusei a usar.

— Ah, vejam só, a DST ambulante e falante acabou de chegar. Agora a festa pode realmente começar — Ariel ataca.

— Sabia que toda vez que você fala, o meu pau fica duro? — Eric diz, com um sorriso sacana.

— Ok, agora eu entendi. Se ele dissesse que o quibe dele ficava duro, não seria tão excitante — Belle sussurra apenas para eu ouvir.

— Saia daqui e vá procurar outra pessoa para incomodar. Temos trabalho a fazer. — Ariel o dispensa e coloca o copo vazio na mesa mais próxima, pega no meu braço e no da Belle, e nos arrasta para longe de Eric, que está com as mãos nos bolsos da calça de alfaiataria e continua a sorrir para nós enquanto ela nos afasta dele.

— Estarei na área VIP, se você precisar praticar aquela dança no colo! — Eric grita para Ariel, fazendo com que ela largue o meu braço e mostre o dedo do meio na direção dele, nem se dignando a encará-lo.

Finalmente paramos no outro lado do clube, no bar. Ariel consegue se enfiar em uma fila de pessoas esperando por suas bebidas. Em pouco tempo, ela já conseguiu chamar a atenção de um bartender, e em um piscar de olhos, ela nos entrega uma bebida rosa.

— Como foi que você conseguiu ser atendida tão rápido? Este lugar está lotado. — Seguro o copo com as duas mãos enquanto olho, nervosa, ao redor.

— São chamados de peitos, Cindy. Use-os a seu favor — Ariel me diz, ajeitando os seios até que ela estivesse contente com o decote.

Uma coisa era ter confiança para entrar no Charming's quando estava fechado. Mas esse é outro nível de autoconfiança, que, com certeza, ainda não dominei. Claro, o minúsculo short de couro e a blusinha sexy que estou usando fazem com que eu me sinta muito bem comigo mesma, quando não estou preocupada que alguma parte do meu corpo resolva dar uma aparecida para todos verem.

E é impossível não andar com um balanço extra dos quadris nestes stilettos que a Ariel me fez calçar. Ela é tão confortável consigo mesma que nem precisa pensar em flertar com os homens que se aproximam dela nesta noite. É uma mágica natural. Ela não precisa analisar demais as coisas antes de falar, imaginando se ela soaria ou pareceria uma idiota.

— Você passou a última hora se escondendo em um canto, não falou com ninguém. Você não vai chegar a lugar algum a menos que se solte. Isto aqui é Tequila Rose e é uma delícia. — Ariel pega meu pulso e leva a minha mão na direção da minha boca.

Sabendo que ela fará uma cena se eu não fizer o que ela diz, bebo tudo o que estava no copinho, surpresa por não sentir uma queimação enquanto a bebida desce pela minha garganta. E, realmente, era uma delícia. Me lembra o gosto do milk-shake de morango que a minha madrasta comprava para as filhas e que eu não podia tocar, mas sempre conseguia roubar um golinho à noite, depois que elas iam dormir.

— Isso não é verdade. Falei com várias strippers, e Belle é testemunha.

Viro-me para Belle e a observo virar a dose da bebida cor-de-rosa, antes de bater o copo no balcão do bar e acenar para o bartender lhe servir mais uma dose. Ele rapidamente enche o copinho e ela vira a bebida, seguindo o mesmo ritual e pedindo mais uma rodada, enquanto olha para uma página do caderninho em suas mãos.

— Lembre-me de ajudar você a escapar do porão do seu pai mais vezes. Olha a Belle prontinha para trocar as pernas — Ariel diz, com um olhar de orgulho, quando Belle soluça, e então dá uma risadinha.

— Você colocou o despertador do seu celular para uma da manhã, certo? Meu pai levanta para tomar o remédio para artrite à uma e meia, e eu tenho que estar de volta antes de ele acordar — Belle fala, distraidamente, enquanto continua estudando suas anotações.

— E é assim que você mata minha esperança e meus sonhos. — Ariel suspira.

— De qualquer maneira, Cindy está falando a verdade. Conversamos com algumas strippers enquanto você estava se misturando. Descobrimos que Megan consegue uns bons descontos nos seus sapatos de stripper em uma loja especializada, mas temos que lembrar de assinar a newsletter deles para recebermos os e-mails com os cupons de desconto, assim como as roupas que ela compra. — Belle lê de uma das folhas. — Todas as músicas que ela compra do iTunes, para as suas apresentações, não têm restrição de uso. Se contratarmos ajudantes, precisaremos pagar a previdência social, e Rachel me deu o nome do seu contador para que eu possa ligar para ele...

Belle para de falar quando Ariel se aproxima, e com dois dedos fecha os lábios de Belle.

— Chega de falar. Chega de pesquisas. Eu posso vestir vocês duas, mas ainda não consigo fazer com que mudem de atitude — Ariel diz, apontando o dedo para mim antes de se virar para Belle. — E você tem a palavra inocência piscando em luz neon em cima da sua cabeça. Estamos em um clube de strip, pelo amor de Deus. Sim, estamos fazendo um reconhecimento para o nosso negócio, mas vocês precisam se divertir.

— Tecnicamente, *eu* fui a única a quem você vestiu. Por que a Belle pode usar as roupas de sempre e eu tenho que me vestir... que nem uma piriguete? — questiono, olhando para a minha roupa e depois para a roupa de Belle, um vestidinho de verão, um tanto modesto, em verde-limão.

— Porque a Belle é novata, ainda está aprendendo a andar. Temos que ir devagar ou ela cairá de cara no chão. Tivemos que puxá-la de uma janela, pelos braços, só para virmos aqui. — Ariel me lembra enquanto Belle acena com a cabeça, concordando, pegando o copo de bebida que o bartender tinha acabado de colocar, cheio, de volta no balcão, e então vira o líquido. — E você está vestida como uma piriguete porque você é uma piriguete. Lá no fundo, escondida sob todas aquelas roupas bege, pérolas e organização de eventos, tem uma mulher atirada, ousada e que gosta de pornô, gritando para sair. Solte a sua piriguete interior e a deixe causar.

Fecho meus olhos e respiro profundamente, deixando a batida da música que soava no clube me acalmar e colocar minha cabeça no lugar. Eu preciso parar de reclamar e de me preocupar tanto. Não posso ser a mulher forte e independente que sei que tenho dentro de mim, se eu não me divertir um pouquinho. O problema é que já faz tanto tempo desde a última vez que fiz qualquer coisa remotamente divertida, que nem sei por onde começar.

Ariel sorri para mim quando abro os olhos e me aproximo do bar, apertando meus cotovelos contra o corpo para dar mais volume ao decote, enquanto faço contato visual com o bartender. Ele rapidamente enche meu copinho com mais bebida cor-de-rosa e me dá uma piscada.

— É por conta da casa. Cortesia do Sr. Charming — o bartender me informa, indicando uma direção por cima do meu ombro antes de ir embora.

Viro-me com a minha bebida na mão, e nós três olhamos para uma área no canto do salão, onde PJ está sentado e me observando.

Ele está sozinho em um longo sofá de couro, braços recostados no encosto do sofá, como se estivesse esperando alguém chegar e se sentar perto dele. PJ trocou suas costumeiras calça jeans e camisa casual por calça preta de alfaiataria e uma camisa branca de botão, com as mangas desabotoadas e dobradas até os cotovelos. Consigo ver os músculos incríveis dos seus antebraços, já que suas mãos estão fechadas em punho sobre o sofá de couro. E mesmo a esta distância, toda vez que as luzes projetadas do clube passam pelo seu rosto, posso ver a intensidade com a qual ele me observa, e toda a minha pele exposta se aquece, como sempre acontece quando sinto sua presença.

— Bem, seus peitos acabaram de conseguir uma bebida grátis. Agora está na hora de colocar essas belezuras para trabalhar. Vá lá e cause — Ariel fala, me dando um tapinha de encorajamento na bunda, que me faz dar um pulo e lhe dar uma olhada por sobre o ombro.

— Nem pense em dizer que você não gostou. Vamos ser honestas, você gosta de uns tapinhas e uns puxões de cabelo de vez em quando, não gosta? Vá lá e faça com que aquele homem puxe o seu cabelo e faça você gemer como uma cadela no cio — Ariel continua a falar, levantando o braço para que eu batesse na sua mão.

Ignoro a sua mão e arrumo uns fios de cabelo que tinham saído do lugar desde que chegamos.

— Pare de fazer isso, vai estragar — Ariel reclama.

— Não posso estragar algo que já parece horrível.

— Chama-se coque bagunçado por um motivo. É melhor do que o cabelo estar preso em um rabo de cavalo tão puxado e apertado que pode te dar um aneurisma. Você está gostosa. Anda logo e aproveita. — Ariel adiciona, com uma risada.

— Não vou aproveitar nada. Vou lá falar de negócios. Tentar fazer a cabeça dele. Mostrar que a gente está falando sério sobre isso. — Eu a lembro e logo viro a bebida, lhe entrego o copo vazio, e começo a andar na direção do PJ. Seus olhos ainda parecem ver através de mim.

— E eu estou falando sério sobre você ir lá e cavalgar o quibe dele! Coma aquele quibe, Cindy! Delicie-se a noite toda e se solte! — Ariel grita para mim enquanto vou me desviando das pessoas que estão ao redor da área em que ele está sentado, deixando que a roupa e uma dose de coragem líquida me dessem um pouco daquela confiança que eu estava procurando.

Somos inteligentes, e temos um bom plano de negócios. Eu posso fazer isso. E quando eu terminar com ele, PJ não terá outra escolha a não ser ver o quão importante isso é para nós e nos ajudará. Não é como se eu estivesse pensando em fazer aquilo que Ariel sugeriu. Não vou cavalgar em nenhum quibe nesta noite, não importa o quão bom de se olhar seja o dono do dito quibe.

Estou usando roupas ousadas e estou em um clube de strip. Isto é o máximo de ousadia que vai acontecer nesta noite.

Capítulo treze

APENAS SENTE E SE COMPORTE

— Então, assim que tivermos o site funcionando e a propaganda boca a boca começar, acho que o negócio vai decolar. Neste momento só precisamos nos concentrar na parte do strip-tease — termino de falar, dando um sorriso para o PJ depois de vinte minutos seguidos de um monólogo sobre a nossa ideia de festa de strip-tease em casa, enquanto ele ficava ali sentado, quieto, absorvendo tudo.

Tenho que admitir, estou bem orgulhosa de mim mesma por permanecer profissional e falando de uma maneira concisa e clara com esse homem que fez nada mais do que se sentar alguns centímetros longe de mim, com seus braços ainda abertos sobre o encosto do sofá, tocando meus ombros toda vez que um de nós mudava de posição. Mesmo quando seus olhos deixavam os meus e iam para a minha boca enquanto eu falava, ou quando seu olhar vagava pelas minhas pernas quando eu as cruzava e descruzava, em nenhum momento tropecei nas palavras ou soltei risinhos bobos. Embora eu quisesse. Eu queria, e muito, soltar uma risada nervosa e encobri-la ao me aproximar dele, para que eu pudesse dar uma boa cheirada no seu perfume.

Cada vez que ele se mexia no sofá, aquela essência rica e amadeirada batia nos meus sentidos, causando todo esse cruzar e descruzar de pernas. Nunca tinha ficado excitada por causa do cheiro de alguém antes. Mas também nunca me sentei tão perto de um homem que não conseguia tirar os seus olhos de mim enquanto eu falava. Ter alguém tão interessado e disposto a escutar o que eu dizia era algo extremamente excitante.

Brian sempre me interrompia quando eu estava falando sobre coisas que me interessavam. Ou ele ficava olhando para o celular o tempo todo, meio escutando e meio distraído, murmurando palavras que não tinham nada a ver com o que eu estava dizendo, só para fingir que estava prestando atenção.

É revigorante ter um homem de negócios como o PJ, tão fascinado pelo que eu estava dizendo. Também não fazia mal algum para a minha confiança que ele não parava de olhar para mim. Mesmo quando strippers parcamente vestidas vieram à nossa mesa para dizer olá e cumprimentar o chefe delas, seus olhos nunca me abandonavam quando, educadamente, ele as respondia.

Seguro o fôlego quando ele abre a boca, incapaz de conter a minha animação por todos os elogios que ele teceria pela nossa ideia, mas deixo escapar um suspiro de frustração quando uma garçonete para na nossa mesa e interrompe todas as coisas maravilhosas que ele estava a ponto de dizer.

— Vou querer outro desse — PJ diz para a garçonete quase nua, apontando um copo quase vazio de um líquido âmbar, que está na mesa. — E Cynthia vai querer uma taça de Moscato.

A maneira como ele me estudou por alguns segundos e imediatamente decidiu que eu deveria beber um vinho de menininha foi como jogar um balde de água fria sobre minha pele aquecida. Claro que eu adoro Moscato, e uma taça de uma bebida refrescante neste momento soava maravilhosamente bem, mas agora era uma questão de princípios. Quem ele era para, em uma única olhada, decidir que eu preciso de uma bebida de mulherzinha?

— Desculpe, Jennifer? — chamo a garçonete, que tinha começado a se afastar para pegar nossas bebidas. — Esqueça o Moscato. Vou querer o mesmo que ele.

Ela concorda com a cabeça antes de sumir no meio da multidão. Volto-me para PJ e o encontro me observando de novo, um canto da sua boca levantado em um pequeno sorriso.

Inclinando-me, sem tirar os olhos dele, pego sua bebida e viro o que sobrou dela. Meus olhos imediatamente se enchem de lágrimas e a queimação... Meu Deus do céu, esse negócio desce queimando... É como se alguém tivesse jogado fogo na minha garganta.

— Peço desculpas. Não sabia que você gostava de Johnnie Walker.

Os lábios dele se contorcem com a necessidade de rir, enquanto faço o melhor para acabar com as lágrimas ao mesmo tempo em que tento me lembrar de como engolir, e coloco o copo de volta na mesa.

Uísque. Nojento. Não é de se admirar que eu queira vomitar.

— Claro, eu adoro Johnnie Walker. Quem não gosta? — lhe digo com uma voz áspera, querendo nada mais do que dar umas boas tossidas para aliviar a dor.

Enquanto me encosto no sofá, PJ se aproxima até que nossas coxas se tocam, e o calor do seu peito irradia contra o meu braço quando ele encosta em mim.

Por alguns segundos, eu esqueço da minha necessidade de tossir. Esqueço o meu próprio nome, e esqueço onde estou quando ele está tão perto, o olhar travado no meu. Ele tem um cheiro tão bom que eu quero fazer algo completamente fora do meu normal, como subir no seu colo e enterrar o meu rosto no seu pescoço.

E então ele arruína o momento ao abrir a boca.

— Só estou dizendo, não tem que se envergonhar por pedir algo mais no seu estilo.

Imediatamente me afasto dele e estreito os olhos.

— Mais no meu estilo? O que exatamente você quer dizer com *isso*?

Com um suspiro, ele tira o braço de trás de mim e passa as mãos pelo cabelo.

— Por que você está aqui, Cynthia? — ele me pergunta, suavemente.

Xingo-me de todos os nomes possíveis porque eu adoro o som do meu nome saindo de sua boca, suave e doce. É uma pena que ele tenha que ser um idiota julgador.

— Você sabe por que estou aqui. Acabei de dizer a você o motivo. Nós temos uma ideia de empreendimento. Não, risque isto. Nós temos uma *ótima* ideia de empreendimento. Desculpe-me por pensar que você poderia ser um ser humano decente e nos dar algumas palavras sábias ou nos indicar a direção correta.

Esqueço das minhas boas maneiras e de ser educada. Ele não merece nada de bom que venha de mim.

— Não quero ser rude; só estou tentando entender. Ariel, ela poderia fazer isso funcionar. Ela tem confiança necessária. Só não acho que ela conseguiria ficar calada tempo suficiente para *não* insultar os clientes que a contrataram. Mas você e Belle? Tirar as roupas por dinheiro?

Ele fez bem em não terminar a frase com uma risadinha, mas as suas palavras ferem tanto quanto se ele tivesse jogado a cabeça para trás e gargalhado.

— O que tem de errado com a Belle e eu sermos strippers? Você nem nos conhece — murmuro, com raiva, tentando ao máximo não chorar, pelo fato de ele achar tão absurdo que alguém como eu pudesse ser uma stripper.

Toda a minha confiança se esvai em um piscar de olhos e cruzo meus braços, os ombros caídos enquanto eu praticamente me encolho, imaginando se ele pensa que é absurdo porque não sou bonita o bastante para seguir essa carreira. Ele vive nesse mundo. Ele é dono de um estabelecimento de sucesso nessa área. Ele sabe diferenciar uma boa stripper de uma ruim. Ele sabe que tipo de mulheres são bonitas e sexies o suficiente para enfeitiçar o público e fazer chover dinheiro. Ele passou poucos minutos comigo e não me conhece tão bem, mas não é cego.

Tenho trinta e dois anos, sou mãe de uma adolescente e meu marido me deixou por uma ninfetinha. Ele não precisa mais do que alguns minutos para dar uma olhada em mim e saber que eu não tenho o que é preciso para deixar um homem louco e esvaziar sua carteira. A ideia de ele pensar nisso enquanto senta aqui e me observa, machuca mais do que o dia em que eu cheguei em casa e encontrei os papéis do divórcio.

Claro, perdi minhas esperanças por um tempo, mas logo me recuperei. Bolei um plano novo e descobri como consertar as coisas; mas você não consegue mudar facilmente o pensamento de uma pessoa, se ela acha você sexy ou não, mesmo quando a sua amiga maluca transformou você completamente.

— Eu consigo ver fumaça saindo da sua cabeça, pare de pensar tanto — PJ finalmente diz, calmamente, pegando meu queixo e me forçando a olhar para ele. — Posso não conhecer você muito bem, mas sou incrivelmente bom em ler as pessoas, e o seu rosto é um livro aberto.

Ele solta meu rosto e inclina a cabeça para o lado.

— Não quis dizer que você não tem o que precisa. Não consegui tirar os olhos de você desde que a vi passando pela porta. Você está linda e sexy. Incrível, na verdade — ele fala baixinho, me olhando demoradamente de cima para baixo, para reforçar suas palavras. — Mas você não está confortável nessas roupas. Vi você ajeitar o top e o shorts mais vezes do que consigo contar, porque você não está se sentindo confortável. Você não está confortável em estar aqui neste clube. Duas dançarinas já subiram ao palco e em nem uma das vezes você olhou na direção delas.

— Porque eu estava ocupada falando com *você*! — argumento, mesmo sabendo que ele está cem por cento certo.

Assim que escutei a primeira stripper ser anunciada pelo sistema de som, falei mais rápido e mais alto, fazendo de tudo para não virar minha cabeça e olhar para o palco do outro lado do clube. Conseguia sentir meu rosto ficando vermelho de vergonha pela stripper, e eu nem a conhecia ou olhei para ela. Eu queria ver a sua apresentação. Queria tomar notas mentais de todos os seus movimentos e do quanto os clientes estavam presos nela, para que eu pudesse ir para casa e praticar na frente do espelho quando estivesse sozinha, mas então fiquei mortificada com a ideia de olhar para a dançarina e o PJ me ver observando-a. Parecia uma coisa tão íntima. Sentia-me tão exposta.

E isso me traz de volta para o presente e para o que o PJ estava falando. Eu deveria me sentir ótima pelo fato de ele me achar incrível e sexy, sendo que eu não tinha escutado essas palavras vindas de um homem há muitos anos. Na verdade, eu nunca escutei essas palavras. Meu ex mal me olhava quando eu descia as escadas, vestida para sair. Ele apenas murmurava "*Você está bonita*". Toda vez.

Mas o elogio não faz com que eu me sinta bem, e não me encoraja. Posso passar uma imagem falsa de sensualidade, mas não posso fingir confiança. Não sei como fazer para superar isso. Não sei como jogar tudo para o alto e apenas agir sem pensar ou analisar a situação exaustivamente, fazendo gráficos e listas de prós e contras. Não sei como é ser destemida. Não sei como desligar o meu cérebro e fazer algo doido e imprudente, sem me preocupar com o que as pessoas pensarão de mim, ou sem escutar na minha cabeça a voz de minha sogra me dizendo que uma dama nunca se comportaria daquela maneira. E eu preciso ser capaz de me libertar de todas essas coisas para poder tirar as minhas roupas na frente de estranhos.

— Eu acho que você tem um plano de negócio muito bom. É genial, na verdade, e gostaria de ter pensado nisso antes.

A voz do PJ interrompe os meus pensamentos de *autodepreciação*, e mais uma vez, seu timbre grave faz com que eu me remexa no sofá.

— Apenas acho que você, e especialmente a Belle, se sairiam melhor nos bastidores. Administrando o negócio, lidando com a papelada, coisas do tipo. Você é uma mulher muito inteligente, Cynthia. Só não acho que você foi feita para tirar as roupas por dinheiro, ou que se sinta confortável o suficiente para mover o seu corpo, não importando o quão sexy ele seja, da maneira como as minhas dançarinas fazem. E não tem nada de errado com isso. Não são todos que conseguem fazer algo assim. Todo negócio precisa de uma pessoa inteligente para ter sucesso. Você deveria ter orgulho do fato de que vocês três desenvolveram essa ideia, e de que é algo pelo qual vocês estão tão interessadas.

Nossa garçonete nos interrompe mais uma vez, para servir nossas bebidas, e eu nem me importo mais em fingir que eu gosto de uísque para colocar o PJ no lugar dele.

— Jennifer, mudei de ideia. Você poderia me trazer uma taça de Moscato? Sabe o quê? Traga a garrafa toda — digo, com um suspiro.

Ela rapidamente pega de volta o copo de Johnnie Walker, o coloca na bandeja e volta para o bar, para, assim espero, me trazer a maior garrafa de vinho que eles tiverem na adega. Enquanto isso, eu passo o olhar pelo ambiente, procurando pelas minhas amigas, para que eu possa ir chorar nos seus ombros com a garrafa a reboque.

PJ ainda está falando, mas suas palavras desvanecem quando vejo alguém do outro lado do clube. De costas, ele parece familiar, e começo a ficar nervosa, esperando que não seja ninguém que eu conheça da escola da Anastasia ou do bairro. O quão horrível seria se o diretor da escola da minha filha, com quem eu já tive várias reuniões, aparecesse aqui nesta noite, dentre todas as outras?

— Por favor, não se ofenda por...

— Oh, não. Ai, meu Deus... — murmuro, interrompendo PJ quando o homem se vira e começa a vir em nossa direção.

— O que foi?

Ele olha para onde estou olhando com os olhos arregalados, e eu penso que agora seria um bom momento para ocorrer algum desastre natural, tipo um tornado, ou possivelmente uma explosão fatal.

Eu com certeza preferiria morrer por ser sugada pelo telhado e arremessada por três estados, ou em algum nojento e trágico inferno, a estar sentada aqui neste momento.

— Isso *não* está acontecendo. Meu Deus. Preciso me esconder. Eu consigo ficar embaixo da mesa, não é? — murmuro, incoerente, deslizando pelo sofá enquanto contemplo a ideia de me dobrar em posição fetal embaixo da pequena mesinha à nossa frente, embora seja grande o suficiente apenas para suportar dois copos e uma vela.

— Cynthia, você está bem?

Eu ignoro o tom preocupado de PJ quando percebo que é tarde demais.

Ele está muito perto. Graças a Deus ele está ocupado, falando com as pessoas enquanto caminha na nossa direção, e não me viu ainda, mas assim que eu me levanto, ele me nota. Não posso ir embora e não posso me esconder debaixo da mesa.

E absolutamente não posso ver ou falar com o meu ex-sogro — que me odeia — pela primeira vez desde que Brian foi embora, em um clube de strip, com meus peitos praticamente pulando para fora do top e com a minha bunda parcamente coberta pelos shorts. Especialmente quando ele acha que eu sei para onde foi todo o dinheiro dele, e que estou saltitando pela cidade, gastando tudo.

Ele vai dar uma olhada em mim e acreditar que é tudo verdade.

Ele me verá sentada aqui, vestida de maneira indecente, e pensará que eu gastei todo o dinheiro em clubes de strip.

Quando ele está a poucos metros de distância, e eu só tenho um segundo para decidir o que fazer antes que o meu mundo exploda sem aviso, pela primeira vez na vida eu ajo sem pensar.

Mais rápido do que algum dia me mexi na vida, me jogo no colo do PJ, circulo seu quadril, apoio meus joelhos ao lado de suas coxas, envolvo seus ombros com meus braços, e faço algo com o que eu vinha fantasiando a noite toda. Enterro meu rosto em seu pescoço, inspiro seu perfume e desço minha bunda no seu colo.

— Mas que diabos...

— CALE A BOCA! — eu meio que sussurro e meio que grito, afastando meu rosto do seu pescoço deliciosamente perfumado e pressionando meus lábios contra uma de suas orelhas. — O que quer que você faça, NÃO fale para aquele homem que está a dois segundos de chegar aqui, quem eu sou! Sou apenas uma stripper, dançando no seu colo. É uma sexta-feira normal para você. Apenas sente e se comporte como se você estivesse gostando do que estou fazendo com você.

Fechando meus olhos e pressionando meu rosto em seu pescoço, rezo por um milagre enquanto começo lentamente a mover meus quadris no colo dele, preocupada demais sobre como aquela decisão impensada poderia dar errado, para perceber que as suas mãos foram para a minha cintura e que ele está me puxando mais para si.

Capítulo quatorze

OLHO DE CLAMÍDIA

— Sr. Charming, bem o homem que eu estava procurando — Vincent Castle, meu ex-sogro, fala atrás de mim, enquanto eu continuo a me mover sobre o colo de PJ.

— Para a sua informação, esse é o meu ex-sogro. Ele não gosta de mim porque meu ex é um filho da mãe mentiroso e inútil. Se você me ajudar nessa, eu nunca mais pedirei a sua ajuda novamente e nem incomodarei nenhuma das suas strippers — sussurro, freneticamente, no ouvido de PJ.

Suas mãos me seguram mais firmemente, me puxando para perto enquanto pressiono minha bochecha contra a dele, mantendo minha boca próxima ao seu ouvido, imaginando o motivo de eu não estar completamente enojada pelo fato de estar me esfregando em um homem na frente do homem que me levou ao altar, porque eu não tinha um pai que fizesse as honras, e que estava no hospital quando Anastasia nasceu.

— Sr. Castle, é bom ver você novamente — PJ fala sobre meu ombro, e eu posso sentir o seu sorriso contra a minha bochecha, que ainda está encostada na dele.

Eu também deveria me sentir enojada pelo fato de que PJ claramente conhecia meu ex-sogro, o que significava que ele era cliente regular do clube. Vincent Castle, o pilar da comunidade e felizmente casado com a namorada do colegial por quarenta e cinco anos, é cliente regular de um clube de strip. Enquanto a esposa provavelmente estava em casa, dormindo depois de tomar a sua dose noturna de calmantes, seu marido perambula no meio de mulheres seminuas. Típico.

E ainda assim, não consigo sentir nem um tiquinho de repulsa. Estou ocupada demais com os braços ao redor dos ombros do PJ, meus peitos pressionados contra o seu peitoral, e me esfregando no seu colo.

— Queria falar com você sobre uma possível oportunidade de investimento, mas estou vendo que você está com as mãos ocupadas. — Vincent ri. — Ela tem uma bela bunda. Não me importaria em tirá-la das suas mãos quando você terminar.

— Eca. Eca. Eca — sussurro no ouvido do PJ, apertando os olhos e fingindo que aquele homem *não* acabou de elogiar a minha bunda e sugerir que ele também queria depois uma dança no colo.

O nojo começa a penetrar na minha consciência, mas rapidamente desaparece quando as mãos do PJ deslizam da minha cintura para a minha bunda, me puxando mais forte contra o seu colo. Esqueço o homem parado atrás de nós enquanto remexo os quadris novamente, e a grande e dura saliência na calça do PJ, que não estava ali segundos atrás, pressiona em mim.

Continuo movendo os quadris, lenta e sedutoramente, nas coxas do PJ, esfregando contra a impressionante dureza escondida na calça dele a cada balançar do meu corpo. As pontas dos seus dedos se moveram pelas minhas costas e eu escuto um pequeno gemido saindo da sua boca. Sorrio comigo mesma quando ele tropeça nas próximas palavras.

— Eu estou... é... ela é nova. Ainda... está aprendendo como funciona. Talvez numa outra vez.

Diminuo o aperto em seu pescoço, apoio o peso nos joelhos e lentamente deslizo meu corpo pelas suas coxas, me pressionando mais fortemente contra sua ereção e esfregando meus seios contra o seu peito ao me levantar e voltar a descer em seu colo.

— Puuuuuuuuta mer... — PJ murmura baixinho quando balanço o quadril e volto a me levantar e a me apoiar nos joelhos, me afastando dele enquanto meu corpo continua a se mover.

Ele aumenta o aperto na minha cintura e rapidamente me puxa de volta para o seu colo, me fazendo gemer quando o sinto novamente entre as minhas pernas.

— Assegure-se de treiná-la bem — Vincent fala de novo. — Eu deveria ter mandado meu filho aqui antes de ele ter se casado com aquela vigarista, que só queria o dinheiro dele.

Suas palavras quebram o encantamento sensual no qual eu estava envolvida, e me escuto rosnar com raiva contra o ouvido do PJ, enquanto me levantava para fazer o Vincent ouvir poucas e boas.

PJ rapidamente me puxa de volta, me envolvendo fortemente com os dois braços, se recusando a deixar que eu me mova. Consigo sentir a forte e rápida batida do seu coração contra o meu peito, que estava esmagado no dele, e me concentro nisso em vez de dar um soco no homem de sessenta e poucos anos, no meio de um clube de strip.

Fecho os olhos e mantenho minha bochecha encostada na do PJ, roçando gentilmente contra a aspereza do seu rosto enquanto ele continua falando com Vincent, dizendo qualquer coisa para educadamente dispensá-lo. Com um braço ainda me segurando, ele desliza suavemente a mão livre nas minhas costas, para cima e para baixo. Depois da tensão, em preparação para me levantar do seu colo e gritar com o homem que não calava a boca atrás de mim, meus músculos imediatamente relaxaram e meu corpo voltou a deslizar pelo do PJ. Volto à bolha de sensualidade quando sinto o quão duro ele ainda está, apesar do quão irritante é a voz de Vincent. Eu o bloqueio completamente da minha mente enquanto meu corpo começa a se mover novamente contra o do homem à minha frente, meu corpo tomando vida porque reconhecia algo bom quando o sentia.

Vincent diz algo sobre ligar para PJ mais tarde nesta semana, mas nem presto atenção. Ele nem ao menos responde, apenas desliza as mãos pelas minhas coxas nuas e então volta a segurar minha cintura, me ajudando nos movimentos até que eu me esqueço completamente de tudo o que acabou de acontecer e não sei quando ou há quanto tempo Vincent foi embora. Perco toda a noção do tempo e me torno uma panela de pressão de frustração sexual, que quer nada mais do que fazer o mundo desaparecer e apenas *sumir.*

Escuto o ritmo sensual da música que está tocando para a apresentação da dançarina e todo o resto desaparece. Esqueço que estou em um local público e que provavelmente as pessoas estão nos observando; me esqueço das minhas amigas, do meu ex-sogro, dos meus problemas, e que não tenho o que é necessário para ser uma stripper. Escuto a música e me movo no ritmo dela.

Respiro o cheiro do homem colado em mim e esqueço que ele esmagou meus sonhos há alguns minutos. Esqueço de tudo menos da sensação de estar pressionada contra ele, do quão empoderador é saber que eu tenho o poder de excitá-lo e fazer com que ele se atrapalhe na hora de falar, e de quanto tempo faz que eu tive o meu último orgasmo.

O calor que o seu corpo irradia faz com que a minha pele esquente e, apesar disso, ainda faz com que me arrepie quando ele cola o rosto no meu pescoço e consigo sentir sua respiração contra minha pele, enquanto continuo a minha dança lenta e sensual no seu colo.

Meu corpo inteiro está em fogo e há um formigar entre minhas pernas que eu quase não reconheço, já que não consigo lembrar quando foi a última vez que senti qualquer coisa parecida com esta necessidade. Insisto meus quadris mais forte e rapidamente contra PJ, buscando aquela sensação e nunca querendo que termine. Ele vem de encontro a mim, seus quadris levantando na minha direção, se pressionando com mais força no meio das minhas pernas enquanto eu continuo a rebolar e deslizar em seu colo no ritmo da música, querendo nada mais do que o doce esquecimento da libertação.

Quero sentir o tremor que começa pelos meus dedos dos pés, sobe pelo meu corpo e explode entre as minhas coxas. Quero arrancar a camisa dele e fincar minhas unhas nas suas costas enquanto eu vejo estrelas e grito o seu nome com todas as minhas forças. Quero experimentar tudo o que me privei a vida toda e que o meu ex nunca me deu, e as coisas que apenas li em livros ou que vi nos filmes pornôs que comprei, os quais eu posso ou não ter assistido sozinha na privacidade do meu quarto, com as cortinas fechadas e todas as luzes apagadas, antes de jogar os DVDs no lixo e fingir que eles nunca estiveram dentro da minha casa.

PJ aumenta o aperto dos braços ao redor do meu corpo, uma de suas mãos subindo e brincando com o meu coque bagunçado, puxando meu cabelo, o que provoca outra investida dos meus quadris contra ele, que reverbera uma sensação deliciosa pelo meu corpo.

Ai, meu Deus, é tão gostoso.

Ele xinga baixinho de novo, com seus lábios colados no meu ouvido, e o som do seu descontrole me deixa ainda mais elétrica. Quero dizer para ele puxar meu cabelo mais forte, mover seu quadril mais rápido, se levantar e me levar para a salinha mais próxima, fazer com que essa ânsia entre as minhas pernas desapareça, e finalmente me lançar em um oceano de esquecimento.

Eu quero isso. Eu *mereço* isso.

— Eu sabia! Eu sabia que você gostava que puxassem o seu cabelo!

O som da voz de Ariel fez com que o meu trem para a *Cidade Orgásmica* descarrilasse, e eu saio do colo do PJ tão rápido quanto subi nele minutos atrás. E levantar do seu colo não é algo que faço com muita graça. Meu joelho vai parar bem na sua virilha, e meu cotovelo, no seu queixo. Ariel está completamente alheia ao meu infortúnio. Ela simplesmente se senta ao meu lado enquanto PJ se inclina para frente, com as duas mãos entre as pernas, gemendo de dor enquanto eu me arrumo ao seu lado, cruzando as pernas e batendo a mão no joelho, fingindo que quase não tive um orgasmo no meio de um clube lotado, com um homem que é praticamente um *estranho*, um homem que me irrita com a sua arrogância e que pensa que eu não tenho confiança o suficiente para ser uma stripper.

— Entããããão, o que as crianças têm aprontado? — Ariel pergunta, com um sorriso, seu olhar vagando entre mim e PJ quando o dito cujo finalmente para de choramingar como uma criança e se senta direito.

Tento não deixar minha humilhação piorar quando PJ calmamente se inclina para frente, para pegar sua bebida na mesa, e vejo a garrafa de Moscato em um baldinho de gelo, que Jennifer deve ter colocado ali silenciosamente enquanto eu estava distraída em seu colo.

Enquanto PJ toma um gole da sua bebida, Eric se aproxima da nossa mesa e começa a conversar sobre negócios com PJ, distraindo-o momentaneamente. Silenciosamente, dou a Ariel um olhar que dizia: *"Se você disser mais uma palavra sobre o que acabou de ver, vou levar você lá para fora, arrancar os seus braços e bater em você com eles"*.

Ela suspira e balança a cabeça para mim. É estranho o quão facilmente ela pode me ler, apesar de não me conhecer há muito tempo.

— Tudo bem. Vou mudar de assunto. Mas não vou esquecer isso. Você vai ter que me dizer *tudinho* sobre como veio até aqui há uma hora para falar de negócios, e do nada encontro você cavalgando o cara, como se ele fosse um garanhão. Hashtag, não esquecerei. Hashtag, cavalinho. Hashtag, safadinha — ela sussurra, fazendo o sinal de hashtag com dois dedos de cada mão, antes de se inclinar para nos observar.

— Então, PJ. Tem uma história que escutei por aí sobre uma stripper que passou clamídia para um cara quando ela fez xixi no olho dele. Olho de clamídia, se você preferir. Alguma das suas strippers já deu um presentinho desses? — Ariel pergunta, me fazendo gemer. Fecho os olhos e seguro a cabeça com as minhas mãos, enquanto Eric ri da pergunta.

Com certeza não foi isso o que eu quis dizer quando pedi para Ariel mudar de assunto.

— Você é adorável — Eric lhe diz.

— Eu gosto de ser clara nas minhas perguntas — Ariel fala, enquanto abro meus olhos só para encontrá-la observando Eric. — Me diga: queima quando você urina? Espera, isso é clamídia genital. Queima quando você chora como uma menininha?

PJ tosse, tentando mascarar uma risada.

— Minhas dançarinas são todas saudáveis. Tenho certeza de que isso é apenas algum tipo estranho de lenda urbana ou algo do tipo — ele responde.

— Isso não é uma lenda urbana. É verdade! Verdade, verdade, verdade! Verdade é uma palavra engraçada. Verdaaaaaaaaaaaade — Belle diz, ficando vesga ao tentar olhar para a própria boca enquanto fala, com Fera tirando o seu braço gigante ao redor do corpo dela e gentilmente a colocando no sofá do outro lado.

— Ela está bêbada — Fera murmura, incomodado, falando o óbvio, enquanto a cabeça de Belle cai no ombro do PJ.

— Aconteceu na Tailândia — Belle fala de novo, sua cabeça ainda descansando nele, enquanto ela levanta uma de suas mãos e fica observando, maravilhada, seus dedos conforme ela os mexe. — Um monte de caras estava em uma festa num quarto de hotel e eles contrataram strippers. Uma delas urinou em um dos caras, e no dia seguinte ele acordou cego. Levaram-no para o hospital e descobriram que ele tinha contraído clamídia nos olhos. Vocês sabiam que as pessoas que gostam de chuva dourada são chamadas de *urofílicas*? Eu acho que não gostaria que mijassem em mim...

Belle deixa as palavras no ar quando Fera aponta para mim e Ariel.

— Da próxima vez, fiquem de olho nela. Eu não sou a porra de uma babá.

Eu e Ariel trememos de medo pela raiva nas suas palavras e pelo olhar em seu rosto, mas a cabeça de Belle levanta do ombro de PJ e ela bate no dedo que ainda está apontado para nós.

— Não seja malvado — Belle fala, com um tom de voz severo.

Os dois travaram silenciosamente uma batalha de olhares, sem ninguém ceder, até que Fera finalmente solta um rosnado irritado, se vira e vai embora. Eric nos dá uma piscada e acena antes de segui-lo.

Ariel desliza para fora do sofá, rodeia a mesa, pega o braço de Belle e a tira do seu lugar ao lado de PJ. Belle começa a balançar assim que fica de pé e Ariel passa os dois braços ao redor da morena.

— Vou levá-la lá para fora, para tomar um pouco de ar fresco. Está quase no toque de recolher da nossa pequena bibliotecária bêbada. Vou chamar um Uber e esperamos por você lá fora — Ariel me diz, se assegurando de arregalar os olhos e acenar na direção dele com a cabeça, indicando que me dará mais alguns minutos sozinha com ele.

E então ela se vira e ajuda Belle a caminhar pelo clube até a porta.

Eu não quero falar sobre o que eu fiz, e certamente não quero falar sobre isso com o homem com que eu fiz o que fiz. Afastando-me, levanto do sofá e evito contato visual com ele, enquanto aliso amassados imaginários na minha roupa.

— Obrigada pela noite adorável — digo, sem jeito, me afastando dele, querendo revirar os olhos pela maneira ridícula como aquilo soou.

— Cin, espera! — PJ grita enquanto eu continuo a me afastar.

— Não me chame de Cin! — eu falo, como uma criança petulante, sobre o ombro, desejando que Ariel estivesse aqui para me ajudar com respostas melhores.

— Desculpe, não vai dar! — ele fala alto sobre a música e o zumbido das conversas, enquanto continua a me seguir. — Vou continuar chamando você de Cin[10], porque o que você fez comigo foi pecado!

Meus passos falham com as palavras dele, mas levanto o queixo e continuo andando.

— Eu não gosto muito quando alguém prova que estou errado, *Cin!* — ele grita, enfatizando o apelido enquanto eu ando ainda mais rápido, o sorriso no meu rosto aumentando conforme eu acrescento um balançar a mais nos meus quadris e vou embora.

10 'Cin' em inglês tem a mesma fonética que 'Sin', que significa pecado.

VAGINA CABELUDA E ZOADA

Que tal planejadora de festas, Cin?

Pare de me chamar de Cin. E pare de me dar outras ideias de negócio. Já falei o que vamos fazer.

Você não deveria ter me dado a melhor dança no colo da minha vida, se você não queria que eu a chamasse Cin. Que tal decoradora de interiores? Cin.

Vou bloquear o seu número.

— Pelo amor de Deus, para onde foram todas as suas coisas? — Ariel pergunta, parada na porta de entrada da minha sala de estar, que estava despida de móveis. Coloco rapidamente o celular no bolso traseiro da calça.

— Vendi — falo, dando de ombros, surpresa por não cair em lágrimas ao olhar ao redor e ver a sala, agora vazia.

O tempo de chorar ficou para trás, assim como a recusa em acreditar no que aconteceu. Fiz as pazes com o fato de que tinha que fazer o que podia para pagar as contas, e neste momento, vender coisas de que não precisávamos pagava as contas até que colocássemos nossa ideia para fora do papel. Olhando para esta sala, com outros olhos, percebo o quão sem sentido era aquele espaço.

Quem é que usa uma sala de estar? Ninguém, na verdade. A única vez que alguém usou este ambiente, desde que eu o mobiliei e decorei, foi quando eu desmaiei no quintal, acordei e encontrei Ariel e Belle me observando. Era um espaço inútil, impecavelmente decorado com paredes e móveis brancos, assim como as janelas. Ninguém nunca usou esta sala porque o Brian não queria que sujasse.

Anastasia nunca tinha permissão para brincar aqui, nem nunca recebemos visitas nesta sala... era um desperdício de espaço e de mobiliário incrivelmente caro, que eu tinha vendido num grupo do Facebook em menos de uma hora, ganhando dinheiro suficiente para pagar as contas do mês.

Meu telefone apita com outra notificação de mensagem e eu suspiro, irritada, enquanto o tiro do bolso, desbloqueio a tela e mando outra mensagem para PJ, pedindo para que ele pare de me incomodar.

— Oooooooh, o homem sexy gostou do esfrega-esfrega! Maravilha! — Ariel diz, olhando sobre o meu ombro e lendo as mensagens anteriores.

— Eu nem sei como ele conseguiu o meu número — reclamo, enquanto me encosto no outro lado do batente da porta. — Ele ganhou dança no colo, de profissionais. Tenho certeza de que a feita por uma dona de casa deve ser menos do que interessante. Ele apenas está falando isso para me irritar.

E era por isso que salvei o número dele com o nome de "Homem Irritante". A primeira mensagem dele chegou uma semana atrás, na manhã seguinte ao nosso passeio noturno no Charming's e depois de uma noite inteira me revirando na cama e revivendo diversas vezes o que eu tinha feito no colo daquele homem. No começo, as mensagens era sobre trabalho. Infelizmente, a sua ideia de conversar sobre o assunto era me dar outras ideias sobre o que nós deveríamos fazer. Mesmo quando eu perguntei se poderíamos pegar emprestada por algumas horas uma das suas strippers neste final de semana, para uma aula, ele me deu um gigante não e continuou sugerindo outras coisas. A nossa comunicação cresceu no decorrer dos dias, assim como as suas irritantes menções sobre a fatídica dança no colo.

Quero dizer, eu podia definitivamente *sentir* que ele gostou da dança que fiz para ele. Senti bem no meio das minhas pernas. Mas ele é um homem. Um típico bonito e de sangue quente. Ele provavelmente tem uma ereção cada vez que o vento sopra. Tenho certeza de que ganhar de mim uma dança no colo não era tão memorável assim. Mesmo que *fosse* memorável para mim.

— Ele está flertando descaradamente com você. E eu vi o rosto dele quando cheguei à mesa e vi você cavalgando o coitado. Ele estava há dois segundos de gozar na própria calça, como um garoto de quinze anos se masturbando com o catálogo da Victoria's Secret da mãe — Ariel diz, com uma risada. — Eu já me desculpei por ter interrompido você e arruinado a sua chance de ter um orgasmo com um homem de verdade?

Cometi o erro de contar tudo para Ariel assim que chegamos em casa, depois do clube, naquela noite. Eu ainda estava eufórica pelo que acontecera, e mesmo que fosse terrivelmente embaraçoso, não consegui parar de falar depois que comecei. Eu também não consegui parar de pensar sobre o quão boa era a sensação de se deixar levar e fazer algo maluco, ou de imaginar se foi tão bom por causa do homem com quem eu estava, e se seria igual com qualquer outro que não fosse meu ex-marido.

— Ele parece o tipo de homem que poderia fazer durar horas, não acha? — pergunto, dando um suspiro sonhador, desejando que eu pudesse continuar lembrando do quão irritante ele era, em vez de constantemente reviver aqueles momentos de prazer, me movendo em seu colo, a sensação do seu hálito quente no meu pescoço, os palavrões que ele soltava baixinho no meu ouvido, e o quão apertado era o seu agarre no meu cabelo.

Está ficando quente aqui ou é impressão minha?

— Quem quer um homem que faça a coisa durar horas? Tenho coisas para fazer, programas na televisão para assistir, ter meu sono de beleza. Entre e saia — ela responde.

— É idiota que eu tenha qualquer tipo de pensamento sobre como o PJ é na cama. Talvez ele tenha gostado do que aconteceu, e talvez ele veja o erro que cometeu e tente corrigir e nos ajudar, mas o que ele *não* está fazendo é nos ajudando. Ele ainda não entendeu. Ele ainda não acha que eu tenho o que é preciso para isso, mesmo que ele diga que eu provei que ele estava errado. E além disso, ele nem é o meu tipo.

Ariel coloca a caneca de café na bancada e levanta uma sobrancelha enquanto me olha.

— Como assim ele não é o seu tipo? Ele é um cara gostoso e tem um pênis. Esse é o tipo de toda mulher.

— Ele não é o meu tipo porque... ele é dono de um clube de strip. Quero dizer, que tipo de homem decide, um dia, abrir um negócio próprio e diz: *"Você sabe o que seria um bom investimento? Um local onde mulheres tirem suas roupas por dinheiro!"*? Um pervertido, isso sim. Alguém que gosta de ver um monte de mulheres nuas o tempo todo e que não fica satisfeito em ver apenas uma mulher nua — explico.

— Agora quem é que está julgando? — Ariel joga as mãos no ar, irritada. — Você não tem ideia do por que ele é dono de um clube de strip. Talvez ele mande todo o dinheiro dele para órfãos na África ou algo do tipo. E, oi? Que tipo de mulher quer abrir um negócio onde mulheres vão à casa de alguém e tiram suas roupas por dinheiro? Mulheres desesperadas, isso sim. Mulheres que querem comandar os seus destinos e fazer algo excitante e divertido. Mulheres inteligentes. Agora, tire a roupa.

A abrupta mudança de assunto me faz esquecer do pequeno sentimento de culpa por julgá-lo sem saber qualquer coisa sobre ele, assim como ele fez comigo.

— O quê? Por quê? Não vou tirar as minhas roupas — falo para ela, balançando a cabeça.

— Você está procurando chifre em cabeça de cavalo. PJ não é um pervertido e ele não é irritante. Você é gostosa. Você está começando a se soltar e não deveria se surpreender que um homem lindo e bem-sucedido esteja de olho em você. O único problema que temos no momento, e o único que você continua a evitar, é o fato de que você ainda não está confortável com a ideia de ficar nua na frente de pessoas. Bem, eu sou uma pessoa. Tire suas roupas — Ariel ordena, se afastando da porta com as mãos na cintura.

— Não vou tirar minhas roupas para você. Eu sei que preciso superar esta questão, e irei. Só... não me apresse — explico.

Odeio que isso ainda seja uma enorme pedra no caminho da minha jornada de autodescoberta. E odeio que tudo em que posso pensar é que o Brian foi o único homem que me viu nua, e que ele nunca me deu nenhum incentivo ou palavras de confiança quando eu tirava minhas roupas na frente dele. Não havia nenhuma espiada ou murmúrios desconexos ou afirmações do quanto eu era bonita. Claro, estou com trinta anos, e sei que não estou na terceira idade, mas eu também tive uma filha. As coisas já não são tão durinhas como eram antes, quando eu era mais nova.

— Alguém precisa apressar você. Temos contas para pagar, e eu gostaria de começar a ter dinheiro entrando na conta antes que você entre na minha casa e comece a vender as *minhas* coisas. Vamos, tire a calça — Ariel fala, levando a mão para o botão da única calça jeans que eu tenho. — Jesus, esses jeans são de vovó? Não consigo nem ver o seu umbigo! — Suas mãos levantam minha camisa e seu rosto se contorce em desgosto.

— *Não* são jeans de vovó! — argumento, batendo em suas mãos para afastá-las e puxando minha camisa para baixo.

— Se o cós da calça serve como sutiã e parece que você está usando uma fralda, então são jeans de vovó. Nunca mais use essa coisa de novo — Ariel fala, indignada. — Você não quer ficar nua porque tem uma vagina cabeluda e zoada? Está tudo bem, podemos resolver isso com uma ida rápida ao salão de beleza e com um pouco de cera.

— Eu não tenho uma... área cabeluda e zoada. E mesmo que tivesse, isto não importaria, já que não vamos ficar completamente nuas. — Eu a lembro.

— Não importa se você ficar cobrindo isso daí. Uma vagina cabeluda não precisa ser volumosa a ponto de sair pelos lados da calcinha. Além disso, se você não disser a palavra *vagina* a plenos pulmões, neste exato momento, vou dar uma chave de braço e levar você para o chão, arrancar as suas roupas, arrastar você para o lado de fora e trancar a porta — Ariel ameaça.

— Não vou dizer essa palavra. É nojenta.

— Você realmente acha que é nojenta, ou o Brian pensa que é? A questão de tudo isso é descobrir quem você é. Quem você quer ser. Você me disse que cada decisão que tomou nos últimos treze anos foi por causa dele. É difícil se livrar de velhos hábitos. Você quer ser a mulher que se mistura na multidão ou aquela que toma as rédeas da própria vida? — Ariel pergunta.

— Você já sabe a resposta para essa pergunta, por que está me questionando isso?

— Porque você continua lutando contra isso a cada passo. Então, você dá um passo para fora da sua zona de conforto e percebe que é incrível. Você parou de usar roupa bege e adorou. Você foi a um clube de strip, e adorou. Você dançou no colo de um cara, e também gostou. Você ainda ama o Brian? É essa a questão? Você está com medo de cortar o último fio porque acha que há uma chance de que ele talvez volte e não encontre a mesma mulher que ele deixou para trás?

Honestamente, pensei nisso muitas vezes nas últimas semanas. Uma pequena parte de mim se preocupa: e se ele voltar para casa? E se, quando isto acontecer, eu não quiser mais voltar a ser quem era? Mas uma outra parte de mim, uma parte muito maior, realmente não se importa. Penso na maneira como eu costumava viver antes da Ariel entrar em minha vida, com o seu linguajar sem filtro e amor pela vida, e Belle chegar na ponta dos pés com os seus fatos aleatórios e sua doce inocência, e isso me deixa triste. Me faz perceber o quão sozinha e insatisfeita eu estava e sei que nunca voltaria a ser aquela pessoa novamente.

— Posso ser honesta? — pergunto, baixinho.

— Acabamos de conversar sobre vaginas cabeludas. Não tem como sermos ainda mais honestas depois disso. — Ariel encolhe os ombros.

— Acho que, na verdade, eu nunca amei o Brian. Eu me importava com ele. Queria fazê-lo feliz. Mas li todos esses livros e assisti a todos esses filmes sobre almas gêmeas e pessoas apaixonadas, e eu nunca me senti dessa maneira. Nunca senti como se não pudesse respirar, caso eu o perdesse. Nunca senti como se o seu amor fosse a única coisa de que eu precisava para ser feliz. Eu gostava da estabilidade e da segurança que ele me dava. Eu amo a filha que ele me deu, e o fato de que ele me deu uma família. Nunca tive isso enquanto crescia, e quando ele me deu isso, fiquei cega diante de todas as pistas de que não éramos compatíveis.

— O problema é que você fez da forma errada. Você deveria se casar primeiro por amor e depois por dinheiro — Ariel fala, com um sorriso que ilumina o ambiente pesado.

— Nunca vou me casar de novo.

— Amém, mana.

Ariel levanta uma mão e eu bato nela com a minha, depois disso ela se vira e começa a subir as escadas.

A campainha toca, me impedindo de segui-la.

— Aonde é que você está indo? — pergunto, enquanto vou atender a porta.

— Só vou me assegurar de que me livrei de toda aquela roupa bege do seu closet. Vamos fazer uma festa neste final de semana, e vamos queimar aquela merda — ela fala, sobre o ombro, do topo das escadas.

— Não vamos queimar nada neste final de semana! — eu grito de volta enquanto abro a porta, o sorriso no meu rosto morrendo e meu coração tentando fugir do meu peito quando vejo quem está na minha frente.

— Cynthia.

Vincent praticamente cospe meu nome enquanto fica parado na porta, vestindo um dos seus usuais ternos bem cortado de três peças, os braços à sua frente.

Sei que ele não tem nem ideia de que era eu a mulher sentada no colo do PJ na semana passada lá no clube, mas isso não consegue me impedir de sentir vergonha, deixando minhas bochechas vermelhas e minhas mãos trêmulas.

O som da notificação de mensagem de texto faz com que eu pegue o celular do meu bolso traseiro e coloque o aparelho no modo silencioso, mas não antes de ver outra mensagem do PJ.

Meu colo está sempre disponível se você precisar de algo para fazer, Cin.

Mesmo com Vincent me observando como se quisesse me matar, e sabendo que ele me viu rebolando no colo de um cara mesmo que ele não soubesse que era eu, o comentário do PJ ainda faz com que me dê arrepios nos lugares certos, mas na hora errada.

— Precisamos conversar — Vincent diz, enquanto o celular continua a vibrar na minha mão.

Todos os arrepios desaparecem imediatamente assim que eu vejo a outra mensagem do PJ.

E que tal uma pet shop? Você gosta de cachorros, não é? Cães são fofos e amáveis.

— Já que você tem ignorado repetitivamente meus telefonemas e minhas várias mensagens de voz, — Vincent continua a falar, com uma voz irritante — não tenho outra opção a não ser aparecer aqui sem avisar. Isso está se tornando uma situação muito séria, Cynthia. *Vamos* envolver os advogados se você não devolver o dinheiro que roubou.

Meu sangue começa a ferver enquanto eu escuto a ladainha dele, e as mensagens do outro homem continuam a fazer a situação ficar cada vez pior.

Você poderia escrever um livro. Ouvi dizer que a autopublicação está a todo vapor.

Eu não sei dizer com quem estou mais desapontada: com o homem que me conhece desde que eu tinha dezoito anos e nem mesmo se importa como estou me virando desde que o Brian foi embora, ou com o homem do outro lado do telefone, que ainda não entendeu o porquê de eu fazer isso.

— Eu não estou com o seu dinheiro, Vincent — digo suavemente para ele, desejando que toda a raiva e frustração que estão fervendo fizessem a panela explodir, para que eu pudesse gritar na cara deste homem.

Eu realmente quero isso. Quero muito, muito mesmo. Até abro minha boca para solta uma quantidade imensa de xingamentos, mas nada sai além de um suspiro trêmulo. Tenho que canalizar no meu interior a mulher que rebolou no colo do PJ sem nem pensar, mas ela está completamente adormecida enquanto estou aqui, em minha própria casa, sendo ameaçada e intimidada.

— O relógio está correndo. Você deveria se considerar sortuda por eu lhe dar mais tempo. — Vincent termina, me dando uma última olhada antes de se virar e se afastar, me deixando plantada na porta, incapaz de me mexer ou falar, enquanto o observo entrar no seu Lexus e ir embora.

Depois de todo esse tempo, depois de todas as maneiras que aquele homem me desapontou nos últimos meses, eu ainda quero que ele me ame e me respeite, e não há gritos suficientes que façam isso mudar. Ele é a primeira figura paterna que eu tive, depois do meu pai falecer. Ele me devolveu alguém de que eu sentia muita saudade desde que eu tinha dez anos de idade e meu pai me deixou sozinha. Ele me deu alguém para me espelhar, e se tornou alguém que eu queria impressionar e que se orgulhasse de mim. Não importa o quanto ele me machuque com suas acusações e sua crueldade, eu ainda sou aquela garotinha solitária que só queria ter um pai que a amasse.

É triste e patético, e nem sei como fazer esses sentimentos desaparecerem.

Com lágrimas nos olhos e desapontamento correndo pelo meu corpo, lentamente fecho a porta e me apoio nela, encostando a cabeça na madeira. O telefone vibra na minha mão de novo, e eu enxugo as lágrimas que caíram pelas minhas bochechas enquanto olho a outra mensagem do PJ.

Já sei. Você poderia abrir uma pousada.

É isso. Essa é a gota d'água que transborda o copo. Abro minha boca e grito, com toda a minha força, deixando sair toda dor e frustração que não consegui expressar com o Vincent.

— O que está acontecendo? — Ariel grita para mim, correndo nas escadas.

Acabo de gritar e começo a ofegar pelo esforço, me sentindo muito melhor do que segundo atrás.

— Ligue para a Tiffany. Diga para ela chamar todas as amigas strippers dela, do Charming's, para o final de semana — falo para Ariel, enquanto ela para no começo das escadas e olha para mim como se eu tivesse perdido a cabeça.

— Pensei que o PJ tivesse negado quando você perguntou se elas poderiam aparecer para uma aula, não? — ela pergunta, ainda olhando para mim como se eu fosse voltar a gritar a qualquer momento.

— Ele negou. E eu não quero nem saber. Convide todas elas. Vamos queimar coisas nesse final de semana.

Capítulo dezesseis

ACHO QUE QUEBREI A PRINCESA BARBIE

— Você tem certeza de que está bem? Você não disse uma palavra desde que veio para fora, há uma hora. Todo mundo está ficando nervoso. Mas você está linda, então ninguém está tão pilhado assim.

Pisco em resposta a Ariel, nem me incomodando em tentar puxar o minúsculo short jeans que a Tiffany me fez vestir. Ele é tão pequeno que a parte interna dos bolsos fica pendendo abaixo da bainha desfiada. Dou uma olhada em mim mesma — ou melhor, olho para o meu incrível decote, do qual meus peitos estão praticamente saltando da regatinha azul que a Tiffany também me fez vestir, mostrando o milagre do sutiã push-up.

Observo o meu jardim e me pergunto por que não estou surtando pelo fato de ele estar cheio de mulheres maravilhosas, todas do Charming's, paradas ao redor de uma fogueira, me olhando e esperando que eu jogue o primeiro item de roupa bege que está em uma pilha ao meu lado. Ou por que eu não estou surtando por dar uma festa no meu jardim da frente, onde toda a vizinhança pode ver. Meu quintal de trás seria o local perfeito para isso, com uma fogueira feita de pedras, mas eu só tinha dinheiro para pagar para o jardineiro cuidar do jardim da frente. Então, neste momento, meu quintal de trás está parecendo uma floresta, com a quantidade enorme de ervas daninhas e provavelmente alguns animais estranhos. Honestamente, tenho medo de ir lá atrás.

Quando o Vincent foi embora da minha casa, três noites atrás, e eu disse para a Ariel que faríamos uma festa, ela me fez agir imediatamente, nem mesmo me deu a chance de mudar de ideia. Então nós fomos para o closet e fizemos uma pilha com coisas para vender e outra pilha com coisas para queimar. Passei o resto da semana alternando entre chorar e sentir raiva, pensando em todas as palavras que o Vincent me disse e na maneira absurda que falhei em me defender. Continuar flertando com PJ por mensagens, assim como recebi outras ideias dele, não ajudou a minha saúde mental.

Assim que todo mundo apareceu na minha casa, para a festa da fogueira, Tiffany pegou a minha mão e me levou para o meu quarto. Ela escolheu uma roupa para mim, me maquiou e me convenceu a deixar o meu cabelo loiro solto, dando um toque com uma chapinha para realçar minhas curvas naturais. Dei uma olhada em mim no espelho e não pude acreditar no que estava vendo. Ariel tinha razão. Eu estava gostosa. Eu me sinto gostosa. Mas algo ainda parecia estranho. Ainda estou com raiva e confusa, e não sei o que está errado comigo. Não posso voltar no tempo e mudar o passado. Não posso voltar o relógio naquele exato momento e me defender do meu ex-sogro. Eu sei disso e entendo, mas ainda me sinto como uma bomba--relógio, pronta para explodir.

— Cindy, me responda. Você está bem? Pisque uma vez para sim, duas vezes para não — Ariel fala novamente, entrando na minha linha de visão e bloqueando o resto.

— Tem strippers no meu jardim — murmuro.

— Sim, tem mesmo. Você está com medo de que os buldogues da vizinhança apareçam por aqui para reclamar? — ela pergunta.

— Não.

Ariel acena com a cabeça.

— Ok, então... o que tem de errado? Pensei que você estava ok com a festa da fogueira. Você vai começar a gritar de novo?

Eu *estou* ok em fazer essa festa. Mais do que ok. Mas todo mundo está me olhando como se estivesse com medo de que eu fosse pirar, porque Ariel contou sobre o meu chilique na outra noite, e sobre tudo o que o Vincent tinha falado para mim. Não quero que sintam pena de mim. Não quero que *ninguém* sinta pena de mim.

Meu celular, o qual estou segurando, apita com a notificação de uma nova mensagem, e não preciso nem olhar para saber de quem é. PJ tem me mandado mensagens a torto e a direito desde que todo mundo chegou aqui, perguntando se eu sei onde suas strippers estão. Falou sobre alguém que ligou alegando estar doente demais para ir trabalhar, e agora ninguém atendia os telefones. Também me lembrou que era melhor elas não estarem na minha casa para nenhum tipo de aula, pois ele já tinha me dito um belo de um não.

Também não quero ninguém me dizendo o que posso e o que não posso fazer. Especialmente ele, o homem irritante que faz com que me dê frio na barriga toda vez que penso sobre sentar de novo no seu colo. Odeio estar confusa. Odeio a sensação de que a qualquer minuto, eu posso explodir.

Tic, tac, tic, tac...

— Acho que estou bêbada — murmuro, levantando a minha taça, agora vazia, e mostrando para Ariel. — Acho que essa era a taça número cinco. Ou era a número oito? Parei de contar depois da terceira. Matemática é difícil.

Ariel ri, colocando as mãos ao redor da boca e gritando para o grupo de mulheres no meu jardim, ainda me olhando ansiosamente.

— ESTÁ TUDO BEM, GENTE. ELA SÓ ESTÁ BÊBADA!

Todo mundo levanta as mãos, ostentando copos com diversos tipos de bebidas alcoólicas, e solta gritos e assovios.

Meu telefone apita novamente, e Ariel o pega da minha mão.

— Ah, pelo amor de Deus. Qual é a porra do problema desse cara? — ela murmura, olhando para a mensagem enviada pelo PJ, que eu nem me incomodei de responder.

Tiffany se aproxima, tirando a taça de vinho vazia da minha mão e colocando uma cheia no lugar, enquanto Ariel vira a tela do celular para ela.

— Qual é o problema do seu chefe? Estou fazendo de tudo para que a Cindy brinque com os globos da discoteca dele, mas o cara está sendo um idiota.

Tiffany suspira e eu tomo um grande gole do meu vinho, para me impedir de fazer o que todos esperavam e começar a gritar.

— Ele é um cara legal, eu juro. — Tiffany diz para nós, depois de dar mais uma olhada nas mensagens — É só que ele é superprotetor com a gente. Vocês notaram que ele nunca nos chama de strippers?

Começo a abrir a boca para argumentar, mas rapidamente a fecho quando penso nas nossas diversas conversas e nas centenas de mensagens que trocamos na última semana. Ela está certa, ele nunca usou a palavra *strippers*, era sempre dançarinas.

— A mãe dele engravidou logo depois de terminar o ensino médio. É a história de sempre: mãe adolescente, o pai um inútil que fugiu quando soube da novidade, e pais de merda que a expulsaram de casa. O único trabalho que ela conseguiu foi de stripper. E naquela época, era complicado. Era um lugar mais nojento que o outro, sempre com chefes horríveis — Tiffany explica. — Mas ela conseguiu, passou por cima de toda a merda e de ser demitida quando ela precisava faltar ao trabalho, porque não tinha ninguém que cuidasse do filho, já que essa era a única maneira de pagar as contas e colocar comida na mesa. Quando PJ ficou adulto, ele decidiu que não queria que outras mulheres passassem pelo mesmo.

Neste momento, eu realmente queria odiar a Tiffany, por me fazer ver algo bom e gentil nele quando tudo o que eu realmente queria fazer era me concentrar no quão irritante ele era.

— Então, ele abriu o Charming's, e contrata apenas mães solteiras. Recebemos nosso pagamento mesmo se precisarmos faltar ao trabalho por causa dos nossos filhos, contanto que não abusemos desse privilégio. E nós recebemos um adicional para ajudar nas despesas das crianças e no estudo, se escolhermos fazer faculdade ou qualquer outra coisa com as nossas vidas. Ele não quer que sintamos que estamos fazendo algo sujo ou que devemos ter vergonha, só porque a vida não nos sorriu. — Tiffany termina.

— Bem, não é o mesmo que dar dinheiro para órfãos na África, mas estou aceitando. — Ariel suspira.

Bem quando decido que sou a maior idiota da face da Terra e vou pegar o celular das mãos da Ariel para mandar uma mensagem me desculpando, escuto uma freada brusca vindo da rua e nos viramos para encontrar uma caminhonete preta na frente da minha garagem.

Um PJ muito puto sai pisando duro do carro e fecha a porta com um estrondo, e começa a caminhar na minha direção, gritando a cada passo.

— Pensei que tinha deixado claro para você NÃO convidar as minhas dançarinas para mais uma dessas aulas!

Tic, tac, tic, tac...

— Eu dei milhares de outras ideias para você abrir o seu próprio negócio e você ainda está na mesma ideia absurda!

Tic, tac, tic, tac...

— Ai, meu Deus. Ele está realmente puto — Belle sussurra, chegando mais perto de nós.

Tento focar no quão gostoso ele está naquela calça jeans rasgada e naquela camisa branca de manga comprida, bem cortada, que ele tinha enrolado até os cotovelos — bem como nas coisas maravilhosas que Tiffany tinha dito sobre ele, respondendo todas as minhas perguntas sobre o motivo de ele ser tão duro sobre isso — mas é impossível. Enquanto ele cruza o jardim, vindo em minha direção, de repente o seu rosto se transforma no de Vincent e, em vez da voz do PJ me dizendo o que eu não posso fazer, eu escuto a do Brian.

Empurrando minha taça para Ariel, que acaba derramando vinho nas nossas mãos quando ela tenta segurar, caminho na direção do PJ, para encontrá-lo no meio do caminho.

Tic, tac, tic, tac...

— Essas mulheres trabalham pra caramba. Elas têm que lidar com clientes filhos da mãe e com gorjetas horríveis e fazem isso porque elas não têm outra opção. Não é algo novo e excitante que pensaram que seria divertido tentar porque estavam passando por uma pequena turbulência! Se você acha que...

Tic, tac, tic... BOOM!

— Ah, pelo amor de Deus, cale a boca! — eu grito, a plenos pulmões, interrompendo o que ele ia falar.

— Ah, merda... — Ariel murmura atrás de mim.

— Estou cansada pra cacete das pessoas pensarem que podem me dizer o que fazer! — grito. — Você não sabe o mínimo sobre mim, então CALE A PORRA DA SUA BOCA!

PJ arregala os olhos e é esperto o bastante para manter a boca fechada, mas a fera que estava enjaulada dentro de mim está à solta e não tenho como segurá-la.

— Uma pequena turbulência? Você está tirando com a minha cara? — grito, chegando mais perto dele e enfiando um dedo no seu peito musculoso, nem me importando por estar gritando no meio do meu jardim, alto o suficiente para que todos da rua escutem. — Você quer saber o que NÃO é *uma pequena turbulência*? Descobrir que o seu marido está transando com a babá bem debaixo do seu nariz, sendo que você passa TRÊS MALDITOS ANOS tentando que ele transe com você, mas ele não quer, e a coisa mais próxima de um orgasmo que você mesma não tenha se dado em treze anos é uma dança no colo com o idiota mais arrogante e egoísta que você já viu!

— Oh, ela vai se arrepender disso amanhã, quando estiver sóbria. — Escuto Belle sussurrar, ao lado de Ariel.

Ignoro tudo o que está acontecendo ao meu redor e continuo a falar. A sensação é boa demais para que eu pare agora. É como se um peso enorme tivesse saído dos meus ombros, como se uma tonelada de tijolos fosse retirada das minhas costas, como se tudo o que eu vinha guardando dentro de mim tomasse vida e saísse voando descontroladamente da minha boca.

— Você quer saber o que mais NÃO é *uma pequena turbulência*? Chegar em casa, depois do mercado, para encontrar os papéis do divórcio e nada das coisas dele. Ah, e não vamos esquecer que aquele filho da puta roubou mais de cinco milhões de dólares da empresa dos próprios pais, esvaziou nossas contas bancárias, cancelou todos os meus cartões de crédito, me deixando com NADA. E ser cercada só para gritarem na sua cara e ser ameaçada pelos idiotas dos meus sogros porque eles parecem pensar que eu sei onde está o dinheiro deles e que posso devolver aquela merda!

Recupero o fôlego e continuo a deixar a pressão sair, sem me importar com o fato de que todo mundo ainda está no meu quintal, me vendo soltar os cachorros. Talvez seja o vinho falando, talvez seja porque alguém finalmente me levou ao limite. O que quer que seja, não me importo.

— É tããããããão fácil tentar convencer a sua filhinha de que o pai dela não foi embora porque não a amava o suficiente. Convencer a *si mesma* de que ele não foi embora porque você não era o bastante! — grito, piscando para afastar as lágrimas que começaram a anuviar a minha visão, enquanto continuo a enterrar o dedo no peito do PJ, pontuando cada palavra que digo. — Eu não acordei um dia e decidi seguir pelo caminho do strip-tease porque achei que era a opção mais fácil. Não sou uma maldita dona de casa entediada, com nada melhor para fazer com o tempo livre!

— Eu sei que você não é. Só me deixe...

— EU SEI QUE É TRABALHO DURO, E RESPEITO CADA MULHER QUE JÁ TEVE QUE TIRAR A ROUPA POR DINHEIRO! — berro, o interrompendo de novo. — Não estou fazendo isso porque acho que será divertido e tudo o mais. Estou fazendo isso porque não sei mais quem eu sou! Estou fazendo isso porque estou cansada de ser invisível!

Sem pensar no que estou fazendo, pego a bainha da regata que estou vestindo e a arranco do meu corpo, jogando na cara do PJ tão forte quanto posso, antes de abrir os braços, no meio do jardim, meus peitos cobertos por nada mais do que um sutiã push-up de renda vermelha.

— Ah, puta merda. Acho que quebrei a princesa Barbie — Ariel sussurra.

— Estou cansada do maldito bege! Estou cansada de me misturar na multidão! De ninguém me escutar e pensar que me conhece! De não ser durona para me defender! SÓ QUERO QUE ALGUÉM ME VEJA, ME ESCUTE E PERCEBA...

De repente, suas mãos estão nas minhas bochechas, e antes que eu perceba, ele está puxando meu rosto na sua direção e colando seus lábios nos meus. Minhas mãos vão imediatamente para o peito dele, para afastá-lo, mas sua língua se infiltra pelos meus lábios e roça na minha de uma maneira enlouquecedora. Minhas mãos se fecham em punhos e seguro a sua camisa quando ele inclina a cabeça e aprofunda o beijo, sua língua dançando ao redor da minha enquanto eu deixo escapar um pequeno e involuntário gemido em sua boca. Ele tem gosto de menta, cheira como o paraíso, e a maneira como a sua boca se move contra a minha e a sua língua duela com a minha, faz com que choquinhos desçam pela minha coluna e um calor comece a crescer no meio das minhas pernas.

Nunca fui beijada assim antes, tão forte e tão gentil ao mesmo tempo. Suas mãos quentes e suaves ainda seguravam meu rosto no lugar, mas seus lábios são incendiários, e a sua língua deveria ser registrada como uma arma de destruição em massa, pela maneira como se move.

Inclino-me na direção dele e meus olhos piscam lentamente, confusos, quando ele para o beijo abruptamente, afastando os lábios dos meus. Ele ainda segura meu rosto entre suas mãos enquanto olha para mim, os dedos fazendo carinho nas minhas bochechas e o olhar fixo ao meu.

— Eu vejo você. Eu escuto você. E me desculpe — ele sussurra.

— Ok — respondo, vagamente. O vinho, o beijo, e a minha miniexplosão me esgotam e tudo o que tenho vontade de fazer é desmaiar na cama.

Ou vomitar. Vomitar todo o vinho que estava revirando no meu estômago enquanto eu estava de pé, colada ao homem que tinha me beijado como um deus e que me deixava confusa para caramba, estava a poucos segundos de acontecer.

PJ tira as mãos do meu rosto, enquanto se afasta e vai andando para trás em direção ao seu carro, nunca tirando os olhos de mim.

— Pego você amanhã, às dez da manhã. Esteja pronta.

Olho para ele e começo a retrucar sobre como ele não deve ter escutado uma única palavra que eu disse, sobre pessoas me dizendo o que fazer, mas ele logo se corrige quando vê o olhar no meu rosto.

— Tudo bem se eu pegar você amanhã, às dez? — ele pergunta dessa vez, parando ao lado da caminhonete.

Aquela caminhonete fazia com que ele parecesse todo masculino, gostoso e rude.

— Para quê?

Ele me dá um sorriso e é patética a maneira como eu não consigo tirar meus olhos dos seus lábios, enquanto os observo se mexerem.

— Campo de treino, querida. Chega de aulas com as minhas dançarinas.

— Ah, você nem pense...

Ele levanta a mão para me interromper.

— Não porque eu duvide de você. Se alguém vai ensinar para você como funciona, serei eu. Amanhã de manhã, às dez em ponto.

Seus olhos se afastam dos meus e percorrem meu corpo, fazendo com que a minha pele se arrepie, pelas coisas que o seu olhar expressava, até que eles voltam a me encarar.

— Estaremos em um local público, então talvez você queira vestir uma camiseta.

Dando-me um sorriso malicioso e uma piscadinha, ele entra no carro, dá a partida, e sai da entrada da minha garagem.

— E será que as minhas dançarinas que estão no cronograma de hoje podem levar suas belas bundas de volta para o clube na próxima hora? — ele grita, pela janela aberta, enquanto desce pela rua.

Fico observando o carro dele ir embora até que Ariel se aproxima, e me viro para ela.

— Eu tirei a minha regata no meio do jardim.

— Sim.

— E disse um monte de palavrão. Tipo, UM MONTE! — adiciono.

— Você disse.

— Beijei um cara sem a minha regata, no meio do jardim, depois eu xinguei um monte, e ainda estou sem a minha regata. — Recapitulo.

— Você vai desmaiar? Porque se for, tomei vodca demais para carregar você para dentro, e o cara que fez isso da última vez acabou de ir embora.

Demoro um minuto para pensar no que aconteceu nessa noite, enquanto olho ao redor e vejo todo mundo cuidando da sua própria vida, rindo e bebendo como se não tivesse acontecido nada demais. Fico parada, esperando sentir o peso e a pressão da culpa se acumulando nos meus ombros, mas isso não acontece. Tudo o que eu sinto é... liberdade.

Contornando Ariel, vou para a pilha de roupas bege e pego o máximo de peças que consigo antes de caminhar pelo jardim e ir para a fogueira, onde todas estavam ao redor.

Ariel e Belle se aproximaram, ficando uma de cada lado, enquanto eu jogo tudo na fogueira e sorrio quando as chamas ficam mais altas.

— VAMOS QUEIMAR ESSAS MERDAS! — meu grito faz com que todas ao redor do fogo gritem em comemoração e façam brindes com os copos e garrafas de bebidas.

Belle descansa a cabeça no meu ombro enquanto observa a fogueira, com um sorriso no rosto, e Ariel passa um braço ao redor do meu ombro, me dando um apertão.

— Bem-vinda ao lar, Barbie Porra-louca. Bem-vinda ao lar.

Capítulo dezessete

MAMILOS À PURURUCA

— Fui demitida da Comissão de Eventos.

— Ótimo. É bom que você não use esses jeans de vovó no seu encontro com o PJ.

Com um suspiro, coloco o meu celular ao outro ouvido, enquanto me viro de um lado para o outro na frente do espelho, conferindo o meu reflexo. Uma coisa boa de se ter uma filha adolescente: posso pegar suas roupas emprestadas.

— Queimamos todos os jeans ontem a noite, lembra? Você cantou "*fodam-se os jeans de vovó*" e fez todo mundo tomar uma dose de bebida antes de você jogá-los no fogo. E pare de dizer que é um encontro, porque não é.

Dando mais uma voltinha, paro de costas para o espelho e, olhando sobre o ombro, dou uma checada na minha bunda. Sorrio comigo mesma quando vejo a maneira como a calça skinny da Anastasia abraçava as minhas curvas e modelava o meu quadril. Coloquei uma camisa de flanela rosa e marrom, presa por dentro da calça, e finalizei o look com um cinto também marrom e uma sapatilha rosa, tudo cortesia da minha filha, que não me faz mais chamá-la de Asia, mas ainda se recusa a usar qualquer coisa colorida.

— Ei, você ainda está aí? — pergunto para Ariel quando ela não responde. Viro de volta para o espelho e dou uma ajeitada no coque bagunçado que tentei fazer, já que nem em sonho eu queria deixar o cabelo solto e ondulado como a Tiffany fez ontem a noite...

— Sim, estou aqui. Desculpe, ainda não estou acostumada a você jogar essas bombas como se não fosse nada demais, sendo que duas semanas atrás você ainda não conseguia dizer "puta merda" ou "maldição". Além disso, definitivamente é um encontro! Ele escolheu quando e onde. E ele vai buscar você em dez minutos. É um encontro.

Não é um encontro. É um campo de treinamento versão stripper, como o PJ falou, o que quer que isso signifique. Troquei mensagens com ele a manhã toda, perguntando aonde íamos, mas ele apenas ficou me dizendo que era uma surpresa e me lembrando de usar uma camiseta.

Cara irritante.

Não estou surtando por ter ficado de sutiã na frente dele ontem à noite, avançado nele meio bêbada, tê-lo deixado enfiar a língua na minha garganta enquanto todo mundo no meu jardim observava, assim como alguns vizinhos que eu não percebi que estavam de butuca. Eles só ficaram lá observando enquanto eu me perdia no beijo dele, querendo que nunca terminasse, e imaginando se uma mulher poderia cair morta no meio do jardim por *superestimulação.*

Não, teoria testada e descartada. Eu estava tão de boa quanto era possível, mas só porque fiz todas as minhas coisas surtadas quando todo mundo foi embora e passei a noite toda cozinhando para desestressar. A bancada da minha cozinha está cheia de *Muffins de Maçã da Ansiedade, Tortinhas de Limão Mas Que Porra Eu Fiz Na Noite Passada e Donuts Eu Nunca Mais Vou Beber de Novo.* Recheados de glúten e açúcar.

— Não é um encontro. Mudando de assunto, você escutou quando eu disse que tinha sido demitida da Comissão de Eventos? Por e-mail. Você acredita nisso? Eles nem tiveram a coragem de dizer isso na minha cara, que eu não era mais bem-vinda, ou que eles tinham decidido uma ideia diferente para o próximo evento — falo para ela, irritada, e vou descendo as escadas.

Não estou brincando quando digo que as notícias correm na velocidade da luz nesta rua. Recebi meu primeiro e-mail de demissão uma hora depois do meu pequeno strip no jardim da frente. Agora eu já não era mais presidente da Comissão, não estava mais no comando dos eventos de vendas, eu tinha sido retirada da diretoria do Comitê de Planejamento de Festas de Fairytale Lane. E os tiros continuaram vindo um atrás do outro. A noite toda. Até que eu finalmente coloquei o meu celular no modo silencioso, para que eu não o jogasse na parede quando a próxima notificação de recebimento de e-mail chegasse. De repente me tornei a pária da vizinhança.

— Graças a Deus que eles finalmente demitiram você. Os seus cupcakes são uma merda. — Ariel reclama.

— Aqueles cupcakes eram veganos, sua idiota, e eu não disse para você ir entrando na minha cozinha e se servindo — falo, quando chego no final das escadas e sento no último degrau. — Esses comitês, a Comissão... são a minha vida. Acabou, rapidinho. Só porque eu vivo em uma rua cheia de narizes empinados.

— Não, *eram* a sua vida. Você estava evitando tudo ao fazer um monte de coisas com as quais você nem se importava, só para que todo mundo continuasse pensando que você era perfeita. A sua vida não é mais perfeita, é uma zona total. Você está vendendo as suas coisas para pagar as contas, abrindo um negócio onde você vai tirar as suas roupas por dinheiro, xingando a plenos pulmões como um marinheiro no seu jardim, e dando uns amassos no dono gostosão do clube de strip, só de sutiã, também no seu jardim.

— Nossa, muito obrigada por me lembrar das coisas embaraçosas que eu fiz nas últimas vinte e quatro horas — resmungo.

— Você está finalmente pensando em si, finalmente desceu do pedestal, se soltou, você está descobrindo quem quer ser, e dando uns amassos de sutiã no gostosão do clube — Ariel fala, com um tom risonho.

— Você já colocou essa na lista de coisas embaraçosas.

— Mas isso vale estar tanto na coluna embaraçosa quanto na maravilhosa. E honestamente, só você acha isso dessas coisas. A parte de ficar de sutiã de fora foi incrível. E excitante de se olhar.

Ela solta um suspiro sonhador e eu começo a sonhar acordada, relembrando a sensação dele me beijando. De como ele segurou o meu rosto em suas mãos, de como meus lábios ficaram intumescidos por horas depois que ele foi embora, e como eu ainda conseguia sentir o gosto dele na minha língua, mesmo depois de beber mais duas taças de vinho enquanto queimávamos as minhas roupas.

— Ei, tenho uma ideia — a voz da Ariel me faz dar um pulo de susto e eu rapidamente abaixo a mão que tinha levado para a boca, percebendo que estava passando-a sobre os lábios enquanto pensava no beijo dele. — Se essa coisa de festa de strip em casa não der certo, você poderia cozinhar pelada. Ooooooh, você poderia chamar de Cozinhando No Pelo! O menu poderia ter itens como Mamilos à Pururuca e Pudim de Boceta Pecan.

— Estou desligando — falo para ela, quando a campainha toca, e me levanto.

— Só pense nisso. Imagine um cara sentado em uma cadeira na sua cozinha, batendo uma enquanto você bate claras de ovos. Isso soa como uma mina de ouro.

— Tchauzinho, Ariel.

Desligo a ligação e abro a porta, imaginando se algum dia aquele frio na barriga que eu sinto toda vez que vejo PJ irá parar. Ele está lindo como sempre, de calça jeans e um suéter justo cinza-claro, e tenho que pressionar a barriga com a mão para evitar que meu estômago dê cambalhotas quando olho para o seu rosto.

Ou, mais precisamente, seus lábios. Não importa a quantidade de vinho que eu tenha ingerido ontem, nunca serei capaz de tirar da cabeça a imagem do beijo. Combine isso com todos os textos sensuais que ele me mandou na última semana, a maneira como ele me observou depois do nosso beijo e como ele disse que me via e me ouvia, e de repente sinto como se tivesse me transformado em uma ninfomaníaca, mulher que não consegue parar de pensar em sexo. Especialmente sexo com este homem.

— Bom dia, Cin — PJ me cumprimenta, com um sorriso, o apelido soando completamente sensual para esta hora da manhã.

Mais uma vez, não consigo tirar meus olhos dos seus lábios enquanto se mexem, e de repente me ocorre que não senti nada arranhando quando nos atracamos ontem. Ele deve ter feito a barba antes, mas agora vejo que ele está de novo com aquela sombra da barba começando a crescer, e uso todas as minhas forças para não ficar aqui, parada, esfregando as pernas para me livrar daquela comichão que sinto entre elas, pensando em PJ passando a barba por todo meu corpo.

Não é um encontro, não é um encontro, não é um encontro.

Aquele beijo ontem foi uma casualidade. Foi produto da coragem líquida produzida pelo vinho, nada mais. Ele provavelmente flerta com toda mulher que cruza seu caminho. Não sei se ele beija todas elas, mas vou assumir que o faz e fingir que ele é um mulherengo que estou usando apenas para meu próprio benefício, extraindo dele o máximo de conhecimento sobre o mercado que posso. Isso vai ajudar a acalmar meus nervos e colocar um fim nas noites em claro cozinhando.

— Espero que você não se importe ou pense que é estranho, mas trouxe uma coisinha para a sua filha. Minha mãe me ensinou boas maneiras, então imagino que ela mereça um presente por me deixar roubar a mãe por hoje — PJ fala, me dando uma caixa envolta com um laço rosa.

O bom é que o presente me deu algo a mais para olhar além da boca do PJ, mas não é de grande ajuda para o meu mantra de *não é um encontro* que venho mentalizando, porque é algo fofo e eu sinto vontade de sentar e chorar, pela sua consideração.

Mas não faço isso. Porque quando vejo o presente que ele trouxe para a Anastasia, sinto vontade de rir, o que seria muito rude.

— Ei, *mamacita*. Quem é esse daí? Ai, meu Deus, você tem um encontro?

Viro-me para dar de cara com a minha filha descendo as escadas, olhando para PJ enquanto se aproxima.

— O que? Não! Não, não é um encontro. — Rio, nervosamente, meu olhar indo da minha filha, que se encostou contra o batente da porta, para o PJ, que observa a minha filha de treze anos como se ela tivesse criado chifres e rabo.

O que não seria algo completamente fora de questão, em se falando de uma garota adolescente.

Anastasia pega a caixa das minhas mãos e levanta as sobrancelhas.

— Ele é um vendedor de porta a porta de coisas de bebê ou algo do tipo? — ela pergunta.

Ela chacoalha a caixa que tinha um kit de blocos multicoloridos. Para um bebê. E agora era ele quem nos olhava, confuso.

— Trouxe um presente para você — PJ murmura, desconfortável, o que torna impossível eu conseguir conter uma risadinha que insiste em querer escapar.

Ele fica olhando para mim, e isso faz com que eu sorria ainda mais.

— Anastasia, este é... uhm, meu amigo, PJ. PJ, está é a minha filha, Anastasia. — Faço as apresentações e imagino se isso faz de mim a pior mãe do mundo.

Em todos os livros sobre como criar filhos, que li durante todos esses anos, tenho certeza de que eles nunca incluíram um capítulo sobre o momento certo de se apresentar o seu filho para o homem com quem você deu uns beijos, com quem você não está saindo, mas que gostaria, e muito, de vê-lo nu em um futuro próximo.

— Desculpe pelos blocos. Pensei que você era mais nova. Não sou um pervertido nem nada disso — PJ diz a ela, dando um suspiro de frustração e um passo para frente, até estar colado em mim, e sussurra no meu ouvido. — Sério, como é possível que você seja mãe de uma adolescente? Ontem você a chamou de sua *filhinha*!

Ele soa aborrecido, e pela maneira como ele olha para Anastasia, com os olhos arregalados, só posso imaginar que é porque todo mundo adora bebês; ninguém gosta de adolescentes.

Mesmo que às vezes ela possa ser um desafio, Anastasia é o meu mundo. E não me importo com o quão gostoso seja ou o quão bem ele beija; se ele não gosta de adolescentes, especialmente da minha adolescente, ele pode ir pastar bem longe.

— Porque ela é a minha filhinha! É uma maneira afetuosa de se referir — sussurro, irritada.

— Soube que tem caras com fetiches nojentos. Nina me contou sobre esse cara no YouTube, que gosta de pés e... — Anastasia fala antes que eu possa interrompê-la.

— Ok, acho que está na hora de ir. Ou talvez esteja na hora do PJ ir — falo, antes que a cabeça dele exploda, e antes de eu lhe dar um soco pelo comentário sobre eu ter uma filha adolescente.

Ele está bravo por eu ter uma filha dessa idade? Ele não sabe como casamento e gravidez funcionam? Por que eu me importo se ele está bravo? Quero dizer, ele emprega funcionárias que são mães, por que ele está tão chocado? Talvez ele deteste crianças. Claramente ele não gosta de crianças, o que torna muito mais fácil voltar a colocá-lo na categoria "irritante", e fora da "eu quero loucamente fazer sexo com ele". Mas isso não explica o motivo de ele ter aparecido aqui com um presente para ela, embora fosse para uma criança dez anos mais nova que ela, mas ainda assim. Provavelmente ele não gostava de adolescentes. Você e todo o universo, amigo, entre na fila. Mas ele foi doce em trazer um presente para ela.

Isso é tudo tão confuso. Não deveria ser permitido que eu tivesse qualquer tipo de interação adulta sem que Ariel estivesse presente.

— Ahm, você não está se esquecendo de nada? — Anastasia pergunta, fazendo com que eu afaste meu olhar de PJ e olhe para ela, interrogativamente. — Era para você me levar ao shopping, para me encontrar com a Kelsey...

Tenho uma vaga lembrança de Anastasia me mandando uma mensagem ontem à noite, enquanto ela estava em uma festa do pijama na casa de uma amiga, mas... vinho.

— Merda. Era hoje? Puta merda, cacete — murmuro, deixando minha filha chocada e de olhos arregalados. — Eu xingo como um caminhoneiro agora. Não vamos fazer disso mais do que é, ok?

PJ dá mais um passo para frente e dá uma *tossidinha.*

— Na verdade, é para lá que planejei levar a sua mãe hoje. Achei que estava na hora de dar uma melhorada no guarda-roupas dela. A não ser que você não queira, podemos dar uma carona — ele fala, encolhendo os ombros.

— Legal. Por mim, ok — Anastasia aceita, antes que eu possa falar qualquer coisa e dizer para ele que aquela era uma péssima ideia.

Ele dá espaço para que ela passe pela porta, chacoalhando a caixa de blocos que ela ainda carrega, e lhe dá um sorriso quando passa. Enquanto eu estou ocupada, pensando nas razões pelas quais essa era uma ideia ruim e que eu deveria dar um perdido no PJ pelo comentário de antes, ele se vira e sorri para mim.

— Só para você saber, eu não quis dizer exatamente aquilo. Eu só... fiquei um pouco surpreso.

Ele se aproxima de mim, e já que eu não quero parecer afetada pela sua proximidade, me recuso a me mover, mesmo quando ele levanta a mão e coloca uma mecha solta atrás da minha orelha.

— Você não parece ter idade suficiente para ser mãe de uma adolescente. Nem de longe.

Suas palavras eram gentis, mas a maneira como seus olhos passaram pelo meu corpo foi tudo *menos* gentil. Foi impróprio. Tão, mas tão impróprio.

Não é um encontro, não é um encontro, não é um encontro...

— Ei, mãe! — Anastasia grita do jardim, atrás do PJ. — Ele tem uma ótima bunda. Eu aprovo totalmente esse encontro!

— NÃO É UM ENCONTRO! — berro para ela, cerrando os olhos quando PJ ri. — Ah, ria o quanto quiser. Aproveite enquanto pode, porque em quinze minutos você vai entender a frase: *"onde é que eu fui amarrar meu bode?"*, quando você experimentar ir ao shopping com uma garota adolescente. Elas querem tudo e odeiam tudo na mesma intensidade. Terá muito choro, xingamentos, angústia, tormento, e provavelmente banho de sangue.

Ele ri de novo, revirando os olhos enquanto eu passo por ele, deixando-o para fechar a porta atrás de nós, com as chaves que lhe entreguei.

— Tenho quase certeza de que Anastasia não fará nada disso — ele diz.

— Eu não estava falando sobre ela — falo para ele, docemente, dando batidinhas em seu peito e vendo o sorriso desaparecer. — Que a sorte esteja ao seu favor.

Capítulo dezoito

PABLO JESSABELLE

— Então, o que significa PJ?

— Você acreditaria em mim se eu dissesse que significa literalmente PJ?

Fiz a mesma pergunta para ele diversas vezes no decorrer das nossas trocas de mensagens, mas ele nunca me respondeu e isso está começando a me incomodar. Por que é tão secreto?

— Não. Não acreditaria em você. Ninguém coloca o nome de seus filhos com apenas iniciais. Elas sempre significam algo — argumento, imaginando se significa algo realmente horrível.

E se o nome dele é Percival Jabulani?

Ou Puck Jazzy?

Ai, meu Deus, talvez PJ signifique Ping Jethro.

Como seria possível que Ping Jethro soasse sexy nos momentos de paixão? E por que diabos estou pensando sobre gritar o nome dele, qualquer que fosse, em êxtase?!

— Que tal este vestido? E não diga que sim só porque você acha que eu gosto. Você gostou? — PJ pergunta, colocando um ponto final na discussão sobre o seu nome ao segurar um vestido transpassado cor pêssego.

Aceno com a cabeça, concordando, então ele me dá uma piscada e adiciona o vestido à pilha de roupas que eu estou segurando. Rapidamente faço as contas na minha cabeça e sinto o suor frio cobrir a minha pele. Não tenho condições de pagar por tudo isso. Não posso nem pagar por um dos kits de meias que estão ao lado do caixa. Eu provavelmente deveria ter protestado assim que o PJ falou para Anastasia que o plano dele era me levar ao shopping e dar uma repaginada nas minhas roupas, mas eu estava muito ocupada tendo um pequeno ataque de pânico pelo fato de a minha filha ter sido apresentada a ele, e com todas as perguntas que eventualmente viriam com isso.

Felizmente, o rápido passeio de carro não tinha virado um interrogatório sobre PJ e eu e o que estávamos fazendo juntos. Tinha sido um momento tranquilo, no qual a garota colocou os fones de ouvido e ficou no banco de trás, sem prestar atenção na maneira como eu olhava para os braços flexionados do PJ cada vez que ele mudava de marcha ou virava o volante, ou então passava a mão pelo cabelo enquanto conversávamos sobre bobagens. Eu quase desejei que ela tirasse os fones e nos fizesse passar por alguns momentos difíceis. Então eu teria algo no que me focar, além da maneira como o meu coração batia acelerado toda vez que ele me olhava e sorria quando eu dizia algo que o divertia; ou como eu tinha que ficar cruzando e descruzando as pernas porque eu estava confinada nesse pequeno espaço com ele e não poderia escapar do cheiro do seu perfume, que fazia um monte de coisas inesperadas com o meu corpo.

E agora estamos aqui, sozinhos neste shopping, já que a Anastasia nos deixou assim que chegamos, para encontrar a amiga. E não sei como dizer ao PJ que precisamos devolver todas essas coisas.

Uma coisa era vomitar seus problemas financeiros depois de muito vinho e do sol se pôr e você ter apenas uma pequena fogueira e as luzes da rua para se guiar. Mas outra coisa era eu discutir isso com ele enquanto estou sóbria, em plena luz do dia, sob as lâmpadas fluorescentes da Forever 21. E é tudo culpa minha eu estar presa no inferno na Terra, que é essa loja. PJ insistiu para que fôssemos numa loja de departamentos de grife no outro lado do shopping, e eu entrei em pânico. Eu disse para ele que tinha lido um artigo sobre como eles testavam todas as tinturas das roupas em animais e... *"Ai, meu Deus, PJ! Pense nos gatinhos! Gatinhos rosa, gatinhos azuis e gatinhos verdes! Pobres animais indefesos! Nunca mais vou colocar um pé naquela loja até que eles façam a coisa certa pelos gatinhos."*

Não foi o meu melhor momento. Não me julgue. Mas o que eu deveria fazer? Eu sabia que a Forever 21 tinha os menores preços em relação às outras lojas deste shopping, então aqui estamos. E aqui morrerei.

— Eu não tenho vinte e um anos. Não estou nem perto dos vinte e um. Eu não deveria fazer compras aqui — murmuro, contornando o verdadeiro motivo para evitar a vergonha, como qualquer outra pessoa normal faria, parada atrás do PJ enquanto ele olhava em uma arara de regatas.

E sério, isso é realmente um problema, agora que eu penso nisso. Olhando ao redor, não vejo uma única mulher próxima da minha idade. As pessoas que trabalham aqui ainda nem saíram da escola. Minha *filha* comprava aqui antes de entrar na sua fase negra. Claro, estou vestindo as roupas dela neste momento, mas eu deveria comprar em uma loja a qual a minha filha de treze anos e todas as suas amigas frequentam?

Ele continua a ir de cabide em cabide na arara em questão, ainda procurando uma regata para adicionar à pilha de roupas. Tirando o meu pequeno ataque de pânico sobre como eu não conseguirei pagar por nenhuma dessas peças, PJ tem sido um ótimo companheiro de compras. Ele tinha indicado coisas que ficariam legais em mim, mas deixado que eu tivesse a decisão final. Ele não tinha andado pela loja jogando roupas que *ele* gostava na pilha, sem pensar se eu iria querer ou não. Se eu balançasse a cabeça para algo que ele mostrasse, ele imediatamente colocava a peça de roupa de volta e seguia para o próximo item. Afasto-me dele e continuo olhando ao redor, ficando cada vez mais desconfortável quando o sino da porta tocava, indicando que outra adolescente, que era muito mais nova que eu, entrara na loja.

— Provavelmente este é o tipo de loja onde eles pegam o seu cartão, mas em vez de dizer que você não tem idade suficiente, eles olham a sua carteira de motorista, depois olham para você, e então soltam um assovio baixo. Você sabe do tipo de assovio que estou falando. Aquele que diz: *"puta merda, ela é velha e eu me sinto mal por ter pedido sua identidade"*. Aposto que um alarme soa quando eu entro no provador. Atenção! Atenção! Estrias, rugas, pés rachados! Você não pode comprar aqui! — continuo, em um murmuro baixo.

Enquanto estou resmungando todas as razões pelas quais eu não deveria estar aqui, sinto o calor do corpo do PJ quando ele se aproxima de mim. Sinto suas coxas contra a minha bunda e sinto seu peito contra as minhas costas. Meu corpo dá um pulo quando suas mãos agarram meus quadris, para me puxar mais para perto de si, sua cabeça se abaixa e seus lábios se movem perto do meu ouvido.

— Eu não falei, há menos de trinta minutos, que você parece jovem demais para ser mãe de uma adolescente? — ele pergunta, suavemente, o calor da sua respiração no meu pescoço me dando arrepios. — Você é sexy, linda e jovem o bastante para fazer compras onde quer que você queira. Não pensei que você tinha um dia a mais do que vinte e cinco anos, e nunca teria acreditado que você tinha uma filha tão grandinha, até que vi com meus próprios olhos.

Fecho os olhos e deixo suas palavras pesarem sobre mim, saboreando a sensação de ter um homem dizendo coisas desse tipo para mim, mesmo que ele estivesse apenas fazendo isso para ser legal e para que eu parasse de resmungar como uma lunática.

Viro-me para ele, com os braços repletos de roupas que não posso pagar, sorrio enquanto dou um passo para trás, e suas mãos largam meus quadris. Tê-lo me tocando dessa maneira e estar tão perto dele faz com que meu cérebro queira explodir com milhares de pensamentos diferentes, com vontades e desejos, que estão fervilhando por ele.

— Bem, você é encantador. Aposto que você diz isso para todas as mulheres que estão passando dos trinta e três anos.

Ele ri e balança a cabeça para mim.

— Não. Apenas para você. E você já sabe qual é a minha idade, já que estava na minha festa de aniversário algumas semanas atrás.

Gemo enquanto nos movemos pela loja.

— Não me lembre disso. Prefiro esquecer que aquela noite aconteceu. Mas obrigada por me lembrar que você tem trinta e cinco. Deus, você é um idoso — falo para ele, com um sorriso brincalhão.

— Ei, você não pode negar que aquela noite foi a melhor coisa que aconteceu para você. Ainda não consigo acreditar que você pensou que era uma festa de criança — PJ fala, dando risada.

— Que seja. Você também teria pensado a mesma coisa sob aquelas circunstâncias. Mas você está certo, acabou sendo a melhor decisão que eu já tomei.

De repente, percebo que estamos indo na direção do caixa.

Minhas mãos começam a suar, meu pescoço pinica, e as minhas pernas param de funcionar quando estamos a alguns metros de distância. PJ percebe que eu fiquei para trás quando chega no balcão e olha para mim sobre o ombro.

— O que foi?

Não consigo nem fazer a minha voz funcionar. Abro minha boca, mas nenhum som sai. Provavelmente porque ainda estou tentando encontrar uma boa desculpa para explicar por que foi um desperdício todo esse tempo que ele passou escolhendo roupas para mim, para que eu não soe como uma completa e total perdedora. Eu poderia dizer para ele que me lembrei de que era alérgica a tecidos sintéticos e que não poderia usar nenhuma daquelas peças. Poderia falar que, na minha jornada para a liberdade e independência, decidi me juntar a uma comunidade nudista e por isso não precisaria mais de roupas. Também poderia dar a desculpa de que recebi uma mensagem avisando que o apocalipse zumbi oficialmente começou, então talvez deveríamos começar a saquear e sair correndo.

Uma das *crianças* que trabalhavam na loja estava do outro lado do balcão, com uma expressão de tédio no rosto. Enquanto isso eu estava parada ali, me recusando a dar um passo para frente e lhe passar as roupas, o que tornava tudo ainda pior.

— Não olhe assim para mim. Sou jovem o suficiente para comprar uma camiseta onde está escrito: *"Esta tequila tem gosto de faltar ao trabalho amanhã"*. É rude fazer discriminação por causa da idade — falo para ela, com uma voz arrogante, percebendo que se Ariel estivesse aqui, ela teria me dado um soco e mandado eu baixar o nariz, algo que eu achei que já tinha mudado no meu ser, mas que parecia ter voltado aos velhos hábitos, pelo menos momentaneamente.

Ele se aproxima e pega todas as roupas dos meus braços, se vira e coloca todas no balcão, falando para a garota julgadora começar a trabalhar, antes de se voltar para mim novamente.

— PJ, eu não posso... — sussurro, balançando a cabeça, parando de falar enquanto respiro profundamente, para me impedir de chorar no meio desta loja idiota.

— Ei, sem choro — ele me fala, com um sorriso. — Se alguém vai chorar, esse alguém deveria ser eu. Comprar roupas de mulher é como o sétimo círculo do inferno.

Tento sorrir para ele, mas agora a minha boca também não está mais funcionando. Meu corpo está me deixando na mão hoje.

Ele segura minha bochecha com uma das suas mãos, e é bom saber que a minha libido ainda funciona quando ela começa a se fazer notar apenas pelo toque da mão do PJ na minha pele.

— Essa foi *minha* ideia. O primeiro passo para se ter sucesso no negócio que você está começando é se sentir confortável nas roupas que você está vestindo. Elas deveriam ser *sua* escolha para expressar a *sua* personalidade, não coisas que as suas amigas escolhem para você — ele me diz, calmamente. — E já que foi minha ideia, eu pago.

Enquanto ele diz isso, sua mão larga meu rosto, pega a carteira do bolso de trás e entrega o cartão de crédito para a garota no caixa, depois que ela passa a última peça.

— Você não vai pagar pelas minhas roupas novas. É só... não. Isto não vai acontecer. Não preciso que ninguém sinta pena de mim ou que alguém faça algo assim por mim — falo para ele, com raiva, cruzando os braços e bufando.

— Cin, o que eu sinto por você não tem nada a ver com pena, acredite em mim — ele fala baixo, para que apenas nós dois possamos escutar, já que ele invadiu meu espaço pessoal, fazendo com que a minha pele traidora ficasse coberta por arrepios, pelo jeito como ele me olha. — E não vou pagar pelas suas roupas; considere como um empréstimo. Você pode me pagar depois, quando o seu negócio decolar. Ou pode me pagar de outras maneiras.

Meus braços cruzados pressionam contra o peito dele quando suas mãos agarram meus quadris novamente e me puxam para mais perto.

— Ah, é? E quais seriam essas outras maneiras? — pergunto, levantando uma sobrancelha, percebendo que eu soava completamente sem fôlego.

Puta merda, acabei de flertar com ele, e nem precisei da ajuda da Ariel.

— Eu poderia fazer uma lista para você — ele diz, abaixando a cabeça e deslizando a bochecha contra a minha, até que seus lábios pairam sobre meu ouvido. — Começando com outra dança sensual daquelas...

— Eca, vocês vão se beijar em público? Que nojo.

Eu nem tinha percebido que havia fechado os olhos e começado a inclinar meus lábios na direção dele, até que nós dois nos separamos rapidamente, com um olhar culposo, quando Anastasia nos interrompe. Não tenho tempo para ficar com vergonha ou dar uma explicação que eu nem conseguiria, mesmo se tentasse, já que minha filha vai direto a outro assunto:

— Então, mãe, mamãe, mamãezinha, minha mãe preferida em todo o mundo — ela começa, piscando os olhos rapidamente e colocando as mãos no queixo. — Tem uma camiseta do *Supernatural* que eu TENHO que ter. Tem o Castiel estampado. Posso comprar?

— Casti quem? — pergunto, confusa.

— Pelo amor de Deus, mãe. — Anastasia responde, revirando os olhos. — Posso ficar com a camiseta? É só vinte e nove dólares. Vou parar de comer as almas dos meus inimigos por, pelo menos, um mês, se eu tiver essa camiseta. Pense nas almas dos meus inimigos, mãe.

Nossa conta de água tinha dado vinte e nove dólares este mês. Já é ruim o bastante eu deixar que PJ me deixe toda acalorada e incomodada e que tenha me convencido a deixá-lo pagar por tudo o que eu tinha escolhido hoje. Agora eu tinha que passar por mais essa e dizer para a minha filha que não tínhamos dinheiro para comprar, bem na frente dele. E eu tinha que dizer não para ela, bem agora que tínhamos começado a ter avanços na nossa relação, e isso faria com que ela me odiasse, com que ela batesse o pé, causasse uma cena, e me dissesse que não era justo e que eu estava arruinando a sua vida.

Sério, eu não tenho um momento de paz?

— Aqui, vai lá — PJ fala para ela, interrompendo meus pensamentos e lhe dando duas notas de vinte dólares.

Ela agradece e me assusta ao me dar um beijo na bochecha e dizer que me ama, *na frente de outros seres humanos*, antes de se afastar e apontar para PJ com uma expressão séria no rosto.

— Não a machuque ou eu mato você enquanto dorme — ela diz para ele, ameaçadoramente, antes do seu rosto se transformar com um sorriso. — Divirtam-se, crianças!

Com isso ela sai correndo da loja, em um borrão preto, seu longo cabelo loiro flutuando ao seu redor. Quando ela está fora das nossas vistas, me viro para PJ, nem me incomodando em esconder a irritação que estou sentindo.

— Olha só, você não pode comprar um novo guarda-roupas para mim e então dar dinheiro para a minha filha. Não é assim que a coisa funciona. Posso não ser capaz de comprar neste momento, mas não vou...

Ele me interrompe, colocando um dedo sobre os meus lábios, e de repente tenho vontade de lambê-lo, mesmo que eu esteja puta com ele.

— Eu já falei para você, estou fazendo uma lista de todas as maneiras que você pode me pagar de volta. Sobre a Anastasia, dei o dinheiro para ela por motivos puramente egoístas. Ela é uma adolescente, e francamente, ela me assusta. Jesus Cristo... como você consegue dormir à noite? — ele pergunta, estremecendo. — Não me julgue porque estou tentando barganhar, na esperança de que ela não me mate.

Com um suspiro, balanço a cabeça para ele, sabendo que PJ tinha ganhado essa rodada. Se eu tivesse o dinheiro, também teria dado para ela, só para que a Anastasia continuasse gostando de mim. Criar uma adolescente era difícil.

PJ pega as sacolas e então a minha mão, me puxando para fora da loja. Sinto o calor da sua mão enorme ao redor da minha. Parece normal andar pelo shopping com ele, e isso me assusta pra caramba.

Eu mal o conheço. Estou começando a ter a minha vida de volta, depois que um homem me ferrou, e não preciso de toda a confusão e distração que é PJ Charming, também conhecido como Puck Jazzy.

— Cynthia? O que você está vestindo?

Meu bom humor vai para o saco quando escuto uma voz que soa como unhas arranhando um quadro-negro, que me faz parar e afastar o olhar do belo perfil do PJ.

Ali, com uma expressão horrorizada no rosto, que provavelmente combinava com a minha, está Claudia, a mãe do Brian. Ela tinha acabado de sair da loja da Ann Taylor e seus braços estavam cheios de sacolas de compras, enquanto ela olha para mim, da cabeça aos pés, antes de pousar seu olhar julgador em PJ.

— Quem é você e o que faz segurando a mão da esposa do meu filho em público?

É difícil se livrar de velhos hábitos, e assim que ela fala essas palavras, tento largar a mão do PJ, mas ele não deixa que eu me livre facilmente. Ele aperta ainda mais forte a minha mão e me puxa para mais perto de si. Deixo o calor do seu corpo acalmar o meu coração acelerado, enquanto continuo a observar a mulher que tentei impressionar por quase metade da minha vida. A mulher que nunca me tratou como se eu não fizesse parte da família, mesmo no primeiro dia em que o Brian me levou para casa, para conhecê-la, quando eu ainda parecia ter acabado de sair de um estacionamento de trailers. A maneira como ela estava me olhando neste momento, uma mistura de nojo e vergonha, me faz perceber que ela nunca tinha me aceitado *de verdade*. Ela passou cada momento, desde o dia em que nos conhecemos, tentando me transformar em alguém que eu não era. Tentando me transformar nela. Uma esposa troféu esnobe, que faz vistas grossas para as indiscrições do marido, atendendo a todos os caprichos dele enquanto perde pedaços de si mesma ao longo do caminho, até que não sobrara mais nada a não ser uma bela e perfeita fachada.

A raiva e a repugnância que eu sinto em relação a essa mulher crescem dentro de mim. Quero soltar os cachorros nela, gritar na sua cara, fazer uma cena enorme no meio do shopping e na frente da sua loja preferida. Mas não posso. Não vou. Não quero lhe dar a satisfação de saber o quanto ela me machucou por todos esses meses, desde que o Brian foi embora.

— Este é o meu amigo PJ, não que isso seja da sua conta. E eu acredito que você quis dizer a ex-esposa do seu filho, você sabe, já que ele me deixou os papéis do divórcio antes de fugir do país com a nossa babá e todo o dinheiro que tínhamos — falo para ela, calma e suavemente.

PJ me dá outro apertão na mão, e por mais que eu queira me envergonhar por ele ter de testemunhar esse confronto, sua força é a única coisa que me faz evitar cair no chão, chorando e soltando palavrões.

Claudia faz um som de desinteresse e dispensa minha resposta com um aceno de mão.

— É apenas uma crise de meia-idade. Todos os homens passam por coisas desse tipo, e como somos esposas amorosas e atenciosas, temos que dar tempo para que eles voltem ao bom senso. Tenho certeza de que meu filho não iria embora sem deixar nada para você, Cynthia. Não há necessidade de ser tão dramática.

Meu rosto fica quente de vergonha, mas não por mim. Por *ela*. Por ela ser tão ignorante e cega e... patética. Esse teria sido o meu futuro. Se eu não tivesse conhecido a Ariel e a Isabelle, e até mesmo o PJ, essa seria eu em vinte anos. Pela primeira vez desde que ele foi embora, quero agradecer ao Brian pelo que ele fez. Não pela maneira como ele fez, porque foi algo simplesmente inadmissível, mas a sua partida obviamente tinha sido a melhor coisa que aconteceu comigo.

— Claramente Brian não deixou você sem nada — Claudia graceja, olhando para as minhas sacolas de compras, as quais estavam cheias de roupas e penduradas em meu braço, pois me recusei a deixar que PJ carregasse, mesmo ele tendo lutado contra a minha decisão. — Ou esse é o *nosso* dinheiro que você tem gastado o dia todo, sem pensar duas vezes?

Abro minha boca para dizer algumas coisas que penso, não querendo ter que baixar o nível, mas PJ me salva de possivelmente ser expulsa do shopping, considerando que estamos parados bem ao lado do parquinho infantil. Não acho que as mães sentadas ao redor, observando seus pequenos, gostariam que eu ensinasse para as crianças, novas expressões como: *"vá para a casa do caralho, cara de bunda, e Vaca Mor"*.

— Na verdade, é o *meu* dinheiro que ela está gastando, porque uma mulher tão inteligente, linda e incrível como a Cynthia merece ser mimada todos os dias da sua vida — PJ fala para ela, com um sorriso no rosto, que não se compara com a raiva que sinto correndo pelo seu corpo quando ele aperta forte a minha mão. Um leve tremor percorre seu braço. — E se você quiser continuar discutindo sobre essa história descabida de a Cynthia ter qualquer conhecimento sobre onde foi parar o seu dinheiro, por favor, sinta-se à vontade para entrar em contato com o escritório de advocacia Clarkson, Bradford & Schumer, eles são meus amigos e agora também representarão a Cynthia.

O rosto da Claudia fica visivelmente pálido quando PJ menciona os nomes dos advogados, e eu não estranho. Eles são altamente conhecidos na cidade por serem tubarões que trituram seus oponentes e depois os cospem, arrastam você e todos os que você conhece e ama para a lama, e fazem tudo isso enquanto sorriem. Em trinta anos, eles nunca perderam um caso. Nenhum. Eles jogam sujo, e se você tem dinheiro para pagar, então, com certeza, são eles que você quer ao seu lado.

Eu não tenho esse dinheiro para gastar, e tenho certeza de que o PJ está blefando, mas não me importo nem um pouco. Ver Claudia sem palavras é tão incrível que quero rir pelo seu desconforto.

PJ dá uma puxada gentil na minha mão e começa a contornar Claudia, deixando-a parada em frente à loja Ann Taylor, com a boca aberta. Eu queria poder deixar as coisas assim e ir embora com a cabeça erguida, mas não consigo.

Paro quando estamos a alguns metros de distância e olho por cima do meu ombro.

— A propósito, a sua *neta*, a quem você não vê ou fala há mais de seis meses, está muito bem. Obrigada por perguntar sobre ela — falo, com uma voz falsamente doce e calma. — Talvez seja melhor você fechar a boca, querida. Não é muito elegante.

PJ ri silenciosamente enquanto dou um último sorriso para Claudia, antes de me virar e continuarmos a caminhar pelo shopping.

— Esqueça o que eu disse sobre a Anastasia. É *você* quem me assusta. Agora eu sei a quem ela puxou.

— Obrigada. Pelo que você disse antes. Você não tem noção do quanto...

— Pare — ele me interrompe. — Você não precisa me agradecer. Eu não disse nada que não fosse verdade. Você *é* incrível, e você merece que alguém mime *você*, para variar. Então chega de discutir se eu decidi mimar você, entendeu?

— Só se você me disser o que significa PJ.

— Já disse, PJ significa PJ — ele me diz, com um sorriso de parar o coração, enquanto vamos em direção à praça de alimentação e procuramos uma mesa vazia.

Criar uma adolescente é difícil, mas conseguir sobreviver a esse campo de treinamento com o meu coração intacto, será ainda mais difícil.

— Se você diz, Pablo Jessabelle.

Capítulo dezenove

THE NAUGHTY PRINCESS CLUB

— Nem pense em tocar nessa margarita. — Ariel bate na mão da Belle quando ela se inclina para pegar a jarra que estava em uma bandeja no chão da minha sala de estar. — Você é uma bêbada horrível. Sem tequila para você, nunca mais.

Chamei-as para uma reunião hoje à noite, para que pudéssemos finalmente decidir o nome que daríamos ao nosso negócio. Estamos falando sobre isso nos últimos dias via telefone e mensagens, então achei que se sentássemos e conversássemos cara a cara seria a melhor maneira de resolvermos as coisas. Eu deveria saber, assim que abri a porta e encontrei Ariel parada ali, com duas garrafas de tequila e os ingredientes para fazer margaritas, que as coisas iriam rapidamente ladeira abaixo e nunca conseguiríamos trabalhar.

— Não foi assim tão ruim. E foi a minha primeira vez tomando uma bebida alcoólica. Acho que me comportei muito bem — Belle responde, encolhendo os ombros, enquanto todas nos lembramos de como foi o percurso do Charming's até em casa, naquela noite em que dancei no colo do PJ.

— O coitado do motorista do Uber teve que parar seis vezes no acostamento para você vomitar. Nunca vi tanto vômito sair de uma pessoa tão pequena — Ariel reclama, enchendo mais uma vez a minha taça, mesmo eu tendo balançado a cabeça, negado e tentado cobrir a taça com a mão.

— Estudos comprovam que ingerir meros noventa mililitros de álcool reduz em três vezes a queima de gordura. Provavelmente você está certa. Eu não deveria beber — Belle diz, com um suspiro, enquanto seus olhos continuam olhando a jarra.

— Ah, cale a boca. Você pesa o que, uns quinze quilos? Meus peitos pesam mais que você — Ariel reclama. — Falando em peitos, Cindy, você é uma safadinha filha da mãe. — Ela ri, enquanto eu tiro um sutiã vermelho e preto da sua mão e o jogo de volta na caixa que ela estava remexendo desde que a encontrou no canto da sala, com outras caixas de roupas e sapatos que não foram para a fogueira. Eu estava pensando em vender o que sobrou no eBay.

— Você pode fazer o favor de parar de tocar as minhas roupas íntimas? É estranho — reclamo, mas ela pega uma calcinha fio dental roxa e de renda, e começa a girar no dedo.

— Só é estranho se você tiver usado essas coisas e deixado seus fluidos nelas. Essas aqui ainda estão com a etiqueta. Como é que você tem uma caixa gigante de roupas íntimas, caras pra caramba, pegando pó no canto do seu closet? — Ariel pergunta e eu arranco a calcinha do seu dedo, jogo dentro da caixa e a tiro do alcance da ruiva.

— Você se esqueceu da parte onde eu não transo há três anos e de todas as merdas que eu fiz para que o meu marido transasse comigo durante aquele tempo? Essas merdas incluem compras de lingeries durante a madrugada na internet. Parece um desperdício tê-las aí paradas quando provavelmente eu posso ganhar um bom dinheiro por elas. Podemos, por favor, voltar à razão pela qual estamos aqui e tentar escolher um nome para o nosso negócio?

Ariel olha para mim como se eu tivesse ficado maluca, e eu a ignoro, virando toda a margarita que ela me serviu, antes de pegar o bloco de notas e a caneta que estavam do meu lado no chão.

— Uhm, oi? Um homem incrivelmente sexy e gostoso, que está obviamente querendo você e que não para de flertar, comprou um closet todinho de roupas novas, faz você praticamente ter um orgasmo no meio da Forever 21, e sabe como lidar com uma adolescente. Tenho quase certeza de que essas roupas íntimas não serão um desperdício, e me recuso a deixar que você as venda.

Ariel olha incisivamente para mim, e me ocupo arrumando o bloco de notas no meu colo.

— Ele não está me querendo. Ele só está... sendo gentil — respondo, sem jeito, sabendo muito bem que não havia nada de gentil nas coisas que o PJ diz e no que faz comigo.

Posso não ter muita experiência com o sexo oposto, mas tenho quase certeza de que nenhum homem seria tão persistente ou que trabalharia tão duro, a não ser que quisesse algo daquilo. E eis que aqui jaz o problema — eu não sei o que ele quer. Ele quer saber como é ficar com uma dona de casa outrora recatada e então me deixará de lado uma vez que sua curiosidade estiver satisfeita? Ele quer longas caminhadas pela praia comigo e ter filhos? Será que eu só quero transar com ele e tirar isso do meu sistema? Por que estou tão preocupada sobre tudo isso quando eu preciso me concentrar em pagar as minhas contas e começar a fazer com que esse negócio funcione?

Culpa da tequila. Tem muita tequila nessa margarita e estou ficando bêbada.

— Por que você não me mandou nenhuma foto usando as roupas novas? Particularmente, aquele vestido transpassado parece incrivelmente fácil de se abrir.

Piscando para clarear meus pensamentos, vejo Ariel segurando meu celular e eu rapidamente engatinho até ela para tentar pegar o aparelho das suas mãos antes que ela leia qualquer uma das mensagens que o PJ me mandou desde a nossa ida ao shopping. Mas ela consegue se desviar e segura o celular acima da cabeça, com a tela para baixo, enquanto continua a olhar as mensagens.

— O cara até mandou uma carinha piscando, depois daquela mensagem. Carinha piscando é igual a: *quero trepar com você até fazer você desmaiar.*

Ariel começa a mexer os quadris no chão, para demonstrar o que estava falando.

— Não significa isso. Pare de ler as minhas mensagens e me dê o celular — reclamo, batendo no seu braço quando ela me afasta com uma das mãos.

— O clássico emoji de piscadinha é usado para implicar humor em uma forma escrita, ou também pode ser usado como uma forma de flerte. — Belle se manifesta.

— Viu? Ele quer brincar no seu parque de diversões. Deixe-o andar na sua montanha-russa, Cindy. Deixe-me viver através de você. Estou há um passo de um nude solicitado, só para ver se não estou virando lésbica.

Desisto de tentar pegar meu celular das mãos da Ariel e volto a sentar.

— Você não quis dizer nude não solicitado?

— Uhm, não. Eu sempre solicito. Preciso ver a mercadoria antes de levar para o test-drive. E vou dizer: não dá para escolher muito nessas horas. É deprimente. E você está fazendo a minha depressão sexual piorar quando você tem um homem pronto e disponível bem na sua frente e não sabe o que fazer com ele.

Ariel deixar sair um suspiro desesperado enquanto me sirvo de mais margarita, bebendo metade da taça e depois enchendo de novo.

— Eu sei o que fazer com ele, talvez eu só não queira fazer com ele. Você já parou para pensar nisso? Parou? Nããããão, claro que não. Óbvio, ele tem covinhas nas bochechas que eu quero lamber e uma barba que quero sentir roçando no meu corpo todo, e a voz dele faz com que eu me arrepie todinha, as suas mãos são grandes, suaves e quentes, e ele cheira tão bem que eu só quero respirá-lo. E toda vez que ele fala comigo, tudo o que posso fazer é olhar para os lábios dele e lembrar da sensação de ter a língua dele na minha boca... — paro de falar, tentando encontrar algum *porém,* mas não consigo.

Maldita tequila.

— Jesus Cristo... Por favor, me diz que você não falou para ele que quer cheirá-lo. Você é péssima em flertar. Você nunca vai pra cama com ninguém, se continuar assim.

— Eu *não* sou péssima em flertar. Fiz um ótimo trabalho flertando com ele no shopping, sozinha, muito obrigada — falo para ela, pensando na maneira como fiquei sem fôlego para falar, quando ele me puxou para perto do seu corpo na Forever 21 e me disse que eu poderia pagá-lo de outras maneiras.

Perco-me nas lembranças daquele momento, até que sinto um líquido frio deslizar pelo meu queixo e percebo que estava segurando a taça na minha boca, e que estava começando a derramar. Pensar no cheiro do PJ e no calor do seu corpo estava me distraindo.

— Se ele não arrastou você para uma cabine do provador mais próximo e fez você alcançar notas agudas, então você é péssima no flerte. — Ariel aponta o dedo para mim enquanto limpo meu queixo com a mão. — Homens são idiotas. Você precisa falar devagar, usar frases pequenas e ser direta. Não fique dando voltas no poste ou você nunca vai ter o poste *dentro* de você.

Ela ri da própria piada e eu reviro os olhos, percebendo rapidamente que eu não deveria fazer isso quando a sala começa a rodar, e meu corpo, a balançar.

— Eu nem sei o que significa PJ. Não posso transar com um cara quando eu nem sei o nome dele.

Essa é a desculpa mais idiota do mundo, mas é tudo o que eu tenho nesse momento.

— Quem se importa se PJ significa Pikachu Júnior? Você não está se casando com o cara, você só está usando-o para desentupir as calhas. Pense nisso como sendo parte do treinamento. A primeira etapa é conseguir roupas novas, a segunda é cavalgar naquele pau a noite toda. Depois disso, você terá confiança para conquistar o mundo — ela me diz, com um sorriso.

— Acho que você pulou algumas etapas. Não posso simplesmente pular na cama com o cara. Você tem noção de que eu só transei com um homem na minha vida? Um homem. A vida toda. Um homem com um pênis medíocre, que transava tão mediocremente quanto. — Fungo, tristemente, enquanto o álcool faz com que eu comece a sentir pena de mim mesma.

— Exatamente. O que significa que você tem que abrir os seus horizontes — Ariel fala, engatinhando até a caixa de roupas íntimas e tirando algumas peças de lá.

Ela coloca no chão um bustiê vermelho e preto, com uma cinta-liga preta combinando; a calcinha roxa de renda, com um sutiã também combinando; e um baby-doll rosa-claro, completamente transparente, segura meu celular e tira uma foto das peças.

Continuo bebendo a minha margarita enquanto ela aperta alguns botões, antes de virar o aparelho para mim. Vejo que ela anexou a foto em uma mensagem para o PJ.

— Ok, agora é a sua vez. Estou tirando você da sua zona de conforto. Canalize a sua menina malvada interior, Cindy. Escreva algo sedutor e aperte enviar — ela ordena.

Olhando para Belle, vejo que ela me dá um sorriso encorajador e concordo com a cabeça ao perceber que estou sendo ridícula. Preciso parar de analisar demais as coisas e viver um pouco. Esse é o ponto de abrir nosso negócio e descobrir quem eu sou. Preciso me divertir um pouco, e eu realmente preciso saber como é ter uma boa noite de sexo antes mesmo de pensar em tirar as minhas roupas e tentar ser sexy por dinheiro. Se for levar em consideração as coisas que o PJ faz com o meu corpo quando ele está completamente vestido, imagine o que ele poderia fazer estando nu.

Eu estava pensando em usar um desses em vez de...

Digito rapidamente a minha resposta para o pedido do PJ, sobre eu usar o vestido transpassado, e mando a foto que a Ariel tirou, antes de pensar duas vezes. Viro a tela para que ela possa ver o que escrevi, e ganho um sorriso de aprovação.

— Ah, você é uma safadinha. Beeem safadinha.

— Ai, meu Deus! É isso! — Belle grita, do nada. — The Naughty

Princess Club[11]! É assim que o nosso negócio deveria se chamar!

Eu e Ariel rimos, mas nossa risada rapidamente morre assim que pensamos melhor.

— Merda. Isso é perfeito. Muito melhor do que a minha ideia "Cale a Boca e Dê o Nosso Dinheiro" — Ariel murmura.

— Gostei. Eu realmente gostei. Ao The Naughty Princess Club! — anuncio, levantando minha taça no ar enquanto Ariel faz o mesmo e Belle sorri, orgulhosa.

— Que se dane. À Cindy, que está aprendendo a flertar e a cavalgar um pau não medíocre!

Brindamos com nossas taças e olho para o meu telefone, esperando que eu não tenha entendido errado os sinais do PJ e que eu não faça papel de idiota por mandar aquela mensagem.

---

11 The Naughty Princess Club – Em português: O Clube das Princesas Safadas

Capítulo vinte

TETA SUADA

— Ai, meu Deus. Eu não consigo mais. É muito — solto um grunhido com o esforço e uma gota de suor escorre da minha testa, temporariamente me cegando quando cai no meu olho.

— Não é demais. Puxe tudo. Mais forte e mais rápido!

O rosto do PJ aparece sobre mim e tento me lembrar das coisas que eu gosto nele, mas o cara está sendo um sádico, e eu meio que o odeio neste momento.

— Isso, bem assim. É bom, não é? — ele murmura, suavemente, sua voz exalando sexo mesmo enquanto ele me tortura.

Deixo sair outro grunhido, meu corpo protestando contra tudo o que ele está fazendo comigo.

— Está doendo. Quero parar — reclamo, cerrando os dentes.

— Se não está ardendo, você não está fazendo direito.

Depois que eu solto outros xingamentos entredentes, PJ finalmente tira o haltere das minhas mãos e o coloca no suporte ao lado do banco, onde estou praticamente desmaiada.

— Como você acha que vai conseguir dançar nessas festas por todo o tempo que foi contratada, se você não aguenta nem uma hora na academia?

Sou uma idiota. Eu nunca deveria ter mandado aquela mensagem para ele.

Passei os últimos dois dias, desde que enviei aquela mensagem idiota para o PJ, com a foto das lingeries, fazendo de tudo para me distrair e não olhar o celular, para procurar por uma resposta dele, a cada dois segundos. Preenchi quatro formulários de licença para o nosso negócio, já que decidimos o nome, projetei nossa página na internet, fiz os panfletos, mandei fazer cartões de visitas, fiz cookies Tomo Decisões Horríveis Quando Estou Mais Bêbada Que Um Gambá, e limpei cada superfície da minha casa, mesmo que tudo já estivesse limpo, mas nada funcionou.

Ficava checando meu celular, obsessivamente, a cada cinco minutos, pelas últimas quarenta e oito horas, e até liguei para a companhia telefônica do meu celular, só para ter certeza de que eles não tinham cancelado a linha sem me avisar. Eles me asseguraram de que tudo estava em dia e até me mandaram uma mensagem para confirmar que o meu celular ainda funcionava, enquanto também me lembravam de que eu tinha três dias para pagar a conta, antes que a minha linha fosse realmente cancelada.

Transformei-me em uma adolescente dos anos noventa, que pegava o telefone a cada dois segundos para checar se havia linha, quando o garoto que ela gostava não ligava, sendo que eu deveria me preocupar com as malditas contas para pagar.

Tequila e estresse tinham oficialmente arruinado a minha vida. Por que eu mandei aquela mensagem? Mas o mais importante: por que ele não respondeu? Dois dias de silêncio total tinham me deixado mais neurótica do que o normal, mas então finalmente recebi uma resposta dele nessa manhã, me dizendo para encontrá-lo na academia.

Sem carinha piscando, sem flerte, apenas "*me encontre na academia ao meio-dia*", com a localização em anexo.

E claro, como a idiota que sou, apareci ali, como ele tinha ordenado, usando um short preto ridículo e que mal cobria a minha bunda, e um top roxo e preto da Nike. Quando me vesti de manhã, sabendo que ia usar aquilo na frente do PJ e de uma academia cheia de estranhos, me senti empoderada e sexy. Agora me sinto idiota e quase nua, já que ele não mencionou aquela mensagem em nenhum momento. Nem uma única palavra.

Nenhum *"você tem umas lingeries bem picantes"*, ou *"não consegui parar de pensar naquela sua calcinha fio dental roxa de renda"*. Nada.

Tudo o que ele fez, desde que cheguei aqui, foi me fazer correr de um lado para o outro, quase morrer no simulador de escadas, levantar peso, correr quase dois quilômetros na esteira, e gritar para que eu parasse de agir como um bebê o tempo todo.

Isso definitivamente não estava saindo como eu esperava. Nem um pouco.

— Correr é ridículo e as pessoas que correm são ridículas. Não vou precisar correr enquanto tiro minhas roupas — rosno, irritada, enquanto sento no banco, decidindo não lembrá-lo de que eu realmente precisei correr da casa dele na primeira vez que apareci por lá, quando eles acharam que éramos strippers.

— Claro que não. Mas você precisa de estamina. Precisa tonificar o seu corpo e trabalhar os músculos que não são usados há algum tempo, dos quais você precisará para dançar. Eu disse que ia fazer você treinar, e esta é a fase dois: entrar em forma.

Ele me passa uma toalha e se senta do meu lado enquanto eu seco o suor do meu rosto, imaginando por que eu me incomodei em fazer o cabelo e colocar maquiagem quando saí de casa.

PJ não derramou uma única gota de suor a manhã inteira, malhando ao meu lado o tempo todo, com a sua camiseta branca com a palavra Charming's escrita em preto e em letra cursiva, sobre o peito musculoso, shorts pretos e um boné de beisebol também preto, virado para trás.

O que tinha um cara que usava um boné de beisebol virado para trás, que o tornava tão delicioso?

— Diga-me como é que as coisas funcionarão.

PJ me passa uma garrafa de água. Demoro um minuto me deliciando e bebo quase metade da garrafa, forçando-me a parar de observá-lo. Ele claramente *não* tem problemas em não me observar da mesma maneira.

— Bem, cada uma de nós terá um perfil no site, com a nossa foto usando as fantasias que simbolizam as princesas que representaremos e...

— Por favor, pelo amor de Deus, me diga que você não usará a mesma fantasia que estava usando naquela noite, quando você foi na minha casa. — PJ me interrompe, seus olhos suplicantes.

— É uma fantasia original da Cinderela e é linda! — eu o relembro, irritada. — Mas não. Para a sua informação, Ariel encontrou réplicas sensuais, muito obrigada.

Lentamente, passo a tampa da garrafa de um lado para o outro nos meus lábios, tentando fazer algo sensual enquanto aproximo meu corpo do dele no banco.

Ele fica observando o que estou fazendo, e por um minuto, vejo o brilho de algo em seus olhos, que logo desaparece quando a tampa da garrafa se abre e cai diretamente no meu decote.

— Bom. Isso é bom. Nunca mais use aquela fantasia de novo — PJ murmura.

Ele pisca rapidamente e olha agitado para as pessoas que ainda estão malhando ao nosso redor, quando coloco a mão dentro do decote para pegar a maldita tampa. Provavelmente eu deveria tentar fazer isso de uma maneira sensual, como me inclinar para frente e juntar os peitos ou algo assim, mas qual o sentido disso? Não tem nada sexy em colocar a minha mão dentro da camiseta e procurar entre os meus peitos suados um maldito pedaço de plástico que está literalmente arruinando a minha vida neste momento e que não fica parado para que eu possa tirá-lo de lá.

— Enfim — continuo, deixando sair um suspiro de alívio quando finalmente consigo pegar com dois dedos a tampinha e tirar. — Como eu disse, teremos perfis de princesas no site. As pessoas poderão escolher qual princesa elas querem que faça o strip na festa delas, e então preencher um formulário online, basicamente marcando um horário.

PJ concorda com a cabeça, seus olhos grudados nas minhas mãos enquanto eu coloco a tampa, coberta de suor, de volta na minha garrafa.

— Você deveria colocar uma lista de regras que as pessoas têm de seguir, antes de você aceitar a solicitação — ele fala, distraidamente. — Como por exemplo, nada de tocar as dançarinas, nem de se tocar na frente delas, nem tirar as suas próprias roupas na frente de vocês, etc., etc., etc.

Seu olhar finalmente encontra o meu quando coloco a garrafa de água no outro lado do banco, e começo a imaginar se toda essa coisa de eu mexer nos peitos para procurar a tampinha fez algo com ele. Quero dizer, eu *estava* meio que me tocando. Os caras acham isso um tesão, não? Talvez a esperança não estivesse perdida. Ainda consigo fazer isso.

Aproximo-me dele até que nossas coxas estejam se tocando e esfrego meu ombro no dele.

— Essas são ótimas sugestões. Nunca pensei nisso antes.

Minhas palavras saem suaves e baixas, e eu quase não me reconheço. Quem era essa mulher tão destemida e provocante, quando estava sóbria e não escondida atrás de um celular? Talvez ele soubesse que eu estava bêbada quando enviei aquela foto das minhas lingeries e esse é o motivo de ele nunca ter respondido com uma das suas típicas mensagens. Talvez eu só precisasse mostrar para ele que eu estava dentro do que quer que estivesse rolando, mesmo que fosse em plena luz do dia e sem uma gota de álcool no meu sistema.

— Você deve malhar bastante.

As palavras saem da minha boca e minha mão sobe para tocar e apertar o seu bíceps, antes mesmo que eu possa pensar sobre o que estou fazendo.

Ai, meu Deus, o que estou fazendo? É a mesma coisa que perguntar se ele vem sempre aqui ou alguma coisa igualmente idiota. E por que não consigo parar de apertar o braço dele? Puta merda, é um belo de um braço. Bem firme. Musculoso. Aposto que o resto do corpo dele é exatamente assim.

Foco, Cynthia. Pergunte o que ele achou da mensagem que você enviou. E pelo amor de Deus, solte o braço dele!

— Então, eu estava pensando... — começo novamente, parando de falar quando ele flexiona o músculo sob a minha mão. — Eu... ahm... se você recebeu...

— Ora, ora, se não é o PJ Charming.

Minha mão finalmente se afasta do braço do PJ e minha cabeça levanta para olhar de quem era a voz que o cumprimentou.

Erro número um.

De repente, me sinto toda descabelada e suada. A mulher parada à nossa frente era nada mais do que uma deusa loira. Vestia um short vermelho ainda menor que o meu, com um top esportivo vermelho que mal cobria os seus enormes seios. Seios que não estavam cobertos de suor. Ela parecia o tipo de mulher que poderia fazer uma pose extremamente sexy se deixasse cair algo entre os seios, em vez de enfiar a mão no meio deles como se estivesse procurando por ouro, enquanto mordia o lábio e grunhia irritada. Ela provavelmente esfregaria as mãos por todo o corpo e gemeria.

— Olá, Melissa, é bom ver você de novo. — PJ sorri para ela, mas não se levanta para cumprimentá-la, o que deveria me deixar feliz, porém não deixa.

— Faz bastante tempo que não vejo você. Tempo demais, para falar a verdade.

Melissa se aproxima e passa as unhas vermelhas no peito do PJ, descendo pelo braço musculoso de onde eu tinha acabado de tirar a minha mão, e tenho que segurar um rosnado irritado. Ela está tocando e olhando para ele de uma maneira que diz *"já vi você nu e deveríamos repetir a dose"*.

Enquanto Melissa continua a acariciar PJ com suas garras, silenciosamente me comparo com ela.

Erro número dois.

Seu longo cabelo loiro não está bagunçado e nem colado de suor nas bochechas. Está perfeitamente modelado em ondas soltas, e a maquiagem, toda no lugar. Seus lábios estão cobertos por um batom vermelho vivo, a mesma cor da roupa que ela está usando. Suas pernas são longas, com a quantidade certa de músculos definidos, e a julgar pela barriga chapada, ela claramente malha mais do que eu.

— Me liga. Deveríamos marcar alguma coisa. Estou com saudades.

Sem nem ao menos olhar na minha direção uma única vez, ela pisca para ele antes de se virar e ir embora. E é mais do que um pouco irritante o fato de tanto eu quanto o PJ ficarmos olhando para a sua bunda enquanto a mulher vai embora. Ela tem uma puta bunda, e eu a odeio. Aposto que a sua bunda não balança quando ela está no simulador de escadas. Melissa idiota e sua perfeita bunda idiota.

Não é de se admirar que PJ nunca tenha me retornado a mensagem. Mandei para ele uma foto ridícula da minha roupa íntima. Por que diabos ele responderia *aquilo*, quando ele poderia ter uma Barbie viva? E levando em consideração o que ela disse, ele provavelmente já esteve com ela. E estará com ela logo. Merda, até eu não deixaria passar uma oportunidade de dormir com ela, se a proposta surgisse.

Com um suspiro, PJ se levanta do banco.

— Hora de irmos para os pesos livres.

É sério? Só isso? Ele não vai dizer nada sobre a garota chegar aqui e praticamente comê-lo com os olhos bem na minha frente? Quero dizer, não é como se a gente estivesse namorando nem nada, mas um pouco de cortesia seria legal.

— Então, ela era uma das suas dançarinas ou algo assim?

Aquela mulher tinha a palavra stripper tatuada na testa.

— Não. Eu não como a carne onde ganho o pão. E eu não namoro com strippers. — Sua resposta sai com um bufo enquanto ele se afasta de mim e vai para o outro lado da sala, onde uma pilha de pesos está.

Maravilha. Que maravilha.

Erro número dez mil.

Talvez eu não seja uma stripper no clube dele, mas eu ainda planejo ser uma stripper, e parece que PJ não vai comer a minha carne tão cedo quanto imaginei.

Percebo o quão idiota isso soa assim que o pensamento se forma na minha cabeça, mas não me importo. Se esse é o tipo de mulher que o PJ gosta, estou latindo para a árvore errada, embora seja uma árvore muito gostosa.

Capítulo vinte e um

MÃOS INQUIETAS

Paro no meio de um Charming's vazio, observando nervosamente enquanto PJ puxa uma cadeira de uma das mesas e se senta, colocando as mãos no colo e me olha, todo calmo, silencioso e pensativo, o que me deixa ainda mais nervosa.

Depois da segunda fase do treinamento — quando o PJ me torturou na academia, onde tentei sem sucesso flertar com ele, e onde a Barbie Humana arruinou a minha vida — dou dez passos para trás nessa história de autodescobrimento e isso me irrita profundamente. Por que eu estava deixando uma mulher, que eu nem conhecia, me abalar? Por que eu estava pensando duas vezes em tudo sobre mim, agora que eu tinha visto o tipo de mulher que o PJ gostava? Não é como se eu realmente quisesse um relacionamento com esse cara. Eu mal o conhecia.

E ainda assim, logo que ele me mandou outra mensagem hoje de manhã, dessa vez me dizendo para encontrá-lo no Charming's antes que o clube abrisse, senti o característico frio na barriga, e levei um tempo absurdo para escolher minhas roupas e me arrumar.

Estou vestindo aquele maldito vestido transpassado que ele mencionou na última mensagem que me enviou, e um salto nude de quinze centímetros que a Ariel disse que deixava as minhas pernas incríveis. Levei uma hora e meia para modelar meu cabelo e me maquiar, para tentar parecer que eu não estava tentando demais, mas isso tudo era ridículo. Eu *estava* tentando demais. Tentando demais ser sexy e ousada, e agora olha onde isso tinha me levado: esperando junto ao telefone e pulando no primeiro sinal de atenção, mesmo não sendo a atenção que eu desejava. Só queria que ele olhasse para mim hoje e não visse a louca suada que metia a mão no decote para procurar pela tampinha da garrafa de água.

Eu definitivamente tinha interpretado errado todos os sinais. Eu nem deveria ter procurado por sinais quando estou tão longe do meu habitat que parece que estou em outro planeta. Por dez dos treze anos do meu casamento, a ideia do Brian de flertar era me dizer que o jantar estava delicioso e que ele me encontraria no quarto. Eu não deveria ter permissão para tomar decisões por conta própria. Ou quando eu bebo. Ou quando estou excitada. Ou basicamente nunca.

E é claro que o PJ tinha que sentar ali naquela cadeira a poucos metros de mim, ainda sem dizer uma palavra, parecendo bom demais para um cara, vestindo uma camiseta branca e short preto, como se fosse um dia qualquer na academia. Estamos só nós dois aqui, o clube está completamente vazio, com as luzes principais apagadas e nada mais do que as luzes suaves do palco nos iluminando. O silêncio é ensurdecedor enquanto eu fico aqui inquieta, trocando o peso do meu corpo de um pé para o outro, até que eu não consigo mais ficar calada. Tem muita coisa correndo pela minha cabeça.

— Então, suponho que essa é a próxima fase do treinamento? Você quer que eu dance no clube hoje à noite, certo? — pergunto, quebrando o silêncio.

Ele finalmente faz um som, mas é uma risada curta e seca, seu rosto completamente desprovido de um sorriso. Aquilo definitivamente não era algo que eu estava esperando e não era algo que iria me ajudar a melhorar o meu ego já ferido pelas minhas tentativas fracassadas de flertar com ele.

— Não. Você ainda não está pronta para isso. Você precisa aprender a caminhar antes de correr. Então, mexa essa bunda linda e dance para mim.

Ele está tirando com a minha cara? Isso está realmente acontecendo?

Suas palavras deveriam ser excitantes, mas elas saem concisas e levemente irritadas. Com o que ele está tão irritado? Eu sou a única que está dando a cara para bater e está sendo rejeitada. Claramente mandar aquela foto para ele foi uma péssima ideia. Ele provavelmente estava flertando comigo como parte desse treinamento idiota de stripper que ele está me fazendo passar, e eu fui deixar as coisas ainda mais esquisitas e desconfortáveis. Que homem, em sã consciência, gostaria de se relacionar amorosamente com uma mulher que tem tanta bagagem quanto eu? Que foi gritar para os quatro ventos que o ex nunca a satisfez e que não consegue se lembrar da última vez que teve um orgasmo? É muita pressão para qualquer um lidar. Era melhor arrancar o band-aid de vez, para que pudéssemos seguir em frente e nunca mais falar ou pensar sobre isso.

— Olha, me desculpe pela mensagem idiota que mandei para você na outra noite. Foi obviamente um erro e você ficará feliz em saber que eu nunca mais beberei tequila de novo. Podemos apenas fingir que aquilo nunca aconteceu e... por que você está olhando assim para mim? — pergunto, irritada, quando no meio do meu monólogo seus olhos perdem o ar aborrecido e consigo ver, apesar da parca luz do clube, que ficaram mais escuros.

— Olhando para você como? — ele pergunta, em um tom de voz baixo que alimenta o fogo entre as minhas pernas.

— Tipo... tipo... ai, eu não sei!

Jogo minhas mãos para cima, frustrada, percebendo que eu deveria ter ficado de boca fechada.

— Lição número um: você tem que ser capaz de ler os seus clientes e saber o que eles querem, para que você possa dar a eles. Finja que sou um cliente. Olhe para mim. Olhe para o meu rosto. O que eu quero? — ele pergunta.

Sério? Como eu deveria saber o que ele quer, quando em todo esse tempo pensei que ele me queria e estava errada?

— Acabei de aprender a me vestir, e você espera que agora eu consiga ler a sua mente? Eu não tenho nem ideia do que você quer. Pensei que sabia, mas eu estava errada. Mandei aquela mensagem idiota, e *isto* foi errado. Tentei ser toda sexy e ousada na academia, e perdi a tampa da garrafa no meio dos meus peitos. E então eu vi o tipo de mulher com quem você esteve antes e adivinha só, não sou em nada como ela. E agora você está todo quieto e pensativo e irritado e sem fazer gracinhas, e está me deixando confusa. Você está aí sentado todo casual e fora do seu normal, e me deixando nervosa, e eu não gosto disso! — resmungo.

PJ solta um suspiro e fecha os olhos por alguns segundos antes de voltar a abri-los e olhar para mim.

— Você está fazendo exatamente o que acusou os outros de fazerem com *você*. Você está olhando para mim, mas não está me *vendo* — ele diz, finalmente. — Você acha que estou de boa, como se não me importasse com o mundo? Olhe mais de perto. Estou sentado porque estou tentando esconder o melhor que posso a ereção que estou levando para lá e para cá desde o dia em que vi aquela maldita foto da sua lingerie, e acredite quando eu digo, está ficando cada vez pior e mais dolorido desde o minuto em que você entrou com esse vestido. Não consigo parar de imaginar você usando uma daquelas peças da foto, por baixo desse vestido. E sim, Melissa é o tipo de mulher com quem estive antes. No passado. Alguém que é linda por fora, mas não tem muita consistência por dentro, e é por isso que ela pertence *ao passado*. Eu nem pude levantar daquele banco, e estava lutando para formar frases completas quando ela apareceu porque meu pau ainda estava duro por ver você esfregar aquela maldita tampinha nos lábios, e não conseguia parar de querer *ser* a tampinha quando ela caiu no meio dos seus seios. Você nem notou a quantidade de homens na academia que estava olhando para você, e tive que fazer o meu melhor para não descer a porrada neles.

Fico de boca aberta, chocada com cada palavra que sai da sua boca, e o frio na minha barriga fica ainda mais intenso quando ele continua a falar, se inclinando para frente e colocando os cotovelos nos joelhos com as mãos ainda unidas, seus olhos nunca deixando os meus.

— Desculpe se as minhas mensagens têm sido estranhas e fora do meu normal, o que quer que isso signifique. Estava preocupado que talvez eu tivesse ido com muita sede ao pote, e então quando eu recebi aquela foto sua, fiquei preocupado por assustar você se eu respondesse da maneira como eu realmente queria.

Umedeço os lábios com a língua e escuto um som baixo que sai da garganta dele, enquanto PJ olha para a minha boca.

— O que você queria responder? — sussurro, dando um passo para frente.

Seus olhos voltam aos meus, e a maneira como ele está me olhando faz com que o frio na minha barriga se intensifique, como se eu estivesse descendo uma montanha-russa. Não tem como errar desta vez — as palavras *querer* e *precisar* estão escritas na sua cara, e as próximas palavras que saem da sua boca confirmam isso.

— Que eu nunca quis trepar com alguém como eu quero você, desde o primeiro momento, onde vi você desmaiar no jardim, até quando falei a primeira vez com você, na festa de Halloween, e você estava usando aquela fantasia ridícula de princesa. Não estou apenas com as mãos paradas casualmente no meu colo. Estou cortando a maldita circulação dos meus dedos porque estou fazendo de tudo para não arrancar esse seu vestido.

Nem percebi que continuei a andar na sua direção enquanto ele falava, até que estou parada bem na frente dele. Posso, de fato, ver o quão tensos estão seus músculos das coxas, e os nós dos seus dedos chegam a estar brancos. Ele se inclina na cadeira, mantendo as mãos unidas no colo, escondendo a ereção que ele tinha mencionado e que eu quero ver mais do que qualquer coisa.

— Você é um homem muito difícil de se entender — sussurro, tentando não tremer quando ele finalmente abre as mãos e toca a parte de trás das minhas coxas, bem abaixo do vestido.

Ele faz um pouco de pressão, me forçando a dar outro passo para frente, até que minhas pernas toquem as suas.

— Estou deixando você desconfortável? — ele pergunta, suavemente, levantando o olhar até encontrar o meu enquanto seus dedos fazem pequenos círculos na pele das minhas coxas. Suas mãos não saem do lugar, mesmo que tudo o que eu queira é que elas subam e entrem por baixo do vestido.

— Não. Sim. Eu não sei. Eu só não estou acostumada a tudo isso. Faz muito tempo desde que alguém me disse coisas assim ou que me olhou dessa maneira — falo para ele, meu coração praticamente saindo pela boca quando ele tira as mãos das minhas pernas e pega meus pulsos, e me puxa para si. Tropeço e tenho que me segurar na parte de trás da cadeira, para me equilibrar acima dele.

Ele roça os joelhos contra as minhas coxas e afasto as pernas para que ele fique entre elas. Ainda estou inclinada sobre ele, segurando fortemente o encosto da cadeira.

— Assim como? Como se o gostinho que tive de você, no meio do seu quintal, não fosse nem de perto o suficiente e eu quisesse mais? Como se eu não conseguisse parar de pensar sobre a maneira como o seu corpo se movia quando você dançou no meu colo, e eu tive que me aliviar com a lembrança mais vezes do que me importo em admitir? Como se observar você se soltar e tomar conta da própria vida fosse a coisa mais gostosa que eu já presenciei? Bem, é melhor se acostumar. É de se admirar que ninguém tenha olhado para você dessa maneira ou dito essas coisas para você — ele diz, segurando meu quadril e me puxando para o seu colo.

Tento, com todas as minhas forças, não ronronar como um gatinho quando sinto o quão duro ele está pressionado contra mim sem nada mais do que o fino material de nylon do seu short e a renda da minha calcinha nos separando. Ele libera o agarre do meu quadril e sobe as mãos até que meu rosto esteja entre elas.

— Assim está bom? — ele pergunta, baixinho, flexionando seu quadril e pressionando mais forte contra o meu, até que meus olhos reviram em quase trezentos e sessenta graus.

Eu concordo com a cabeça, em vez de respondê-lo verbalmente, com medo de arruinar o momento soltando um gemido ou gritando que está mais do que bom, e que se um de nós não começar a se mover logo, vou pegar a cadeira mais próxima e jogar do outro lado do clube.

— Vê esse controle remoto na mesa ao lado? Pegue e aperte o botão grande do meio.

Com meus olhos grudados aos dele, estico o braço para procurar pelo controle, apertando cegamente todos os botões até que acerto o correto. O som de um piano enche o clube, alguns segundos depois a lenta batida de uma bateria se inicia, e então a voz de um homem sai pelo sistema de som. Instantaneamente, a música amplifica tudo o que estou sentindo. É lenta e sexy, e fica impossível para mim apenas ficar sentada no colo do PJ, quando há uma enorme ereção pressionando entre as minhas pernas, implorando para que eu me esfregue nela.

— É '*Bloodstream*', da banda Stateless — PJ fala o nome da música antes mesmo que eu tenha a chance de perguntar. — Não pense. Apenas escute a música e se mova com ela.

Ele deixa sair um pequeno gemido quando eu faço o que ele diz, rebolando o quadril e roçando a protuberância dura que se erguia do seu short.

— Isso é parte da lição? — sussurro. A maneira como ele está olhando para mim, com seus olhos enfeitiçados, me dá a confiança de que preciso para passar meus braços ao redor do seu pescoço e puxá-lo para mais perto de mim.

Ele se endireita na cadeira, afastando uma das mãos do meu rosto para abraçar o meu corpo, enquanto eu continuo a nos torturar no ritmo da música, com a sensação de tê-lo tão duro e quente entre as minhas pernas e de saber que nada poderia me tirar do seu colo neste momento, mesmo se as coisas estivessem pegando fogo ao nosso redor.

O clube poderia estar em chamas e eu nem me importaria.

A mão que estava na minha bochecha volta para o meu pescoço e ele puxa o meu rosto para mais perto, até que nossos lábios estejam se tocando.

— Você definitivamente não precisa de aula sobre isso. Puta merda, você é tão gostosa. Melhor do que nos meus sonhos — ele murmura contra a minha boca.

Minhas coxas se apertam ao redor dele e eu me pressiono ainda mais fortemente no seu colo, balançando o quadril e gemendo quando ele se impulsiona na minha direção, acertando bem aquele lugar que me faz ver estrelas.

Todo o sangue do meu corpo vai para o meio das minhas pernas enquanto me aperto ainda mais nele. Quase me esqueci de como é a sensação, o pulsar da necessidade, o toque do desejo, tudo ao seu redor desaparecendo até que você não consegue pensar em mais nada e tudo o que você quer é o orgasmo e o doce alívio daquela dor. Eu provavelmente deveria me desculpar com ele por isso acabar antes mesmo de começar, porque três anos é muito tempo para esperar por algo como isso. Neste momento, sinto como se o meu corpo fosse uma corrente elétrica e meu orgasmo é o gatilho que faria tudo detonar. Ou então seria o forte roçar do seu pau contra a minha vagina que faria tudo explodir.

Seus braços aumentam o aperto ao meu redor, me ajudando a me mover mais rápido, e tudo parece aumentar com os nossos lábios ainda pairando um sobre o outro, quase se tocando. Tão perto e tão longe.

Estou tão excitada com tudo o que está acontecendo neste momento que posso sentir o quão molhada está a renda da minha calcinha, com cada toque que o meu corpo dá sobre a dura protuberância.

Eu deveria estar envergonhada por parecer tão necessitada por ele, mas este homem trabalha ao redor de strippers todos os dias e definitivamente tem mais experiência sexual do que eu. Gemo e me esfrego nele enquanto passo a mão pelos seus cabelos e puxo sua cabeça para trás.

Estou perdida na batida da música, no cheiro do perfume do PJ e na sensação de ser desejada, para me preocupar com qualquer coisa. Estou ocupada demais percebendo como é incrível se deixar levar, parar de pensar e apenas *sentir*.

Sentir o calor do corpo dele, o quão forte é o seu aperto, seu quadril investindo contra o meu, sua mão se movendo da base das minhas costas para a minha bunda, me fazendo ir mais rápido.

Cada centímetro do meu corpo está pegando fogo, da cabeça às pontas dos dedos dos pés. Ondas de prazer que eu não sentia há anos, talvez nunca, me varrem, até que eu sinto que estou lutando para respirar enquanto me movo para frente e para trás no colo do PJ. De repente sua boca está sobre a minha e ele engole um dos meus gemidos de prazer.

Assim que a língua dele acha seu caminho para dentro da minha boca e duela com a minha, sinto tudo explodir. Gemo na sua boca enquanto gozo, e ele aproveita para aprofundar o beijo. Meu quadril investe contra o dele mais uma vez e eu me jogo no melhor orgasmo que já senti na vida, fazendo barulhos que eu nem sabia que poderia fazer, contra a sua boca, enquanto ele continua a me beijar.

De repente, o corpo do PJ faz movimentos mais bruscos e ele afasta a boca da minha enquanto sussurra palavras obscenas e se move contra mim. Ele pressiona a testa na minha e eu continuo a roçar meu corpo no dele, então o aperto da mão do PJ na minha nuca fica mais fraco, assim como a sua mão na minha bunda. Um monte de palavrões sai da sua boca quando ele dá mais uma investida brusca com o quadril e para quieto, se apertando em mim. Aumento a pressão quando sinto seu pau pulsar e crescer ainda mais entre as minhas pernas.

— Puta merda — ele sussurra, enquanto tento segurar um grito de comemoração pelo fato de eu não ter sido a única pessoa que estava esperando o orgasmo explodir.

Com um último impulso contra mim, ele se deixa cair no encosto da cadeira, com um gemido. Meu corpo vai com ele, me recostando no seu peito, e minha cabeça descansa na curva do pescoço dele enquanto tento acalmar as batidas erráticas do meu coração.

— Puta merda — ele xinga de novo, liberando o aperto no meu pescoço para passar os braços ao meu redor e me abraçar forte. — Acabei de gozar nas calças, como um garoto de quinze anos. Nunca mais duvide de si mesma.

Sorrio contra o seu pescoço antes de levantar a cabeça e olhar para ele. Uma pequena sensação de vergonha começa a trazer a realidade de que eu acabei de me masturbar no colo dele, antes que uma música terminasse de tocar no sistema de som do clube. Minhas pernas pareciam gelatina, e mesmo que não tivéssemos transado, eu sabia que ele tinha arruinado as chances de qualquer outro homem. Eu não deveria me sentir nervosa quando nós dois experimentamos a mesma coisa, mas sinto. Esse é um território inexplorado para mim. Não sei o que dizer, como agir, e, pelo amor de Deus, onde eu deveria colocar as mãos enquanto estava sentada no colo do cara, ainda sentindo a brisa pós-orgásmica?

Será que as coloco atrás da minha cabeça, será que me levanto para cumprimentá-lo e soltar um 'é isso aí, garoto!'? Será que mãos inquietas são apropriadas para a situação? E dedos aventureiros?

Suas mãos ficam nas minhas coxas nuas enquanto ele olha para mim, e tento segurar a necessidade de trilhar as minhas mãos no rosto dele, como uma idiota que não sabe o que fazer com elas.

— Só para você saber, eu menti antes. Isso *foi* uma aula.

Sem nenhuma outra opção, já que mãos inquietas não eram muito a minha praia, as coloco em seu peito e me mexo no seu colo. Meus olhos voam para os dele quando o escuto respirar alto e seus dedos afundam nas minhas coxas. Esqueço o meu nervosismo quando observo a sua garganta se movimentar, enquanto ele engole em seco. Quando sinto que ele está começando a ficar duro novamente, não consigo segurar o impulso de dar uma pequena rebolada no seu colo e me aproximar ainda mais dele.

— E que aula foi essa? — pergunto, suavemente, enquanto ele continua a olhar em meus olhos.

— Você acabou de aprender que nunca pode fazer nada remotamente parecido com um cliente. Jamais.

E assim, do nada, toda a minha ansiedade desaparece. Jogo a cabeça para trás e rio.

Capítulo vinte e dois

QUERO LAMBER AS SUAS BOLAS

— Bem, não é um pau dentro da sua vagina, mas já que foi nas redondezas, vou contar isso como uma vitória para a sua caverna cheia de teias de aranha — Ariel me diz, levantando a mão para me cumprimentar, a qual ignoro.

— Por que você tem que ser tão grosseira? — reclamo, me inclinando para pegar um pouco dos papéis que estão no meio da minha bancada e pego também um envelope.

— Se você fosse grosseira, aposto que o PJ teria passado as últimas duas semanas enfiando *em* você, em vez de deixá-la na seca — ela responde, dobrando um dos papéis e depois me passando para que eu colocasse no envelope.

Já se passaram quatorze dias desde aquela tarde no Charming's. Quatorze gloriosos dias em que o PJ me levava para almoçar, para jantar, e assistia a filmes na minha casa, comigo. Terminávamos todas as noites nos atracando no meu sofá, como adolescentes, rezando para que a minha filha não descesse para pegar um copo de água ou qualquer outra coisa. Não é como se tivéssemos transado em todas as superfícies do primeiro andar da casa enquanto Anastasia estava lá em cima dormindo, ou que isso fosse apropriado, mas isso não me impedia de imaginar o porquê de PJ não querer mais. Não me entenda mal, ainda tive duas semanas de orgasmos no fim de cada pegação, cada um melhor que o outro, mas *eu* queria mais. Eu só não sabia se eu era o tipo de pessoa que dava o primeiro passo e pedia. Ou perguntava por que *ele* não pedia por mais.

Caramba, isso é tão confuso.

— Você precisa dizer para ele que é para cutucar você com o pau, e não com os dedos.

Mesmo com a Ariel sentada ao meu lado, suas palavras me fizeram sonhar acordada, lembrando-me de como era ficar deitada ao lado dele no sofá, com as suas mãos entre as minhas pernas. Meu Deus, o homem sabia o que fazer com os dedos.

— Você não acha que tem algo de errado com ele, acha? Quero dizer, cada vez que eu tento tocar *nele*, o PJ não me deixa seguir adiante. Ele fica dizendo que tudo isso é para mim e que eu preciso me deixar levar e aproveitar. Tudo isso é muito doce e incrível na hora, mas agora só faz com que eu fique preocupada — digo para ela.

— Bem, você já sabe que ele não tem um batonzinho no meio das pernas, já que você experimentou, em primeira mão, se esfregando nele que nem uma safada, então esse não é o problema. Talvez seja torto. Ei, talvez a sua vagina cabeluda e zoada não seja o problema, e SIM, as bolas dele. Ele está com medo de que você olhe para elas e precise aparar a erva daninha antes de colocá-las na boca. — Ariel se diverte.

— Pela última vez, nada no meu corpo é cabeludo e zoado. E tenho certeza de que esse não é o problema. Eu só não sei o que é.

Ariel joga o resto dos papéis na bancada e bufa.

— Isso é idiota. Por que imprimimos panfletos para o The Naughty Princess Club? Vamos mesmo andar por aí, no bairro, colocando-os nas caixas de correios das pessoas? Isso deve ser ilegal. — Ariel reclama.

— Bem, nosso site está online e funcionando perfeitamente bem, mas só conseguimos dez acessos por dia pelo Google, e não, ninguém solicitou ainda os nossos serviços. Você tem alguma ideia melhor? — pergunto, continuando a colocar os panfletos nos envelopes.

— Não é como se me importasse se alguém nos contratasse. Quero dizer, eu provavelmente consigo fazer isso, mas você e Belle? Por Deus, não. Você tem que superar esse seu medo do palco e de tirar as roupas em um local cheio de pessoas. Tirar a parte de cima, no seu jardim, quando estava bêbada, não conta. Você não pode ficar bêbada toda vez que fizer um strip. — A ruiva me lembra.

Ela está completamente certa, mas não é que eu não tivesse tentado.

Na noite passada, Anastasia ficou na casa de uma amiga, o que, é claro, me deixou esperançosa de que eu e o PJ finalmente transássemos. Em vez disso, ele decidiu continuar o treinamento: colocou uma música e me fez dançar para ele.

Estava tudo indo bem até que ele me disse para tirar as roupas. Aí eu congelei completamente. O cara colocou os dedos em mim e passou as mãos por todo o meu corpo e ainda assim eu não consegui tirar as minhas roupas para ele. E se eu não conseguisse ser sexy enquanto tirava as peças? E se ele não gostasse do meu corpo quando eu estivesse parada na sua frente só de roupa íntima, e ele não pudesse esconder a careta? E se eu não consegui lidar com um cara que tinha me dado orgasmos múltiplos, como eu conseguiria fazer o mesmo em uma sala cheia de estranhos?

PJ não se divertiu com a minha cara quando tentei tirar a calça jeans e congelei, e ele também não insistiu. Apenas me disse que estava tudo bem e que tentaríamos de novo em outra noite. Varri rapidamente minha preocupação para debaixo do tapete quando ele me puxou para deitar por cima de si no sofá e fez meu cérebro entrar em curto-circuito com seus beijos.

Eu precisava tirar esse bloqueio da minha cabeça e fazer isso de uma vez. Nosso site já estava pronto, com fotos de nós três vestidas com as nossas fantasias de princesas, e um cliente em potencial poderia clicar em qualquer uma das princesas que ele gostaria que fosse à sua festa. A qualquer minuto, eu poderia receber um e-mail que dizia que tinha sido solicitada, e não é como se eu pudesse deixar passar a oportunidade. Vincent não esperaria muito mais para tomar medidas drásticas. E mesmo se eu tivesse que devolver o dinheiro que ele pensa que eu roubei, não que eu tenha a intenção de dar um centavo para ele, Vincent ainda poderia tomar a nossa casa, porque o Brian teve a brilhante ideia de colocá-la no nome da Castle Creative. Precisamos rapidamente de clientes para o caso de eu ter de encontrar outro lugar para morar com a minha filha. E para que os clientes nos paguem, preciso ser capaz de fazer o melhor strip-tease da vida deles.

— Vamos nos concentrar no problema mais importante da nossa lista, e que vai fazer você sair dessa vida de secura: Tirar o Paranho da Cindy. Feche os olhos e grite *'ME FODE, PJ!'* com todas as suas forças — ela ordena.

— Não vou fazer isso — respondo, revirando os olhos.

— Grite. Agora. Ou eu vou te dar um soco na teta.

— Isso é ridículo. Gritar algo assim não vai me ajudar — reclamo.

— Com certeza vai. Os caras adoram uma conversinha suja. Se Belle estivesse aqui, ela provavelmente recitaria um monte de dados sobre essa merda. Sabe o quê? Que se dane, finja que eu sou a Belle. *Estudos comprovam que todos os homens solteiros do universo estão dispostos a enfiar o pau em você, se rolar conversa suja* — Ariel fala com uma voz suave, imitando Belle.

A ruiva se senta na bancada, me observando, e eu sei que ela não vai me deixar em paz se eu não fizer o que ela quer.

— MefodePJ — murmuro, rapidamente, sentindo minhas bochechas ficarem quentes.

— Desculpe, o que você falou? Não consegui ouvir. Mais alto! — Ariel ordena.

— Ai, meu Deus — resmungo, levantando a voz um pouco mais, apenas um tom acima de um sussurro. — Me fode, PJ.

— Jesus amado, você é péssima nisso. — Ela balança a cabeça e me dá um olhar de pena. — Mais alto. E coloque a sua vagina para berrar também.

— Me fode, PJ — falo de novo, um pouco mais alto.

— Melhor. Agora tente: quero o seu pau na minha boceta.

Quando eu não respondo de imediato, ela me dá um soco no braço.

— Ei, que merda? Me dê um minuto! — grito para ela.

— Sim, isso mesmo! Fique brava! — Ariel fala, me dando outro soco.

— FILHO DA PUTA, EU QUERO O SEU PAU NA MINHA BOCETA! — grito com toda a minha força, olhando para ela enquanto esfrego o braço, já sentindo o roxo se formar.

— ME INCLINE NO SOFÁ E ME FODA FORTE! — Ariel grita, me ameaçando com outro soco.

— ME INCLINE NO SOFÁ E ME FODA FORTE!

Ariel bate palmas, comemorando, e se sacode na bancada.

— Ai, meu Deus, isso é tão divertido! É como ter a minha própria boneca falante, só que na versão proibida para menores! EU QUERO LAMBER AS SUAS BOLAS!

— EU QUERO LAMBER AS SUAS BOLAS! — repito, imediatamente, começando a me sentir mais solta e nem um pouco envergonhada pelas coisas que estão saindo da minha boca. — ME FODA MAIS FORTE, LAMBA A MINHA BOCETA, COLOQUE O PAU NA MINHA BOCA, NA MINHA BUNDA, ME JOGUE NA PAREDE E ME CHAME DE LAGARTIXA!

Ariel para de aplaudir e me olha com os olhos arregalados.

— O quê? Foi demais? — pergunto.

— Definitivamente, demais. Eu sei que disse para você dar uma olhada na internet e procurar por algumas palavras novas, mas isso, com certeza, foi um erro.

Respiro fundo e sorrio para ela.

— Eu consigo fazer isso.

— Você, com certeza, consegue fazer isso.

Pegando meu telefone da bancada, mando uma rápida mensagem para o PJ, perguntando se ele quer que eu dance no clube nesse final de semana. Claro, não é a mesma coisa que ir até ele e falar as coisas que eu acabei de gritar no meio da minha cozinha, mas é igualmente importante, e ele sabe disso. E mais, dançar no Charming's seria uma ótima maneira de conseguir clientes, e muito melhor do que colocar panfletos nas caixas de correio ou ficar estalando os dedos, esperando que alguém peça por uma stripper no nosso site. Eu estaria literalmente em um local cheio de pessoas do nosso nicho de mercado.

PJ basicamente riu e me fez deixar de lado, na última vez em que eu perguntei isso, mas foi antes daquele orgasmo estelar que ele me deu. Ele sabe que o nosso site está online, já que eu tinha mostrado para ele ontem à noite, e sabe que eu preciso me colocar na linha de fogo e conseguir a minha primeira vez como stripper. Não há nenhuma razão para ele me dizer não.

Estou morrendo de medo, mas se eu consigo gritar sobre paus e bocetas, consigo fazer qualquer coisa. Meu telefone apita imediatamente com a notificação de mensagem, e quando eu leio, toda a minha esperança e excitação se transformam em raiva.

— Você só pode estar brincando — murmuro, virando o aparelho para que a Ariel possa ver.

— Não — ela diz, lendo a resposta. — É sério isso? Apenas não? Sem explicação ou qualquer outra coisa?

Com um bufo irritado, fecho as mensagens e procuro nos meus contatos o número da Tiffany.

— O que você está fazendo? — Ariel pergunta quando eu coloco o celular no ouvido. Tiffany responde no primeiro toque.

— Oi! Eu preciso de um favor enorme, mas você não pode dizer nada para o PJ — falo para Tiffany e dou uma piscadinha para a Ariel.

Ela escuta, quietinha, enquanto eu explico tudo para a Tiffany. Tenho que afastar o aparelho do ouvido para não ficar surda com os gritos de animação da mulher do outro lado da linha, que me diz para considerar tudo feito. Termino a ligação e coloco o celular de volta na bancada.

— Caramba, faça a mulher gritar um pouco sobre pau e ela se transforma no diabo. Estou tão orgulhosa de você que acho que vou chorar. — Ariel funga, secando uma lágrima imaginária.

Ou eu tomei a melhor decisão da minha vida, ou a pior, e vou acabar me arrependendo. Considerando que eu disse ao PJ que me recuso a deixar qualquer pessoa me dizer o que posso e o que não posso fazer, ele deveria saber pelo que esperar.

Vamos esperar que eu não caia de cara no chão e possa provar para ele, de uma vez por todas, que estou pronta para isso.

Capítulo vinte e três

FAÇA CHOVER DINHEIRO!

Fechando os olhos, respiro algumas vezes para me acalmar, enquanto me coloco atrás da cortina de veludo preto, na luz difusa dos bastidores. Uma música erótica que eu não conheço toca no sistema de áudio do clube, do outro lado da cortina, o grave da música vibrando pelo meu corpo.

— Você consegue fazer isso. É exatamente como você tem praticado. Feche os olhos e finja que você está apenas dançando no seu quarto — sussurro para mim mesma.

— Você normalmente tem quase cem estranhos no seu quarto assistindo você tirar suas roupas, enquanto dança ao som de uma música horrível dos anos oitenta? — Ariel pergunta.

Minha conversinha motivacional é interrompida e abro os olhos para encontrar minha amiga Ariel parada perto de mim nos bastidores. Ainda parecia estranho chamá-la de amiga, considerando que poucos meses atrás eu tinha zero interesse em falar com ela, menos ainda conhecê-la. Mas, ela é uma das razões para eu estar parada aqui neste momento, me preparando para fazer algo que eu nunca tinha imaginado fazer. Claro, é uma maneira estranha de fazer os seus sonhos se tornarem realidade, mas todo mundo tem que começar em algum lugar.

— Segui o seu conselho e escolhi outra música. Mas só para você saber, *'Eternal Flame'*, do Eagles, não é uma música horrível dos anos oitenta. *'Is this burning, an eternal flame'* é uma letra bonita e apaixonada — argumento, aumentando a minha voz para que possa ser ouvida por cima de todos os assovios, gritos e aplausos que estão a toda no outro lado da cortina, conforme a mulher que subiu no palco antes de mim termina de se apresentar.

— Se está queimando eternamente, provavelmente é clamídia — Ariel responde.

— É essa a sua ideia de conversa motivacional?

— Você *precisa* de motivação? — Ariel pergunta, com uma expressão confusa.

— Vem cá, a gente se conhece?! — eu falo, beirando a histeria. — Você acha que isso é algo de que estou cem por cento confiante neste momento? Estou enjoada. Talvez isso não tenha sido uma boa ideia. Eu não acho que pratiquei o bastante.

Começo a me afastar da cortina quando Ariel se aproxima e segura no meu braço, me impedindo de correr o mais rápido possível daquele palco e para fora desse clube.

— Você ensaiou o suficiente. Finalmente você conseguiu baixar a guarda. — Ela me lembra enquanto passo a mão pelo meu cabelo loiro, ao qual recentemente adicionei luzes de um loiro mais escuro, e que neste momento estava ondulado e balançando ao redor dos meus ombros e costas. — É aqui que o seu futuro começa, querida. Bem aqui. Nesse palco. É aqui que você toma de volta a sua vida e manda um belíssimo *'vá se ferrar'* para aquele idiota do seu ex-marido. E para aquele pedaço de mau caminho que está lá fora com os clientes e que não faz nem ideia do que está para atingi-lo.

Meus olhos começaram a queimar conforme as lágrimas surgiam. Rapidamente pisquei para afastá-las, antes que arruinassem o delineado gatinho perfeito e os cílios postiços que ela tinha colocado para mim no camarim uma hora atrás.

— Essa é a coisa mais querida que você já me disse — digo, fungando.

— Só pense assim: em vez de ter aquela barra gigante na bunda, você a terá na palma da sua mão e estará girando por cerca de quarenta e cinco segundos — ela diz, com um sorriso malicioso.

— E lá vai você arruinar tudo — digo, balançando a cabeça, respirando profundamente e me afastando dela para voltar para a cortina.

— Você vai ficar bem. São dois minutos e quarenta e cinco segundos da sua vida. Terminará antes que você perceba. — Ariel me assegura com um tapinha nas costas.

— Preciso dos meus paninhos desinfetantes — murmuro, levando uma mão para minha boca e mordiscando nervosamente uma unha.

Ela bate, afasta a minha mão e revira os olhos.

— Você não precisa de paninhos de limpeza. Aquela barra está limpa. Ou quase. Sabe o quê? Não pense na barra e em todas as vaginas que tocaram naquilo antes de você nesta noite. Pense no quão libertador será. Pense sobre o seu negócio. O *nosso* negócio. Pense sobre ser independente e pagar suas próprias contas e pegar o gostosão lá fora, que provavelmente vai pirar quando vir você entrando no palco — ela diz, levantando uma das sobrancelhas.

— Esse não é o motivo pelo qual estou fazendo isso — respondo, indignada, mesmo que o pensamento de estar nua em uma cama com aquele homem me faça ficar toda quente e inquieta.

— O que quer que a ajude a dormir à noite, princesa. Com certeza você vai dar uns pegas naquele homem, como uma lagartixa grudada na parede. Especialmente se ele vir você nesses trajes — Ariel fala, me olhando de cima para baixo. — Bem, nos trajes que você tem por baixo *dessa* coisa.

Paro um segundo para me observar e sorrio. Ele me disse para nunca, nunca mais usar essa fantasia, e estou usando só para irritá-lo. E para ver sua expressão quando eu a tirar. Não sou tão recatada quanto ele pensa. Eu posso mudar. Posso ser sexy e extrovertida, e fazer algo completamente escandaloso e fora da minha zona de conforto.

— Eu consigo fazer isso — afirmo, acenando com a cabeça.

— É claro que você consegue! — Ariel me anima, batendo o ombro contra o meu. — Só não tropece nesses saltos absurdos e caia de cara no chão. Dar vexame no palco não é legal.

Volto meu olhar para Ariel, e ela levanta as duas mãos e começa a se afastar.

— Você consegue. Balance a bunda e faça chover dinheiro! — ela diz, antes de desaparecer em um corredor para se juntar ao público do clube e torcer por mim.

— *Vamos dar uma grande salva de palmas para Tiffany! A seguir, temos um presentinho especial para vocês. Tenham seus dólares prontos, pessoal. Direto do castelo, procurando pelo seu próprio Príncipe Encantado, vem aí a princesa mais gostosa que vocês terão a chance de conhecer! Façam barulho para Cinderela!*

Soltando um longo e lento suspiro, seguro a cortina de veludo e a abro, colocando um sorriso no rosto e ignorando o frio na barriga enquanto subo no palco.

Eu consigo fazer isso.

Eu vou mostrar para todos que é possível para uma dona de casa cuidar de si mesma.

Mesmo que para isso ela tenha que ser uma stripper.

E definitivamente vou mostrar para o PJ que ele não pode me dizer o que fazer.

Foda-se. Essa. Merda.

— Quem é você e o que você fez com a Cindy? — Ariel entra com tudo no camarim da Tiffany, o qual a dançarina tinha me emprestado, e fecha a porta rapidamente atrás de si.

Termino de amarrar o robe azul-claro de cetim na cintura, cobrindo o meu sutiã também azul-claro de renda e a calcinha fio-dental combinando. Não posso acreditar que eu esteja me sentindo um pouco triste por cobrir tudo, agora que eu consegui domar a fera. Agora eu meio que quero andar por aí de roupa íntima.

— Foi tão ruim? Foi ruim, não foi? Tive um probleminha na parte do refrão e esqueci de fazer contato visual algumas vezes e… AI MEU DEUS, EU ACABEI DE FAZER UM STRIP-TEASE EM UM PALCO, NA FRENTE DE UM MONTE DE GENTE! — eu choramingo, cobrindo a boca com a mão e olhando para Ariel com os olhos arregalados.

— Cara. CARA. Aquilo foi a coisa mais excitante que eu já vi na vida. Tipo, sério. Quem diabos *é* você? Você dominou aquele palco. Sim, vi que você teve uns probleminhas, mas só porque eu estava olhando para as suas pernas e pés, para ter certeza de que você não estava como o Bambi, enquanto tentava andar com aqueles saltos de matar. Todos os outros estavam olhando para os seus peitos e provavelmente nem notaram. Puta merda. Você tirou as roupas por dinheiro e pareceu uma profissional — ela sussurra, e o olhar chocado em seu rosto logo se transforma em um sorriso enorme.

— Eu consegui. — Sorrio para ela, tirando a mão da boca.

Honestamente, nem consigo me lembrar de tudo o que aconteceu lá no palco. Tudo passou tão rápido, e a batida sensual da música abafou as vozes na minha cabeça até que tudo o que eu pude pensar foi em mover o meu corpo no ritmo do som. Cada grito de animação, cada assovio, e as notas de um dólar que eram jogadas no palco aos meus pés, me motivavam a continuar, a fazer mais, a ser mais sensual, sair da minha zona de conforto e tomar conta do palco.

— Não precisa me agradecer por fazer você assistir àquele filme brega na noite passada. Ver você rodar naquela barra, como uma profissional, foi todo o agradecimento que eu precisava. — Ariel ri.

Quando ela apareceu na minha casa ontem à noite, eu estava à beira de ter um ataque de pânico, ensaiando pateticamente uns movimentos de dança na frente do espelho do meu quarto. Aí, Ariel pegou o notebook e colocou o filme *Striptease*, com a Demi Moore, para vermos. Ela tinha razão, foi o filme mais brega que eu já assisti, mas caramba, aquela mulher sabia mover o corpo. Paramos o filme diversas vezes, durante as cenas de dança, e Ariel me fazia copiar os movimentos até que os tivesse decorado.

Nunca me senti assim, tão alta. Meu coração acelerado, minhas mãos tremendo, e tudo no que eu conseguia pensar era em fazer aquilo de novo. Eu não queria que aquela sensação terminasse. A sensação de liberdade, de sensualidade e de estar no controle.

Bem quando eu pensava que nada poderia arruinar este momento, percebo que me esqueci da única pessoa que poderia detonar todo o bom humor que eu estava sentindo.

A porta do camarim é escancarada e bate com tudo na parede, fazendo um estrondo enorme, e Ariel e eu pulamos de susto. PJ está ali, parado à porta, o peito subindo e descendo, a respiração passando pesadamente pelas suas narinas enquanto ele aponta para Ariel, mas sem nunca tirar os olhos de mim.

— Você. Fora. Agora — ele solta a ordem entredentes.

Ela abre a boca, provavelmente para mandá-lo à merda, mas eu rapidamente a faço parar, segurando seu braço e dando um aperto de leve.

— Está tudo bem. Vá pegar algo para beber e encontrarei você logo depois — falo para ela, calmamente.

Ela olha para mim com os olhos arregalados, me dizendo silenciosamente que é melhor eu não deixá-lo arruinar a minha noite com o que quer que ele esteja tão puto da vida. Aceno para ela com a cabeça, assegurando que a entendi bem.

Com um suspiro, ela se vira e vai para a porta, parando no batente por tempo suficiente para rosnar para o PJ e lhe dar um olhar fulminante antes de desaparecer no corredor.

Assim que ela some, PJ entra no quarto, segura a maçaneta e fecha a porta tão forte que a parede chega a vibrar. Não posso negar o quão gostoso ele está naquela calça preta de alfaiataria e com a camisa cinza de botão. As mangas estão desabotoadas e enroladas até os cotovelos e posso ver os músculos dos seus antebraços enquanto ele abre e fecha os punhos. Observo, com uma crescente irritação, enquanto ele fica parado, me olhando, com o músculo do maxilar tenso e os dentes cerrados demonstrando uma raiva óbvia.

De mim. Porque eu me atrevi a ir contra as ordens dele e fiz o que eu queria.

— Não posso acreditar que você...

— Ah, vá se ferrar! — eu grito, interrompendo o começo do seu sermão, o que o faz cerrar os dentes ainda mais. — Estou ciente do quanto você não acredita em mim, muito obrigada. Espero que você não tenha vindo aqui como um neandertal, esperando uma desculpa, porque não é isso o que você terá! Eu não fui pelas suas costas e arranjei tudo com a Tiffany, ou fui lá naquele palco esta noite para deixar você puto, fiz isso por mim. POR MIM! Tomei uma decisão sobre a MINHA vida e sobre o que eu precisava fazer para voltar aos trilhos e não sentir como se estivesse me afogando a cada minuto do maldito dia!

Ele abre a boca para me interromper, mas eu não deixo. Estou muito agitada para parar agora.

— Talvez não tenha sido a melhor decisão, talvez eu ainda tenha muito trabalho a fazer, e talvez todos os aplausos e assovios foram porque eles sentiram pena de mim, mas não me importo! Superei meus medos. Subi naquele palco, dancei, tirei as minhas roupas e adorei cada maldito minuto daquilo! Pela primeira vez na minha vida, senti que estava no controle, e de maneira nenhuma vou deixar você vir aqui e estragar tudo!

Bufo, irritada, e cruzo os braços.

— Você terminou? — PJ pergunta, baixinho, levantando uma sobrancelha.

— Ah, só estou começando, amigão.

Do nada, ele cruza o camarim, diminuindo a distância entre nós até que eu não tenha outra escolha a não ser andar para trás até as minhas costas baterem contra a parede e não tenha para onde ir. Ele coloca as suas mãos na parede, ao lado da minha cabeça, me prendendo com seu corpo a alguns centímetros de distância, e olha dentro dos meus olhos.

— Você sabe por que eu convidei você para vir ao Charming's naquela noite em que o imbecil do seu ex-sogro apareceu? — ele pergunta, ainda com a voz baixa. Seu calor, o seu hálito com cheiro de hortelã enchendo meus pulmões a cada respirada que eu dou, e o cheiro amadeirado do seu perfume invadiam meus sentidos.

Não sei o que está acontecendo neste momento, e a maneira como o meu coração parece ter vida própria e quase pula do meu peito por ter o PJ tão perto, me deixa louca da vida.

Ele não espera pela minha resposta e se adianta.

— Convidei você e suas amigas aquela noite porque eu queria assustar você. Queria que você saísse correndo, com o rabo entre as pernas, para provar que eu estava certo, mas não foi assim que aconteceu. Você persistiu e fez tudo o que eu disse para não fazer. Nunca esperei, nem em um milhão de anos, que você fosse me dar a melhor dança no colo da minha vida. Ou que arrancasse a camiseta no meio do seu jardim, batesse o pé e me beijasse de volta. Nunca esperei isso. Eu nunca esperei *você*.

Minha raiva começa a dissipar com cada palavra que ele diz. Com suas mãos pressionadas contra a parede, em ambos os lados da minha cabeça, ele dobra os cotovelos, trazendo seu corpo para mais perto do meu.

— Se você tivesse me deixado terminar o que comecei a falar quando entrei aqui, você teria me ouvido dizer que não consigo acreditar no quão malditamente gostosa você estava lá fora — ele me diz, suavemente. — Ver você caminhar pelo palco com a cabeça erguida, toda provocante e confiante, foi a coisa mais incrível que eu já vi. Eu neguei diversas vezes que você dançasse aqui não porque eu pensava que você não conseguiria. Fiz isso porque eu queria que você quisesse. Queria que você ficasse brava, e queria que você me desafiasse.

Fico chocada, de boca aberta; não posso acreditar que ele está falando sério. Que ele está sendo verdadeiro. Nunca pensei que homens assim realmente existissem.

— Então, você *não* está bravo comigo? — pergunto, parecendo uma idiota, imaginando para onde tinha ido toda aquela confiança quando ele entrou no camarim.

— Nunca quis colocar você na mesma posição em que o seu ex fez você ficar: sentindo como se você tivesse que fazer o que eu dizia e como se você não pudesse tomar as próprias decisões e fazer o que *você* quer. Eu não estou com raiva, Cin. Estou orgulhoso pra caralho.

Não consigo segurar as lágrimas que inundam meus olhos, mas pisco rapidamente para afastá-las.

— Ok, então por que você entrou aqui, batendo a porta e mandando a Ariel sair daquele jeito?

Ele fecha os olhos por alguns segundos e respira profundamente algumas vezes, seu peito roçando no meu a cada inalada. Quando ele finalmente os abre novamente, afasta uma das mãos da parede e, com as pontas dos dedos, toca minha testa e desce pelo lado do meu rosto até que cobre minha bochecha com a mão.

— Não era raiva. Era frustração — PJ murmura.

Olho para ele, confusa, enquanto pressiona mais o seu corpo contra o meu até que eu estava completamente presa, com a parede às minhas costas e a solidez do seu corpo me pressionando do peito às coxas. Ele dobra os joelhos e então volta a se firmar, roçando seu corpo no meu até que eu sinto a sua excitação, dura como uma pedra, contra o meu centro, e deixo um pequeno gemido sair.

Minhas mãos vagam entre nós e deslizo minhas palmas pelo seu peito musculoso, fechando meus punhos na gola da camisa dele, e puxo seu rosto para mais perto, até que a sua boca esteja pairando sobre a minha.

— Você tem ideia de como foi difícil ficar sentado no canto do clube, a uma mesa cheia de clientes, escutando eles falarem sobre o seu corpo e a maneira como você se movia? Você tem ideia da quantidade absurda de autocontrole que eu tive de ter para ficar no meu lugar, observar você deslizar por aquela maldita barra e não poder me masturbar por baixo da mesa? Caramba, Cin — ele murmura, sua mão descendo pela minha bochecha, pelo meu pescoço, até que ele começa a abrir o meu robe de cetim, parando bem na curva do meu seio, incrivelmente projetado graças ao incrível sutiã que estou usando. — Tenho tentado ao máximo ir devagar com você nessas últimas semanas, para mostrar como é ter alguém que adore o seu corpo e não se importe com nada além de te dar prazer, mas ver você nesta noite... você tornou muito mais difícil, para mim, fazer a coisa certa e ser um cavalheiro. Não estava bravo com você quando entrei aqui, estava irritado porque Ariel estava aqui e nós não estávamos a sós. Estava irritado porque não podia fazer com você as coisas que eu tenho fantasiado desde que você pisou no palco.

Nunca na vida pensei que tais palavras pudessem ser tão excitantes. Estou tão molhada que minha calcinha precisará ser torcida.

Liberando o aperto da camisa dele, levo minhas mãos para o cinto do meu robe, nunca tirando meu olhar do dele. Observei seu rosto enquanto ele olhava para baixo, para ver o que eu estava fazendo. Observei seus olhos ficarem mais escuros quando eu, lentamente, abri o robe. Observei seus músculos ficarem tensos quando tirei o robe, expondo a minúscula lingerie que mal cobria a área entre as minhas pernas, e meus seios, com a renda; meus mamilos estavam duros e eram visíveis pelo fino material. Observei sua boca abrir e escutei seu gemido quando me afastei da parede para deixar o robe deslizar pelos meus ombros e cair no chão.

Com meus dedos envolvo seu pulso, que ainda estava parado no meu peito, aperto e levo sua mão para baixo. Do meu peito pela minha barriga, seu pulso acelera enquanto a mão continua a viajar pelo meu corpo, até que seus dedos estão tocando minha calcinha. Continuo puxando sua mão e empurrando seus dedos sob a beirada do material rendado, até que ele está exatamente onde eu o queria, e ele pode sentir o quanto o quero.

— Puta merda — ele murmura, antes de pressionar os lábios nos meus, ao mesmo tempo em que a ponta dos seus dedos começa a circular pela minha área necessitada.

— Para que não haja mais nenhuma confusão, neste momento não preciso que você seja um cavalheiro — falo, suavemente, contra seus lábios, rebolando na sua mão enquanto ele desliza dois dedos para dentro de mim.

Solto um gemido baixo, largando seu pulso enquanto seus dedos trabalham lentamente para dentro e para fora de mim, e envolvo seus ombros com os meus braços, lembrando o que a Ariel me fez fazer na minha cozinha no outro dia.

Inclinando minha cabeça para frente, movo minha boca para o lado do seu rosto e pressiono meus lábios contra o seu ouvido.

— Quero que você me foda contra a parede — sussurro.

Capítulo vinte e quatro

O HOMEM DO GOLDEN SHOWER

Assim que as ousadas palavras saem, PJ afasta o rosto e esmaga a minha boca com a dele. Quando sua língua me invade, abro mais a boca e coloco tudo de mim nesse beijo.

Quero que ele saiba que não tem mais volta. Quero que ele saiba que eu preciso disso, que ninguém nunca fez com que eu me sentisse da maneira como ele faz.

Grunho de frustração quando ele tira os dedos de dentro de mim e move as mãos no meio das minhas coxas, mas então sinto-o puxando a calcinha para o lado. Ele aprofunda o beijo, diminuindo a voracidade da sua língua, e puxa a minha calcinha com tudo.

— AI! Filho da puta! — grito, afastando a minha boca da dele quando a renda enterra na minha pele do quadril.

— Desculpe! Merda. Estava tentando ser descolado e rasgar essa porcaria, mas caramba, isso é feito de que, aço? — ele murmura, irritado, olhando para baixo enquanto continua a puxar e tentar rasgar o material, que se recusa a ceder.

— Ok, na teoria isso é um tesão, mas pelo amor de Deus, apenas tire logo!

Sem hesitar, ele segura a peça de renda dos dois lados dos meus quadris e puxa para baixo. Contorço-me até que a calcinha esteja caída aos meus pés e a chuto para longe, agarro a camisa do PJ e o puxo de volta para o beijo.

Assim que a sua língua toca a minha, sinto seu corpo tremer contra o meu, enquanto ele desce a mão e abre a calça. Largo sua camisa por tempo suficiente para ajudá-lo a se livrar da calça e da cueca boxer, o bastante para que o seu pênis pule para fora, então afasto minha boca da sua e olho para baixo.

— Ai, graças a Deus — murmuro, dando um suspiro de alívio, e escuto o barulho de um invólucro de alumínio sendo rasgado. Não tenho ideia de onde ele tirou a camisinha e não me importo.

— Por que você está olhando para o meu pau e agradecendo a Deus por ele? — PJ pergunta, enquanto eu o observo cobrir a sua impressionante largura com a camisinha.

— Apenas contente porque não é torto e que suas bolas não são cabeludas e nem zoadas — murmuro, balançando a cabeça quando ele me olha, confuso. — Nada. Anda logo.

Nem me importo com o quão desesperada eu esteja soando. Eu *estou* desesperada. Sinto como se tivesse esperado a minha vida toda por este momento — de ser desejada tanto assim e fazer sexo em qualquer outro lugar que não seja na cama, estilo papai e mamãe.

Ele passa a mão e segura a base do seu pênis, e com o outro braço enlaça meu corpo, me levantando contra ele e me deslizando pela parede até que eu tenha que passar minhas pernas ao redor da sua cintura. Meu peito treme a cada respiração; seguro nos seus ombros e desço o olhar até o ponto entre nossos corpos, observando-o se aproximar de mim, centímetro por centímetro, até que a cabeça do seu pau esteja pressionada na minha entrada.

— Só quero avisar você que isso vai ser forte, rápido e sedento. Quero que isso seja bom para você, mas cacete, eu não sei por quanto tempo conseguirei me segurar, assim que estiver dentro de você, então já me desculpo de antemão — PJ murmura, a cabeça do seu pau entrando em mim enquanto ele dá um beijo suave e molhado em meus lábios.

— Não me importo. Cale a boca e me fode — ordeno, minha ousadia sem barreiras neste ponto.

Sinto como se a minha pele estivesse elétrica, pela antecipação e pela necessidade. Acho que vou explodir de tanto querer esse homem. Paro de pensar quando ele impulsiona o quadril para trás e mete em mim, com uma forte estocada. Minha cabeça cai para trás, contra a parede, e um gemido alto de prazer foge dos meus lábios enquanto ele só fica parado, profundamente enterrado em mim, e deixa o meu corpo se acostumar com ele.

A dor desaparece tão rápido como veio e eu balanço o quadril e me estico para acomodá-lo. Como é que eu consegui passar tanto tempo sem isso?

PJ descansa a cabeça na curva do meu pescoço, sua respiração quente e errática aquecendo ainda mais a minha pele enquanto ele se retira praticamente todo de dentro de mim, antes de voltar a meter para dentro com força. Fecho meus olhos e arfo, sentindo aquela sensação maravilhosa.

— Caralho, você é tão gostosa. — Ele rosna contra o meu pescoço e começa a estocar para dentro de mim exatamente como ele disse que faria:

forte, rápido e sedento.

Tudo o que posso fazer é apertar meus braços ao redor dos seus ombros, aumentar o aperto das minhas coxas na sua cintura, e me segurar enquanto ele começa a me foder contra a parede, minhas costas batendo a cada estocada dele na carne entre as minhas pernas.

Nunca transei dessa maneira antes. É animalesco e feroz, nós dois gemendo e grunhindo e fazendo barulhos que provavelmente poderiam ser ouvidos por cima da música que estava tocando no clube, e que consigo sentir pulsar pela parede contra as minhas costas.

Com cada impulso forte em mim, ele se enterra cada vez mais profundamente e rebola o quadril, roçando o osso púbico contra o meu clitóris até que meus gemidos aumentam e minhas unhas estão furando a pele das suas costas. Balanço meu quadril e me esfrego nele, enquanto PJ continua a me foder como um animal selvagem.

— Merda, Cin... tão... gostosa... cacete — ele geme, pontuando cada palavra com uma estocada do seu pau dentro do meu centro úmido.

PJ disse que não conseguiria se segurar, uma vez que estivesse dentro de mim, mas ele não tinha com o que se desculpar. Santa Mãe de Deus, eu nunca estive tão excitada. É irreal a maneira como ele me faz sentir enquanto me toma contra a parede. Cada metida, gemida, rosnado e murmuro que ele solta no meu pescoço me deixam cada vez mais perto do orgasmo que está crescendo e se preparando para explodir sobre mim, como nenhum outro antes. Cada coisa é um tesão, principalmente sabendo que ele não está se segurando, e não parece que ele estava sendo um cavalheiro comigo. Eu já tive muito cavalheirismo e tédio, e agora eu queria sexo de ver estrelas, e era exatamente aquilo que ele estava me dando.

Ele aperta as duas mãos na minha bunda, se enterrando cada vez mais profundamente enquanto abaixa meu corpo sobre o dele, me ajudando a me mover mais rápido contra ele, no ritmo das suas metidas entre as minhas coxas, uma atrás da outra, nunca diminuindo.

— Sim, sim, mais forte — eu canto, apertando PJ ainda mais forte e impulsionando o corpo contra o dele ainda mais rápido.

A cabeça do PJ ainda está enterrada no meu pescoço e o sinto lambendo e chupando a pele bem abaixo da minha orelha, enquanto ele continua a me tomar contra a parede, e isso faz com que eu perca o controle.

Meu orgasmo cresce rapidamente; consigo sentir o pulsar cada vez mais perto e mudo o ângulo do meu quadril, fazendo com que o pau do PJ fosse ainda mais para dentro, me esfregando mais forte contra o seu osso púbico.

Ele afasta a boca do meu pescoço e seus olhos se prendem nos meus, me observando gozar em seus braços. Forço-me a manter os olhos nele, mesmo querendo nada mais do que revirá-los com o PJ estocando em mim, apertando e esmagando a minha bunda enquanto eu me esfrego nele e rebolo o quadril, até que estou tremendo, no meu limite.

Meu orgasmo vem em ondas tão intensas que meus dedinhos do pé se contorcem e sinto meu corpo apertá-lo e pulsar ao redor do seu pau, onda após onda de prazer.

— AI, MEU DEUS, P...! — berro, enquanto o orgasmo corre pelo meu corpo de uma maneira tão devastadora que sinto que não poderia nem gritar as iniciais do nome dele, minha voz se perdendo na primeira letra.

Não pensei que ele poderia me foder mais rápido ou mais forte do que ele já estava me fodendo, mas ele provou que eu estava errada. Seu quadril provavelmente parecia um borrão total enquanto ele bombeava e impulsionava para dentro de mim em uma velocidade tão alucinante, até que segundos depois ele dá mais uma metida intensa, seus lábios fundidos nos meus enquanto ele me beijava durante o seu orgasmo.

Ele geme na minha boca e balança o quadril e dá mais uma última estocada antes de relaxar sobre mim, me pressionando ainda mais contra a parede. Eu o sinto pulsar dentro de mim enquanto ele inclina a cabeça para o lado e me beija doce e suavemente, rompendo o beijo depois de alguns minutos, para me observar.

— Puta merda, pensei que você ia me matar — ele murmura, com um sorriso, tirando uma das suas mãos da minha bunda e uma mecha de cabelo da minha testa.

— Eu? — pergunto, admirada. — Eu provavelmente não conseguirei andar por, pelo menos, uma semana.

Ele ri, suavemente, e sinto sua risada vibrar no seu peito ainda pressionado ao meu.

— Quero dizer... Sim, com certeza essa foi a melhor transa da minha vida, e juro por Deus que eu normalmente duro mais do que isso, mas não era a isso que eu estava me referindo. Você gritou pee[12]. Eu pensei que você precisasse fazer xixi, por isso acabei acelerando as coisas. Não queria que você fizesse xixi em mim. Então percebi que você estava gozando, e eu sou

---

12 Pee em inglês significa xixi.

um idiota — ele me diz, timidamente.

Reviro os olhos para ele, piscando quando ele se retira de mim, segura minha cintura enquanto eu tiro minhas pernas da sua, e lentamente me ajuda a ficar de pé.

— Não teríamos esse problema se você me dissesse o que significa PJ — reclamo, resgatando minha calcinha do chão e voltando a vesti-la.

Ele sorri para mim ao jogar a camisinha na lixeira embaixo da bancada de maquiagem, levanta e abotoa a calça, enquanto pego o robe e me visto, apertando o cinto ao redor da minha cintura.

— Desculpe, PJ é apenas PJ — ele fala, encolhendo os ombros, se aproximando de mim e me dando um selinho antes de segurar a minha mão e me puxar para a porta.

Provavelmente eu deveria me sentir estranha por voltar para o clube vestindo apenas um robe de cetim, mas isto é o que todas as dançarinas fazem depois das suas apresentações. Elas voltam para o clube e se misturam com os clientes, tentando convencê-los a pedir uma dança no colo. Meu plano é tentar convencê-los a solicitar os serviços do The Naughty Princess Club, usando os panfletos que Ariel tinha enfiado na sua bolsa.

— Tudo bem, PJ é apenas PJ. Então não se surpreenda se eu realmente fizer xixi em você na próxima vez. Será sua própria culpa, Homem do Golden Shower[13] — digo para ele, que cai na gargalhada, abrindo a porta e me puxando para o corredor.

Vou andar pelo clube depois de ter transado contra a parede e todo mundo vai saber, por causa da minha pele vermelha, cabelo pós-sexo e olhos brilhantes de satisfação, mas eu dancei em um clube de strip nesta noite, e a minha vagina está oficialmente sem paranhos.

Neste momento, sinto apenas felicidade.

---

13 Golden Shower – prática sexual no qual uma das partes envolvidas urina na outra por puro prazer sexual.

Capítulo vinte e cinco

NÃO SE FAÇA DE IDIOTA

— Vamos. Diga que eu sou uma cachorra safada.

— Não vou fazer isso.

— Diga agora ou vou te dar um soco na teta — falo para Ariel, jogando as mesmas palavras que ela sempre usa comigo.

Ela ri, balançando a cabeça, enquanto continua a mexer no meu notebook, que está na bancada da cozinha. Belle está sentada, quieta, do outro lado, anotando meus horários na agenda.

— Tudo bem. Você é uma cachorra safada e eu me curvo à sua grandiosidade. Agora vá pra lá e me deixe trabalhar — Ariel reclama. Suspiro e sorrio, contente, enquanto carrego a máquina de lavar com a louça do café da manhã.

Graças à minha performance no Charming's na semana passada, e pelo PJ ter andado comigo pelo clube e me apresentado a todos que ele conhecia naquela noite, estamos recebendo e-mails a torto e a direito, solicitando horários para festas. Quando Ariel descobriu que ele não estava bravo comigo por ter subido no palco e o que realmente aconteceu no camarim depois que ela tinha saído, ela ordenou que eu passasse a semana seguinte fazendo nada, a não ser me divertindo, enquanto ela cuidava dos negócios.

Com a Belle extremamente ocupada na biblioteca, tentando fazer o possível para mantê-la aberta, e eu passando basicamente cada minuto dos meus dias da última semana nua com o PJ, Ariel tem lidado com as coisas como uma profissional, respondendo a milhares de e-mails e atendendo a centenas de telefonemas. Estou um pouco assustada porque, até agora, sou a única princesa que foi solicitada para festas, mas faz sentido, já que todas essas pessoas eram clientes que estavam no Charming's na noite da minha apresentação. Meu primeiro trabalho é no próximo final de semana, na cidade vizinha, para uma despedida de solteiro, e contanto que eu não ferre com tudo, sei que será apenas uma questão de tempo até que a propaganda boca a boca comece a correr.

Parece meio estranho que, de nós três, fui eu quem deu o primeiro passo e me coloquei na linha de fogo. Eu tinha certeza de que seria a Ariel, mas ela tem agido estranho desde aquela noite no Charming's. Já perguntei algumas vezes quando ela faria as honras, mas ela continua me dizendo que será "logo".

Nós três decidimos que ninguém aceitaria marcar presença em festas até que subisse no palco do Charming's, para se livrar das inseguranças e para praticar, antes de fazermos nossas próprias festas.

Atualizei o site ontem, colocando "Disponível!" na minha foto, e "Logo Mais!" nas fotos de Ariel e Belle. Não é como se a Ariel tivesse inseguranças, e ela nem deveria ter, porque pelo amor de Deus, o corpo dela é para matar. Mas ainda assim colocamos essa regra, como um ritual de passagem, e a cumpriremos. Eu tinha certeza de que ela correria para agarrar a chance de fazer o mesmo logo depois de mim, mas ela nem se mexeu. Mesmo assim, tentei tocar no assunto mais uma vez.

— Então, você quer que eu fale com o PJ e marque uma apresentação para você no clube? — pergunto, suavemente, enquanto ela continua a responder e-mails e nem olha para mim.

— Não. Estou bem assim.

Com um suspiro, puxo uma banqueta e me sento ao seu lado.

— O que está acontecendo?

— Não tem nada acontecendo. Só estou ocupada. O seu corpinho sensual está nos dando um monte de trabalho, e eu preciso responder a esses e-mails — a ruiva explica, mas eu sei que ela está mentindo.

— Ariel...

— Caramba, você é irritante — ela me interrompe com um bufo, fechando o notebook e olhando para baixo, ainda se recusando a olhar para mim. — Tive que vender uma coleção inteira das minhas antiguidades essa semana, para pagar a minha hipoteca. Eu sei, é idiota e são apenas objetos, mas isso me deixa puta. E não se atreva a sentir pena de mim. Nós todas temos problemas. Neste momento, acho que é melhor que eu fique nos bastidores, para que o meu mau humor não contamine os clientes e os assuste. Foque a sua energia na Senhorita Rata de Biblioteca ali. Impedir que a biblioteca da cidade feche e tirar a Belle do porão do pai é muito mais importante do que um monte de coisas antigas. Operação Libertar Belle do Porão começa agora.

Viramos para Belle e a observamos bater nervosamente a ponta do lápis contra a bancada da cozinha.

— Vocês sabiam que as fêmeas de cangurus têm três vaginas? E que os romanos costumavam limpar e clarear os dentes com urina? Além disso, o botão *curtir* do Facebook foi originalmente planejado para se chamar *incrível*. — Ela divaga, sem levantar os olhos da agenda.

— Belle, o que tem de errado? — pergunto, imediatamente, a preocupação transparecendo na minha voz enquanto ela rabisca o calendário, ainda evitando contato visual.

— Não tem nada de errado. Por que você acha que tem alguma coisa errada? Estou bem. Está tudo bem — ela responde, com um sorriso.

Sinto-me a pior amiga do mundo. Todo esse tempo eu reclamei sobre os meus problemas financeiros, quando Ariel e Belle estavam lutando tanto quanto eu para fechar as contas no fim do mês, e ainda assim, elas não disseram uma única palavra. Ariel não fala muito sobre a loja de antiguidades que ela tinha, e sempre nos reuníamos na minha casa, então eu nunca vi as coisas dela, mas eu sei como é difícil vender seus objetos pessoais apenas para evitar se afogar nas contas. Posso apenas imaginar como devastador deve ser para a Ariel, sabendo que essas coisas eram importantes para ela. Objetos que ela passou anos procurando e colecionando. E não vou nem falar sobre a Belle e como, aos vinte e cinco anos, ela ainda deixa que o pai mande e desmande na sua vida. Ela definitivamente *não* está bem.

Claro, ela ainda solta fatos aleatórios do nada, mas, pela primeira vez, eles não têm nada a ver com o que estamos falando, o que é um enorme sinal de alerta. Ela está distraída, nervosa, e escondendo algo de nós, mas não quero pressioná-la se ela ainda não está pronta para falar sobre isso.

— A boa notícia é que temos pedidos chegando e tudo ficará bem para *todas* nós logo mais. Vamos ganhar uma tonelada de dinheiro e então você pode ir comprar todas as suas coisas de volta — falo, gesticulando para Ariel, antes de voltar a minha atenção para Belle. — E você vai encontrar um lugar maravilhoso para viver, enquanto salva a biblioteca da cidade. E tudo ficará perfeito novamente.

— Você está tão brega e feliz, agora que está rolando na cama com o PJ, que eu chego a ficar enjoada. Eu, literalmente, sinto que vou vomitar, se você não sair daqui. Você não tem um encontro ou algo do tipo? — Ariel pergunta.

E assim, a campainha toca e o frio na barriga reaparece.

— Não é um encontro. Ele vai me levar para conhecer a mãe. — Eu a lembro, descendo da banqueta e passando as mão pela frente do meu vestido.

É outro vestido transpassado como aquele de que o PJ gostou tanto, mas dessa vez era na cor azul-claro e não tinha um decote tão profundo. Mostrar tanta pele não era algo que parecia certo, para conhecer a mãe dele. Além disso, desde que dancei com aquela calcinha e sutiã azul-claro rendados, PJ me disse que essa era a sua nova cor favorita para mim.

— Caramba, levar você para conhecer a mamãe. Então vocês dois estão oficializando as coisas? Ele já te deu o anel de formatura dele? Pediu para levar os seus livros para a aula? Quando será o casamento? — Ariel brinca.

— Não estamos oficializando nada. Estamos só... indo passo a passo. Honestamente, eu nem sei o que somos. Não sei o que estou fazendo, então estou deixando que ele vá na frente. Não quero supor que isso é sério só porque estamos transando.

— Querida, ele está levando você para conhecer a mãe. É sério. Ele provou da sua doce e cheirosa vagina e agora está apaixonado. — Ela cai na risada.

— Cale a boca, ele não está apaixonado. Ninguém está apaixonado. Não tem amor rolando em lugar algum, então tire isso da sua cabeça — falo para ela, aborrecida, nem sabendo se acredito nas palavras que saem da minha boca.

No começo, eu era tão superficial quanto qualquer outra mulher por aí: eu estava atraída por ele porque ele era gostoso. Mas a cada momento que eu passava com ele, o sentimento começou a crescer e se transformar em algo mais. Não é apenas a sua aparência que me atrai, embora fosse um belo ponto positivo. Eu me atraí pela sua confiança em mim. Estou atraída pela maneira como ele me desafia e me faz ser a pessoa que eu quero ser, pela maneira como ele cuida de mim, sem que eu deixe de fazer as coisas que eu quero. Desde o dia em que nos conhecemos, quando eu estava caindo desmaiada no jardim e não consegui apreciar a visão completa, seu instinto natural foi pular o cercado e me segurar antes que eu me machucasse. Todo mundo na minha vida, antes dele, teria ficado parado me vendo cair, mas com o PJ, algo me diz que ele sempre estará lá para me apoiar, se eu precisar dele.

— Como estou? — pergunto, quando a campainha toca novamente.

— Você está adorável — Belle me responde.

Sua expressão nervosa, de minutos atrás, foi substituída por um sorriso sonhador enquanto me observa, e isso faz com que eu me sinta menos culpada.

— Você está ótima. Eu pegaria você — Ariel diz e encolhe os ombros.

— Não se faça de idiota. E se você ver os sinais de que ele é um menininho da mamãe, não me importo com o quão enorme é o pau dele: corra. Corra para as colinas.

— E o que exatamente seriam esses sinais de menininho da mamãe? — pergunto, enquanto caminho para a porta.

— Não sei. Se ele sentar no colo dela e ela o amamentar. Provavelmente esses são grandes sinais de aviso.

— Por Deus, você precisa parar de sair em encontros do Tinder — murmuro do corredor.

— NÃO IMPORTA O QUE ELE DIGA, NÃO ACREDITE QUANDO ELE DIZ QUE É NORMAL E QUE TODO MUNDO FAZ! — ela grita da cozinha, enquanto eu abro a porta da frente.

Nunca vou me acostumar com a visão desse homem me olhando como se não pudesse ter o suficiente de mim. Ele me olha dos pés à cabeça e então pega a minha mão, me puxando contra o seu corpo e passando os braços ao meu redor.

— Você tinha que usar essa cor, não é? Não acho que a minha mãe gostará de me ver por aí com uma ereção durante o almoço, ou sumir com você no banheiro para te foder sobre a pia — ele me diz, antes de baixar a cabeça e me beijar.

— Ai, meu Deus, vocês são tão nojentos. — Anastasia fala, ao descer as escadas. Nos afastamos, mas PJ ainda mantém seu braço ao redor da minha cintura.

— Tem certeza de que não quer vir com a gente, querida? — PJ pergunta. — Minha mãe faz uma torta de maçã de matar.

Meu corpo literalmente se derrete contra ele e quero me beliscar, para ter certeza de que não estou sonhando. Embora PJ e eu tivéssemos passado muito tempo juntos e nus na última semana, ele também fazia questão de incluir a minha filha sempre que possível. Você sabe, quando nós *não* estávamos nus e nos engalfinhando. Porque, eca.

Nós três tínhamos ido ao cinema, jogar minigolfe, e na noite passada, nos enrolamos no sofá para assistir a um filme.

Descobri, mais tarde naquela noite, depois que o PJ foi para casa e eu fui dar boa noite para a Anastasia, que em algum momento durante a noite, quando eu tinha ido ao banheiro, ele tinha conversado abertamente com ela, se assegurando de que ela estava ok por ele passar tanto tempo aqui, com nós duas. Ele garantiu que faria todo o possível para nunca nos machucar, e que se ela alguma vez precisasse de algo, não deveria pensar duas vezes antes de falar com ele.

Anastasia tentou fingir que era uma coisa banal, me dizendo que ele era um pateta e que ela não conseguia acreditar que eu gostava de alguém tão esquisito, mas ela não conseguia esconder a felicidade, que estava estampada em seu rosto, quando falava dele. O fato de que isso era algo que o pai dela deveria fazer me deixava com raiva. Algo que ele deveria ter feito a vida toda — prestar atenção na filha e ter certeza de que ela se sentia segura, amada e incluída. Mas ele nunca fez isso. E é só ele que sai perdendo. Estou tão agradecida de que PJ entende o quão importante ela é para mim.

— Tenho um projeto de ciências para entregar amanhã. Posso ir na próxima vez? — Anastasia pergunta, com um olhar esperançoso.

— Claro. Vou falar com a minha mãe, para ver se ela está livre na semana que vem. O que você acha disso? — PJ pergunta para ela, enquanto eu pego a minha bolsa, que estava na mesa do lado da porta.

— Para mim está ótimo, mas é melhor que vocês dois mantenham essas bocas afastadas ou vou pular para fora do carro — Anastasia murmura, pulando o último degrau, cruzando o corredor e indo para a cozinha.

— Acho que ela gosta de mim — PJ diz, com um sorriso, enquanto vamos para fora e seguimos para a sua caminhonete estacionada na entrada da garagem.

— Ah, você é tão fofo. Só lembre que semana que vem é época de TPM aqui em casa, quando ela ameaçar cortar as suas bolas com uma faca. — Dou risada quando ele abre a porta para mim, com um olhar horrorizado no rosto.

— Será que me salvo se comprar umas dez barras de chocolate, abrir a porta do quarto dela, jogar as barras lá dentro e sair correndo? Você não pensaria menos de mim, não é? — PJ pergunta, assim que eu me sento no banco.

— Essa é provavelmente a sua melhor opção.

— Excelente. Vamos parar em uma loja a caminho de casa.

Ele se inclina para dentro do carro e me dá um beijo rápido na bochecha antes de fechar a porta, e eu o observo dar a volta no carro e ir para o lado do motorista. De maneira nenhuma estou apaixonada por ele ou ele por mim. É muito cedo. É loucura até considerar essa ideia.

Mas quando penso em como ele é com a Anastasia e comigo, sei que é muito mais do que tesão. Um homem que acredita em você e faz com que você siga seus sonhos, que apoia as suas decisões e que deixa você ser quem realmente é, é um homem que você nunca deveria largar.

Depois que o PJ entra no carro e dá a partida, ele procura pela minha mão e entrelaça nossos dedos em cima da sua coxa, enquanto sai com o carro da minha garagem.

Aperto a sua mão e observo o seu perfil, desejando poder segurá-lo tão forte quanto.

Capítulo vinte e seis

FALANDO EM SEXO...

O almoço com a mãe do PJ foi incrível.

Assim que chegamos na casa e ela abriu a porta, eu soube que não tinha razão alguma para me sentir nervosa.

Considerando que ela me puxou para um abraço, e as primeiras palavras que ela disse foi que ela podia sentir que eu tinha ótimos peitos, claramente eu não tinha razão para me preocupar em dizer algo ou me fazer de idiota.

O pobre do PJ ficou tentando domar a mãe o tempo todo, enquanto comíamos a melhor lasanha caseira que eu já tinha experimentado, seguida de uma torta de maçã quentinha que era de outro mundo. Mas ela não se importava, falava para ele, diversas vezes, parar de dizer o que ela deveria fazer.

Sim, já estou apaixonada por Luanne Charming.

— Então, nesse momento, eu sentia como se não tivesse mais nada a perder. Subi naquele palco, chacoalhei minhas meninas e ganhei mais dinheiro do que em qualquer outro emprego que já tive — Luanne diz, com uma risada, terminando sua história de como ficou grávida no último ano da escola e o que fez depois que os pais a expulsaram de casa, enquanto PJ se movia pela cozinha, tirando os pratos da mesa.

— Bem, eu sei que não deve ter sido fácil, mas você fez um ótimo trabalho criando o seu filho. — Sorrio para ela quando o PJ para ao lado da minha cadeira, se inclina e dá um beijo no topo da minha cabeça.

— E você está fazendo um ótimo trabalho com esse seu novo negócio. PJ me contou tudo sobre isso, e dei uma olhadinha no seu site ontem à noite. Vou dizer uma coisa: se eu ainda estivesse no meu auge, pediria uma vaga para você. Trabalhei em alguns locais horríveis, mas Deus é testemunha, eu ia lá e tirava as minhas roupas e dançava para as pessoas — a mãe do PJ diz, com um suspiro.

— E eu a contrataria no mesmo segundo. Sou obrigada a dizer que a senhora está incrível, Senhora Charming.

Desde o momento em que ela abriu a porta, eu queria perguntar qual era o seu segredo. Fazendo as contas de cabeça, eu sabia que ela tinha cinquenta e cinco anos, mas ela não parecia ter, nem um dia a mais, do que quarenta anos. Sua pele era maravilhosa, seu cabelo escuro era da mesma cor que o do PJ e tinha um corte moderno e não havia um único fio grisalho, e o seu corpo era algo que eu rezava para ter quando chegasse na mesma idade. Ela tinha uma cintura minúscula, curvas que eram de matar, e pernas quilométricas.

— Ah, pare com essa história de Senhora Charming — ela diz, acenando com a mão. — É Luanne. Ou, sei lá, mãe também serve. Eu sempre quis uma filha. — ela dá um olhar duro na direção do filho e ele ri.

— Mãe. — PJ solta o aviso, suavemente, mas seu sorriso desmente a intenção do seu tom.

— Ele nunca trouxe uma mulher para me conhecer — Luanne me informa, enquanto PJ coloca os pratos em uma pilha no canto da mesa antes de voltar a sentar ao meu lado, descansando um braço no encosto da minha cadeira. — Nunca teve ninguém tão sério, pois estava muito ocupado salvando as strippers e mães solteiras.

Olhei para PJ esperando que ele contestasse, achando muito difícil de acreditar que aos trinta e seis anos, ele nunca tenha estado em uma relação séria ou apresentado alguém para a mãe.

Ele encolhe os ombros, passando as mãos lentamente pelas minhas costas.

— Ela está falando a verdade. Nunca conheci alguém que valesse a pena levar para casa e apresentar à minha mãe. Também nunca conheci alguém que fosse forte o bastante para lidar com ela e a sua lábia.

Enquanto Luanne pega uma luva de forno, da mesa, e joga no PJ, uso todas as minhas forças para ficar calma e não começar a chorar.

Ele acha que eu valho a pena.

— Acho que vocês terão os bebês mais lindos — Luanne diz, com um suspiro. Minha cabeça voa na sua direção e a encaro, espantada. — Espero que vocês estejam fazendo um monte de sexo. Vocês são jovens e atraentes. Vocês nem deveriam estar aqui neste momento, para falar a verdade. Vocês deveriam estar em casa, transando que nem coelhos.

— Pelo amor de Deus, mãe! — PJ murmura, cobrindo os olhos com a mão. — Agora você vê por que nunca trouxe ninguém para casa?

— Falando em sexo...

— Preferiria que não falássemos — PJ fala, interrompendo-a com um gemido. Mas Luanne continua como se nem o tivesse escutado.

— Desde quando esse negócio de *bedazzling* vaginal[14], chicotinho, algemas, sexo com vela, etc., virou um negócio tão grande? O que aconteceu com a boa e velha trepada? — ela pergunta.

— Eu não quero nem saber como você sabe o que é *bedazzling* vaginal — PJ murmura, baixinho.

— Encontrei-me com aquelas senhoras adoráveis, Bev e Bobbie, no bingo das drag queens outra noite, e elas me ensinaram umas coisinhas novas. É fascinante as coisas que as pessoas podem fazer entre quatro paredes, nos dias de hoje. Vocês já ouviram falar sobre um balanço erótico? — ela pergunta.

— Ok, acho que essa é a deixa para irmos embora. — PJ se levanta rapidamente e pega a minha mão.

— Você adora acabar com o clima — sua mãe diz, enquanto nos acompanha à porta.

Ela nos abraça e beija, e quando já estávamos abrindo a porta para sair, paro e me viro para ela.

— Luanne, o que PJ significa?

Ela abre a boca para responder, mas PJ pega na minha mão e abre a porta.

— Amovocêmãetemosqueir — ele diz, correndo, antes de fechar a porta rapidamente. PJ então se vira e me dá um sorriso amarelo.

— Isso foi muito rude. Ela estava a ponto de me falar sobre o seu nome.

Entrelaçando seus dedos nos meus, ele desce as escadas comigo.

— Meu nome é PJ.

— Você é tão irritante — murmuro, enquanto entramos no carro.

O caminho de volta para a minha casa é silencioso, e eu olho pela janela, relembrando o que aconteceu no almoço.

— Você está bem? Minha mãe não assustou você, assustou? — PJ pergunta.

Balanço a cabeça, dizendo que não.

— Eu tenho inveja de você — sussurro, depois de alguns minutos, observando a paisagem do lado de fora. — Nunca tive isso enquanto crescia.

— Nunca teve o que, querida? — ele pergunta, colocando a mão na minha coxa e me dando um aperto tranquilizador.

A maneira como ele me chama de *querida*, com sua voz doce e suave,

---

14 Bedazzling vaginal – termo para se referir à moda de decoração vaginal. Aplicar pedrarias na área da vagina.

cheia de preocupação por mim, é algo que eu não sei como lidar. Ninguém nunca se preocupou comigo antes. Não dessa maneira. Não como se sinceramente se importasse, e não só por dizer. Estou ficando emocional e isso me faz pensar em coisas que faz muito tempo que não penso.

— Alguém que me amasse incondicionalmente. Alguém que faria o que fosse preciso para que eu fosse feliz e bem cuidada, mesmo que para isso tivesse que viver de strip-tease em algum clube nojento, noite após noite — digo para ele, suavemente, finalmente afastando meus olhos da janela e parando no seu rosto enquanto ele dirigia, relanceando o olhar para mim de tempos em tempos para checar se eu estava bem. — Minha mãe faleceu me dando à luz, então eu nunca a conheci. Já vi algumas fotos dela, e meu pai sempre falava dela, mas ela é mais como uma ideia do que uma pessoa. Apenas uma imagem em uma fotografia, com quem eu me pareço, mas não tenho nem ideia de como era o som da sua voz ou da sua risada. Ele se casou novamente quando eu tinha dez anos e eu pensei: finalmente! Uma mãe. Alguém que me ensinaria a cozinhar, me levar para fazer compras, me mostrar como me maquiar e fazer coisas de meninas, que meu pai nunca fez. Ela até tinha duas filhas que eram alguns anos mais velhas do que eu, e pensei que tinha ganhado na loteria. Uma mãe *e* irmãs.

Faço uma pausa, tentando juntar meus pensamentos, imaginando por que eu estava vomitando tudo aquilo em cima dele. Vê-lo com a mãe hoje me deixou um pouco triste. Me fez desejar ter o que ele teve. E também me fez desejar que ele soubesse tudo sobre mim, as coisas boas e as ruins. Embora eu quisesse contar tudo para ele, não queria ver a sua expressão enquanto eu contava, então viro a cabeça e volto a olhar pela janela.

— Nos primeiros meses elas eram maravilhosas. Nos demos superbem e era como se tudo tivesse saído de um conto de fadas. Só que então meu pai faleceu repentinamente, de um ataque cardíaco, e tudo foi pelo ralo. Eu me tornei a garota que era deixada de lado e era praticamente uma escrava, enquanto elas gastavam cada centavo das economias do meu pai e do seu seguro de vida. Tivemos que vender a nossa casa. Não era uma mansão enorme ou qualquer coisa do tipo, mas era tudo o que eu conhecia. Todas as minhas lembranças com o meu pai estavam naquela casa, e um dia, elas sumiram. Todos os momentos felizes, todos os meus brinquedos, as fotos do meu pai com a minha mãe desapareceram, e nós quatro acabamos enfurnadas em um trailer de dois cômodos em um estacionamento na pior parte da cidade.

PJ esfrega a minha coxa com a palma da mão, e eu fecho meus olhos e deito a cabeça no encosto do banco.

— Elas não me queriam, e deixaram isto perfeitamente claro todos os dias da minha vida, mas elas estavam presas a mim, já que eu não tinha família. E minha madrasta começou a gostar do cheque que recebia todo mês, do governo, para ajudar nas minhas despesas. — Recordo-me de que quando o correio chegava, aquele dinheiro era gasto em alguma coisa idiota, que nem era necessária, em vez de comprar comida, água ou pagar as contas da energia elétrica. — No minuto em que fiz dezoito anos e pude sair de lá, corri o mais rápido que pude e nunca mais olhei para trás. Trabalhei em dois empregos para manter um telhado sobre a minha cabeça, um apartamento minúsculo e nojento, e eu sabia que faria qualquer coisa para me assegurar de que não voltaria a viver daquela maneira. Então conheci o Brian um ano depois, e engravidei da Anastasia. Ele me fez promessas. Tantas promessas que uma garota de um estacionamento de trailers se agarrou como se fosse a última garrafa de água no deserto. Eu queria alguém que me amasse, que quisesse me manter segura, e ele me deu isto. E então eu passei o resto do nosso casamento me transformando em alguém que não era, apenas para que o amor e a segurança não fossem embora.

Solto uma respiração profunda e viro a cabeça para olhar para o PJ enquanto ele para na entrada da minha garagem, estaciona a caminhonete e deixa o motor ligado.

Inclinando-se sobre o banco, ele tira uma mecha de cabelo da minha testa e deposita ali um beijo, que dura alguns segundos, antes de se afastar e encostar a testa na minha.

— Não quero que a Anastasia pense que ela tem de depender de alguém para ser feliz, ou ter medo de ser quem ela quiser ser. Quero que ela aprenda a ser forte e independente, a tomar suas próprias decisões e fazer as coisas por si mesma, sem nunca mudar para se enquadrar nas ideias que as pessoas têm de como uma esposa ou uma mulher deve ser, ou como elas devem agir — explico para ele. — Eu sei que nem todos terão orgulho do The Naughty Princess Club, mas eu tenho, e eu sei que a minha filha também terá, e é isto o que importa.

PJ afasta a cabeça e pega meu rosto com as mãos.

— Você me impressiona — ele sussurra. — A cada dia, cada minuto que passo com você, vejo você fazer exatamente o que se propôs, tão forte e confiante e segura de si mesma, e isto me deixa maravilhado. Anastasia vai crescer para ser uma mulher incrível, porque você já mostra para ela como uma mulher forte, independente e incrível deve ser, e você é uma mãe maravilhosa.

Meus braços envolvem os ombros do PJ e ele me pega pela cintura enquanto nos aproximamos ainda mais e eu viro meu rosto para encostar a minha bochecha no seu ombro.

— Obrigada. — Agradeço, suavemente, olhando para fora da janela, e vejo Anastasia e Ariel saindo de dentro de casa.

Saio da segurança do abraço do PJ e aponto para as duas dando risadinhas enquanto cruzavam o jardim. PJ desce o vidro da janela quando elas chegam ao lado da caminhonete.

— Então, mãe, a Ariel me ensinou alguns movimentos de dança enquanto você estava fora. Quando poderei me juntar aos negócios da família? — Anastasia pergunta.

— Ariel! — grito para a minha amiga, enquanto ela dá de ombros.

— O quê? Ela queria aprender a dançar como uma stripper, então mostrei para ela como se dança como uma stripper. Está tudo bem. Não a deixei tirar as roupas. Ela é menor de idade, e eu não sou um monstro nem nada do gênero — Ariel responde.

— Chega de aulas de strip para a minha filha. — Repreendo-a.

— Nossa, mãe, se acalme. Quando você se aposentar, alguém precisará cuidar das coisas por aqui — Anastasia diz.

— Talvez eu devesse ter esperado que ela fosse mais velha, para sentar com ela e explicar sobre o The Naughty Princess Club. Tipo, trinta anos. Ou nunca — sussurro para PJ.

— Sério, você não tem com o que se preocupar. A sua filha parece que tem dois pés esquerdos e o ritmo de um bêbado drogado. Foi difícil de assistir. — Ariel faz uma careta, que lhe garante um soco no braço, vindo da minha filha.

PJ e eu observamos as duas implicarem enquanto voltam para a casa, e logo saímos do carro para segui-las.

— O que você estava dizendo sobre eu ser uma mãe maravilhosa? — pergunto, dando um suspiro, sentindo os braços do PJ apertarem ao redor dos meus ombros.

— Ah, vai ficar tudo bem. Vamos dar umas barras de chocolate para ela e logo ela vai esquecer esse assunto.

Capítulo vinte e sete

PÉ DE FÍCUS HUMANO

Rebole os quadris. Faça contato visual com os homens na sala, que estão assistindo. Deslize suas mãos sensualmente sobre os seios. Incline-se e volte a se endireitar lentamente.

— Ai, meu Deus, os seus sapatos são tão lindos!

Minha conversinha motivacional é interrompida quando me inclino e meus olhos param nos adoráveis saltos pretos com renda que delineiam as pernas de Staci, a mulher em cujo colo estou sentada.

Com a minha bunda na sua virilha, suas mãos nos meus quadris e de costas para ela, estou tão inclinada nas suas pernas que meus peitos chegam a estar pressionados contra os joelhos dela.

— Obrigada! Comprei na Rack Room[15]. Cinquenta por cento de desconto.

Endireito-me e encosto as minhas costas no peito dela quando a mulher levanta uma das pernas na nossa frente, no meio dos meus joelhos, girando o tornozelo para que eu possa dar uma olhada melhor naqueles sapatos maravilhosos.

— Será que tem em vermelho? Eu tenho um sutiã vermelho combinando com uma cinta-liga que cairiam muito bem com esses sapatos.

Alguém limpa a garganta do outro lado da sala e levanto o olhar para encontrar o PJ parado no canto, com os braços cruzados e uma sobrancelha levantada.

Achei que eu ficaria nervosa pra caramba ao dançar na minha primeira festa oficial com o The Naughty Princess Club, mas assim que cheguei e vi que era uma despedida de solteira com ambos os noivos, meu nervosismo desapareceu no mesmo instante. Ajudava que tivessem outras mulheres aqui. *Sororidade* e toda essa coisa. E também não fazia mal que o PJ decidiu vir comigo e agir como meu guarda-costas. Esta era uma das regras que ele tinha imposto enquanto me ajudava com os termos e condições do nosso site. Eu ainda não o deixava me dizer o que fazer, mas quando ele explicou que uma mulher linda e sensual entra sozinha em um ambiente cheio de

---

15 Rack Room – famosa loja varejista americana de sapatos.

estranhos, na sua maioria homens bêbados, a segurança era um problema, e eu entendi de onde isso vinha. Até que estivéssemos ganhando dinheiro suficiente para contratar alguém, PJ me acompanharia, ficando no canto, como ele estava neste momento, enquanto eu trabalhava.

Honestamente, meus nervos se abalaram um pouco quando entrei na casa e descobri que conhecia um dos convidados. O que eu faria se entrasse aqui e um dos professores da Anastasia estivesse sentado no sofá, batendo no colo para que eu sentasse? Será que ele esperaria que eu dançasse para ele na próxima reunião de pais e professores, para fazer a nota da Anastasia subir de sete para dez? E se o educado e tímido jovem de dezoito anos que embala as minhas compras no mercado e que me chama de senhora, abrisse a porta quando eu tocasse a campainha, e na próxima vez que eu fosse passar pelo caixa ele me desse uma piscadinha quando visse que eu comprei pepinos? Quero dizer, eu realmente não uso pepinos, ou qualquer outra coisa nas minhas danças, mas ainda assim. É pelo princípio da coisa.

Ainda bem que a casa colonial era localizada a dois bairros de onde eu morava e estava cheia de estranhos. O padrinho e a madrinha, que eram, felizmente, casados, me deram boas-vindas à sua casa e imediatamente me ofereceram algo para beber. Aceitei e logo me foram entregues duas doses de vodca, e eu as virei como uma profissional. Não me julgue. Eu sou dona dessa empresa e se eu quiser beber no trabalho, eu beberei no trabalho.

A sala estava cheia com as pessoas que participariam da festa: seis homens e seis mulheres, incluindo o noivo e a noiva. Assim que eu entrei, todos se apresentaram, fizeram piadas, me contaram um pouco sobre cada um, e fizeram com que eu me sentisse em casa. Depois de mais uma dose de vodca — sério, quem quer que tenha inventado essa bebida com sabor de baunilha, merece ter um feriado nacional com o seu nome —, puxo a playlist que tinha deixado preparada e conecto no sistema de som da casa. Está tudo bem — a Ariel supervisionou a lista, e graças a Deus, ela só tinha vetado três das minhas escolhas.

Assim que a primeira música começou a tocar, que era a mesma que tocou no Charming's naquela tarde em que PJ me deu o primeiro orgasmo em anos, deixo a música tomar conta de mim e começo a trabalhar. Era excitante e empoderador, não vou mentir: eu ficava incrivelmente excitada com cada peça de roupa que ia tirando. Meu olhar voava para o PJ a cada poucos segundos enquanto eu me mexia e, eventualmente, eu estava só de sutiã branco de renda, com alças fininhas, e uma calcinha boxer branca, também de renda, com tiras pink que circulavam meus quadris.

PJ limpa a garganta mais uma vez e percebo que a noiva ainda está falando sobre como ela conseguiu os sapatos, enquanto eu me lembrava de rebolar no colo dela. PJ me dá um pequeno sorriso do canto escuro da sala, enquanto eu reviro os olhos para ele e volto a trabalhar.

— O seu marido é tão gostoso — Staci sussurra e dou uma batidinha em seu colo com o meu corpo, esfregando as minhas costas contra o seu peito enquanto levanto um braço e coloco suavemente atrás da sua cabeça.

Corro meus dedos pelo seu cabelo e continuo a me mover, dando uma piscadinha para o PJ quando ele muda o peso do corpo de um pé para o outro e sutilmente ajeita a calça.

— Ele não é meu marido. Estou usando-o pelo sexo.

Sinto a risada da Staci ressoar pelo seu peito pressionado contra as minhas costas.

— Melhor ainda.

A música termina e lentamente saio do colo dela. Dou uma voltinha, sorrindo, enquanto todos na sala aplaudem e assoviam, e seguem uma divertida discussão sobre quem seria o próximo.

— Obrigada por fazer com que a minha primeira dança, oficialmente falando, não fosse tão ruim quanto pensei que seria — falo para a noiva.

Ela se levanta da cadeira que coloquei no meio da sala, e nos viramos para o seu futuro marido, que não tinha tirado os olhos dela o tempo todo, enquanto eu dançava.

— Obrigada por dar ao Todd um ótimo material imaginário para as noites em que estou cansada demais ou com dor de cabeça.

Nós duas rimos e eu aponto para a minha próxima vítima, e espero que ele se sente na cadeira que Staci deixou vazia.

Pela próxima hora faço meu trabalho, dando a cada pessoa naquela despedida de solteiro uma maravilhosa dança no colo, na minha opinião. Depois de me vestir no lavabo da sala, pego meu pagamento e a generosa gorjeta que o padrinho deixou, e desejando um casamento próspero para os noivos, saio com PJ pela porta e respiro o ar noturno.

Ele não disse uma única palavra para ninguém quando nos despedimos, mas acenou com a cabeça antes de me levar para fora da casa. Ele segue em silêncio enquanto caminhamos pela calçada e continua calado ao segurar a porta para que eu entre na caminhonete, esperando até que eu esteja com o cinto de segurança para fechá-la.

Eu não estava nervosa por tirar as minhas roupas na frente daquelas pessoas e dançar no colo delas, mas agora que estou completamente vestida e o PJ não está falando, me sinto enjoada enquanto o vejo dar a volta na caminhonete e ir para trás do volante, batendo a porta tão forte que o carro todo chacoalha.

Ele está bravo por eu ter me jogado naquelas danças? Não é como se alguma daquelas pessoas tivesse me dado tesão. Eu estava excitada porque o PJ estava me observando e por pensar nas vezes que também dancei em seu colo. Ele estava com ciúmes? Eu não dei aos clientes o mesmo tipo de dança que dou para ele. Mas mesmo assim estava no colo deles, rebolando a minha bunda, esfregando meus peitos na cara deles, e tudo o mais que engloba esse trabalho.

E já que foi ele quem nos ajudou a formular as regras e exigências, que incluem não tocar nas dançarinas, não é como se alguém tivesse colocado as mãos em mim. Bem, a não ser pelas mulheres. Joguei essa regra pela janela para elas porque, bem, são mulheres. Como eu não jogo nesse time, não acho que isso será um problema. E sério, elas só seguraram nos meus quadris de vez em quando, não é como se elas tivessem esfregado as mãos em mim. Sabia que poderia ser uma ideia ruim ter o PJ comigo, agindo como meu guarda-costas. Uma coisa é você saber que a mulher com quem você está dormindo dança para outras pessoas. Mas é uma coisa completamente diferente você testemunhar, ser forçado a ficar no canto sem dizer ou fazer nada, a menos que você tivesse que intervir porque as coisas estavam passando dos limites.

— Você está bravo?

No interior escuro da caminhonete, com apenas as luzes da rua iluminando o seu rosto, vejo que ele tensiona o maxilar antes de me olhar e finalmente falar.

— Não.

Ótimo. Resposta monossilábica. Se isto é não estar bravo...

— Por que você acha que estou?

Tudo o que eu quero é gritar: *Porque a sua voz está baixa e impaciente, e mesmo que isto esteja me deixando excitada e querendo montar em você, não sou idiota, você definitivamente está bravo com o que viu. Como você se atreve a ficar bravo comigo, quando sabia a que estava se candidatando, seu cara irritante?!*

Ainda bem que não grito nada disso. Respiro profunda e calmamente e falo como a adulta racional que sou.

— Porque tem uma veia saltando na sua testa a noite toda, e eu pensei seriamente que arruinaria as minhas chances de conseguir uma gorjeta caso ela explodisse. Tirar manchas de sangue das paredes e dos tapetes é bem caro, pelo que eu ouvi falar.

Vejo suas mãos se apertarem ao redor do volante algumas vezes, antes que uma delas se soltasse e fosse direto para a parte de trás do meu pescoço e me puxasse contra ele.

Nossos lábios se colidem e minha boca imediatamente se abre para ele. Deixo escapar um gemido suave quando a sua língua dança ao redor da minha, levo minhas mãos para a camisa, agarrando a gola e o puxando para mais perto. PJ aprofunda o beijo, então eu esqueço que estou brava, porque ele está bravo, e apenas aproveito o momento — o gosto dele, o calor do seu corpo, a maneira como a sua mão na parte de trás do meu pescoço agarra um punhado de cabelo e ajusta a minha cabeça, para que ele possa me devorar. Bem quando eu pensei que estava pronta para empurrá-lo, para que eu pudesse subir nele, sem me importar de ainda estarmos na saída da garagem do meu cliente, PJ termina o beijo com selinhos suaves nos meus lábios inchados, afastando a cabeça para olhar nos meus olhos.

— Não estou bravo. Estou sexualmente frustrado, depois de ter ficado parado lá no canto da sala, fingindo que era um pé de fícus, enquanto assistia a você tirando as roupas e dançando como uma deusa. Eu definitivamente não estou bravo. Estou orgulhoso de você. E com tesão. Mas muito orgulhoso.

Sorrio para ele, minha mão descendo pelo seu peito, sentindo seu abdômen, e descansando a palma na impressionante prova da sua excitação, que ameaçava explodir o zíper da sua calça jeans.

— Você jura que não está nem um pouquinho bravo porque hoje eu dancei no colo de outros homens? — sussurro, pressionando minha mão contra ele e sorrindo quando PJ solta um gemido.

— Querida, esse é o seu trabalho. Não estou bravo. E além disso, enquanto eu estava lá no canto da sala, sabendo que aqueles homens e *mulheres* terão fantasias por semanas sobre o que você fez com eles, eu sei que você vai para casa *comigo* no fim da noite.

E bem assim, eu me derreto em uma poça de desejo no banco do passageiro.

— Então vamos sair logo daqui, para que eu possa recompensar o meu pé de fícus humano com um pouco de foda.

A risada do PJ enche a cabine da caminhonete enquanto ele dá a partida no motor e engata a ré. Ele se inclina e pega a minha mão, entrelaçando nossos dedos, e seguimos na direção da minha casa.

Sério, como foi que eu dei tanta sorte de encontrar um cara como ele?

Capítulo vinte e oito

MAIS DO QUE GOSTO DE VOCÊ

Não consigo acreditar que a minha vida agora é assim.

Já se passaram três semanas desde que recebi meu primeiro pagamento como stripper, e fiz mais dez festas bem-sucedidas desde então, sempre recompensando o PJ, toda vez que chegávamos em casa, por ter sido o melhor guarda-costas e o melhor pé de fícus humano.

Cada semana com ele era melhor do que a anterior. Fiel à sua palavra, ele se assegurou de que Anastasia fosse conosco na segunda vez em que fomos visitar a mãe dele, e eu praticamente tive que arrastar a minha filha e Luanne, para separá-las quando chegou a hora de irmos embora, pois elas tinham se dado superbem. Desde então, ela tinha passado lá em casa várias vezes para pegar a Anastasia para irem fazer compras e passar o dia com ela, dando ao PJ e a mim um tempo para passarmos sozinhos. E dar o gostinho para a minha menina do que é ter uma avó amorosa em sua vida.

Surpreendentemente, não ouvi nenhuma palavra dos pais de Brian desde aquele dia no shopping, quando encontrei a Claudia. Não é como se eu esperasse que ela se sentisse culpada com o bem-estar da neta e aparecesse para vê-la, mas também não recebi nenhuma ameaça por telefone, por parte do Vincent, sobre o seu dinheiro idiota. É bom ter um pouco de paz e não suar frio toda vez que o meu celular tocava. Não foram só os telefonemas do Vincent que pararam, mas as dos credores também, já que o The Naughty Princess Club estava se tornando um negócio bem lucrativo.

PJ continuava a ganhar, cada vez mais, espaço no meu coração, pela maneira como ele tratava a Anastasia. Além do que, os dois se davam superbem, como se eles se conhecessem desde sempre — na maioria das vezes, se unindo contra mim, mas eu não me importava. Eu nunca me importaria quando o que vejo é a felicidade estampada no rosto da minha filha, e eu definitivamente não me importei quando PJ foi quem a convenceu a parar de usar tantas roupas pretas o tempo todo.

E ainda assim, não sei o que somos. Somos namorados? Estamos tão sério assim? Será que somos exclusivos? Isso não quer dizer que eu vá sair por aí pulando de galho em galho, agora que me soltei, mas e se ele fizesse isso? Essas são coisas sobre as quais nós provavelmente já deveríamos ter conversado, mas não sei como fazer isso sem parecer uma mulher insegura e carente.

— Estou indo rápido demais?

O som da voz do PJ me tira dos meus pensamentos, e percebo que eu deveria prestar atenção nele e não deixar a minha mente vagar. E então me ocorre o que ele perguntou e um arrepio de excitação me percorre.

— AI, MEU DEUS, estou contente por você ter dito algo! Eu não tinha certeza se isso era algo sobre o que as pessoas deveriam falar ou se você não falava nada porque não se sentia da mesma forma, mas eu realmente gosto de você, e gosto do que estamos fazendo. E talvez isso seja rápido demais para algumas pessoas, mas parece certo para mim, sabe? — divago, olhando para ele, esperando.

— Meu Deus, você é adorável. — PJ ri. — Na verdade, eu estava me referindo ao meu pau se movendo na sua vagina, mas se você prefere falar sobre os nossos sentimentos, por mim está tudo bem também. Contanto que eu possa manter o meu pau onde está, bem quentinho e confortável.

Sério, Cindy, se concentre. Neste momento você está na sua cama, pronta para montar um homem incrivelmente gostoso, e você está estragando as coisas.

— Eu sou uma idiota — murmuro, enquanto me movo para sair de cima dele.

PJ rapidamente segura meus quadris e me mantém exatamente onde estou. Ele estoca para cima, se acomodando mais profundamente dentro de mim, e ambos gememos quando eu me inclino e coloco minhas mãos em seu peito.

Na noite passada, foi a primeira vez que o PJ passou a noite aqui, já que a Anastasia ficou na casa de uma amiga. Assim que abri os olhos e senti o PJ me segurando em seus braços e a sua ereção matinal cutucando a minha bunda, não consegui parar de rolar e montar no seu colo.

— Você não é uma idiota. E estou na mesma página que você. Eu realmente gosto de você. Mais do que gosto de você, mas não acho que você esteja pronta para isso ainda, então vamos fingir que eu não falei isso.

Colocando minhas mãos no travesseiro, uma em cada lado da sua cabeça, me inclino e pressiono meus lábios nos dele. Quando eu finalmente me afasto um pouquinho, o vejo sorrindo para mim.

— Também parece certo para mim. Parece perfeito — ele sussurra, suas mãos indo dos meus quadris para a minha bunda e me balançando contra si.

— Você voltou a falar sobre o seu pau de novo? — rio, enquanto rebolo meus quadris e o sinto inchar dentro de mim.

— Eu não sei, me diga você.

Elevo um pouco o meu corpo e rapidamente me solto sobre ele. PJ é tão grande e cheio, e eu não consigo acreditar no quão melhor é estar por cima, roçando um ponto que eu nem sabia que existia e mandando choquinhos pela minha coluna com cada movimento que eu fazia em cima dele.

— Ah, sim. Definitivamente perfeito — falo, arquejando quando ele se impulsiona para que os seus quadris se choquem contra os meus, se enfiando ainda mais profundamente enquanto mantém sua bunda suspensa acima da cama, e eu me esmago contra ele. — Estou fazendo isso direito? Nunca fiquei por cima antes.

De repente, sua bunda volta a cair na cama e olho para o seu rosto e vejo sua boca aberta em choque. Eu deveria aprender a parar de falar tanto, quando estamos transando. Nós batizamos todas as superfícies disponíveis nesta casa, em todas as posições imagináveis, exceto uma. Essa é a primeira vez que estou no comando, e mesmo embora seja a melhor sensação de todas, ainda estou preocupada em dar prazer a ele.

— Fale alguma coisa — sussurro, voltando a me sentar no seu colo, minhas mãos passando pelo seu peito nu para parar na sua barriga.

— Desculpe, neste momento estou apenas tentando imaginar uma maneira criativa e dolorosa de matar o seu ex — murmura, irritado.

— Podemos simplesmente não falar sobre ele enquanto o seu pau está enterrado em mim? — Suspiro.

— Excelente sugestão — ele responde, se sentando até que estamos peito contra peito, cara a cara, e um dos seus braços passa ao meu redor, para me puxar mais para perto no seu colo, enquanto sua outra mão vai para a parte de trás do meu pescoço e prende seus olhos nos meus. — Não tem como você fazer isso errado. É como uma dança no colo.

Segurando seus ombros, repito o movimento, me esfregando nele.

— Como uma dança no colo, só que com o seu pau dentro de mim — sussurro contra os seus lábios.

Ele arremete os quadris para cima e seu braço aumenta o aperto ao meu redor.

— Cacete, que tesão quando você diz essas coisas.

Sorrio, silenciosamente, agradecendo Ariel por todo o treino, aos berros, na cozinha, antes de esvaziar a minha mente e me concentrar em onde estou e no que estou fazendo neste momento.

Tensionando os músculos das minhas coxas ao lado dos seus quadris, subo meu corpo, sentindo-o sair quase totalmente de dentro de mim, e desço com tudo, fazendo ambos gemermos ao mesmo tempo. PJ aperta os olhos fechados e sua cabeça cai para trás, enquanto ele solta um murmuro obsceno quando me movo cada vez mais rápido para cima e para baixo, cavalgando-o e amando cada minuto do que estava fazendo com ele.

Nunca pensei que eu poderia ser tão solta na cama, apenas montar em um homem e pegar o que eu quero, e é ótimo saber que estou fazendo isso certo. Ele obviamente está adorando, a julgar pelas palavras sujas que saem da sua boca e pela força que ele está fazendo para se controlar.

PJ solta o meu pescoço e as suas mãos seguem para a minha bunda, guiando meus movimentos e me ajudando a subir toda a sua extensão, rapidamente, e me descendo ainda mais forte enquanto seus quadris metiam para cima, para encontrar os meus, até que nós dois estamos gemendo e xingando.

Assim como em todas as vezes que estou com ele, meu orgasmo rapidamente se aproxima, lançando choques na junção das minhas pernas, me fazendo cavalgá-lo ainda mais rápido e forte, à procura do alívio de que tanto preciso.

Rebolo meus quadris ainda mais forte, levando-o cada vez mais profundamente dentro de mim, e paro enquanto pressiono meus quadris contra ele, abaixando meu rosto para lamber e chupar o seu pescoço, sentindo o pulsar entre as minhas coxas se intensificar.

— É isso, querida, me deixe sentir você.

O suave sussurro do PJ era o que faltava para que eu explodisse. Mordo a pele do seu pescoço e gemo alto, enquanto meus quadris continuam a roçar contra os dele, apertando e pulsando, onda após onda da mais intensa libertação que eu já senti.

— Porra, Cin! — PJ grita, seus quadris arremetendo forte até que ele fica parado, me seguindo enquanto pulsa e goza na camisinha que ele vestiu mais cedo, assim que eu rolei para cima dele.

Ele xinga e geme enquanto surfa no orgasmo, me abraçando apertado, continuando a meter dentro de mim mais algumas vezes com movimentos curtos e bruscos, até que ele finalmente relaxa de volta na cama, me levando com ele até que estou deitada no seu peito, nossos corações batendo juntos.

— Nunca mais me pergunte se você está fazendo alguma coisa direito. Você fará tudo certo, desde que esteja respirando. E nua — PJ murmura, apertando seus braços ao meu redor e me pressionando em um abraço.

Depois de alguns minutos, saio de cima dele e me jogo na cama, ao seu lado.

— Você não tem uma reunião no clube essa manhã? — pergunto, enquanto ele se vira para me encarar e descansar uma das mãos no meu quadril.

— Sim, mas não tenho cem por cento de certeza de que conseguirei andar novamente. — Ele brinca e me dá um sorriso.

Inclinando-me, dou um selinho nos seus lábios antes de me afastar e empurrar o seu peito, gentilmente.

— Vai, você tem que ir trabalhar. Apenas volte quando você terminar, para que possamos tentar outra posição.

Ele balança a cabeça para mim, me dando um beijo rápido na testa antes de se obrigar a levantar da cama.

— Sério, mulher, você vai me matar.

Não consigo tirar o sorriso do rosto enquanto o observo se mover, completamente nu, pelo meu quarto. Observo os músculos da sua bunda se tensionarem enquanto ele se livra da camisinha, se inclina, pega a calça jeans e a desliza sobre a sua pele. Babo no seu peito definido e abdômen tanquinho enquanto ele veste a camiseta e pisca para mim, quando me pega secando seu corpo.

Meus olhos ainda estão nele quando PJ se aproxima da cama e se inclina, apoiando as mãos no colchão ao meu lado até que o seu rosto está a poucos centímetros do meu.

— Eu quis dizer o que falei mais cedo. Eu mais do que gosto de você — ele me diz, suavemente, fazendo com que o meu coração bata rápido no meu peito.

— Eu mais do que gosto de você também — sussurro de volta.

Ele sorri, inclinando o pescoço para beijar minha boca, se afastando bem quando eu estava pronta para puxá-lo de volta para a cama e dizer para ele não ir trabalhar.

— Vejo você em algumas horas.

Com um sorriso firmemente plantado em meu rosto, observo-o sair do quarto e escuto seus passos enquanto ele desce as escadas, seguidos pelo bater da porta da frente. Meu coração está tão cheio de felicidade que eu posso entender o que a Ariel quis dizer quando falou que eu a estava deixando enjoada. Eu estava começando a ficar enjoada de mim mesma.

Dez minutos depois, finalmente decido que está na hora de sair da cama e me vestir. Visto um short jeans rasgado e uma camisa de manga comprida, que fica pendendo no ombro. Vejo meu reflexo no espelho, sorrindo novamente quando noto que meu longo cabelo loiro está ondulado e bagunçado, o que Ariel chamaria de "cabelo pós-sexo". Descendo as escadas, vou procurar o meu notebook para ver se recebi novas solicitações de festas desde a noite passada. Encontro meu computador na bancada da cozinha e sinto como se os músculos das minhas bochechas fossem explodir de tanto sorrir, quando vejo que tenho cinco novas solicitações no meu e-mail. Bem quando abro o primeiro e começo a digitar uma resposta, escuto a porta da frente se abrir e fechar.

Olhando o relógio do micro-ondas, sei que é cedo demais para Anastasia estar em casa, já que a mãe da sua amiga as levaria no cinema hoje à tarde.

Imaginando que o PJ deve ter esquecido algo, eu rapidamente fecho o notebook e corro para fora da cozinha.

— Eu sabia que você não ia conseguir ficar muito tempo longe. Sorte sua que eu não coloquei sutiã e nem calci...

Minhas palavras morrem quando eu passo pela porta da cozinha. O corredor ao meu redor parece girar, e eu tenho de me apoiar na parede para não cair no chão.

Parada em frente à porta, checando seu reflexo no espelho pendurado na parede e vestindo calças cáqui, camisa polo e óculos escuros, está a única pessoa que poderia acabar com o meu sorriso para sempre.

— Olá, Cynthia — Brian me cumprimenta, com um sorriso. — O que diabos você está vestindo, e o que aconteceu com o seu cabelo?

Capítulo vinte e nove

CHEFE DE CARTEL DE DROGAS MEXICANO

Estou tão puta neste momento, que estou soltando fogo pelas ventas.

Enquanto caminho de um lado para o outro na varanda da frente de casa, quase desejo que Belle estivesse aqui para me dizer de onde vinha essa expressão. Será que algum dia alguém ficou tão puto que acabou literalmente soltando fogo pelo nariz, boca e orelhas? Eu adoraria abrir a boca e jogar uma bola de fogo na cabeça do Brian. Ou nas suas bolas. Eu também gostaria que Ariel estivesse aqui para dar um soco no pescoço dele, por todas as coisas que esse filho da puta falou nos últimos quinze minutos, quando me recusei a deixá-lo ficar dentro de casa. Depois do meu choque inicial ao vê-lo parado ali, do nada, agarrei Brian pelo braço, o arrastei para fora de casa e disse que era bom ele começar a falar, antes que eu chamasse a polícia.

— Então, agora você entende por que eu preciso da sua ajuda. Por favor, Cynthia. Eu não sei mais o que fazer.

Brian finalmente para de falar e se inclina para frente, para descansar os cotovelos nos joelhos, enquanto se senta no banco que temos na varanda, juntando as mãos e me dando um olhar suplicante.

Paro de caminhar e encosto meu quadril no corrimão, e cruzo meus braços enquanto o observo. Quando ele se sentou, o canalha teve a cara de pau de dar batidinhas no banco ao seu lado, mas eu me recusei a chegar mais perto dele do que era realmente necessário.

Além disso, eu estava a ponto de vomitar, só de olhar para esse completo desperdício de ar. Não conseguia acreditar que me casei com ele e fiquei tantos anos ao seu lado.

— Deixe-me ver se eu entendi direito: você me trai com a nossa babá, limpa as nossas contas bancárias e me deixa sem nada, ignora sua própria filha para que pudesse saltitar pelo México com uma garota com quase a metade da sua idade, rouba o dinheiro da empresa dos seus pais só para patrocinar esse passeio, deixando que eu limpasse a bagunça que você deixou para trás; além de ser assediada pelos seus pais pelos últimos seis meses, porque eles pensavam que eu sabia onde estava o dinheiro deles, e agora você quer que eu *minta* por você? VOCÊ ESTÁ DROGADO?! — grito para ele.

— Cynthia, por favor. Não há necessidade de levantar a voz. Honestamente, o que aconteceu com você? — Brian pergunta, balançando a cabeça como se estivesse desapontado.

O cara tem coragem. Tem. Coragem. Não consigo acreditar que ele consiga ficar sentado aqui, depois de me contar a história mais ridícula do mundo, e ainda ter coragem de olhar para mim como se *eu* fosse o problema.

Descruzo os meus braços e fecho minhas mãos em punhos e olho para ele, desejando que o desgraçado tirasse aqueles óculos escuros enquanto falava comigo, para que eu não me machucasse quando desse um soco nele.

Ele deve ter percebido que estou a dois segundos de acabar com o seu rostinho bonito e rapidamente começa a recuar.

— Olha, sinto muito. Você não tem ideia do quão arrependido estou por ter feito você e a Anastasia passarem por isso. Se eu pudesse mudar o passado, não teria feito nada disso. Queria não ter sucumbido ao charme da Brittany. Ela me fez sentir jovem de novo, e por causa disso, eu estraguei tudo. Mas agora estou de volta. E só quero uma chance de acertar as coisas. Mas não posso fazer isso sem a sua ajuda. Prometo que vou compensar isso com você e a Anastasia. Nunca mais vou fazer isso, e passarei o resto da minha vida provando o quanto amo você. Nós tivemos uma vida maravilhosa juntos, Cynthia. Podemos ter isso de novo, mas só se você me ajudar — ele suplica.

Sinto como se eu estivesse sonhando, ou melhor, no meio de um pesadelo. Nunca, em um milhão de anos, eu esperaria que o Brian aparecesse na minha porta, e que seria idiota o suficiente para pensar que eu o ajudaria em qualquer coisa, depois do que ele me fez passar.

— Você falou para os seus pais que foi sequestrado, Brian! Você tem noção do quão ridículo isso soa?! — pergunto, jogando as mãos para cima, irritada. — Deixe-me repetir essa idiotice em voz alta mais uma vez, para que você possa escutar o quão idiota isso soa: Você foi chantageado por um chefe de cartel de drogas mexicano, que descobriu o quanto você valia. Por meses e meses, eles forçaram você a roubar dinheiro da Castle Creative, ameaçaram matar a sua família se você não fizesse o que eles diziam.

Então, quando você finalmente bateu o pé e se recusou a dar mais dinheiro, eles atacaram você, te drogaram e traficaram pela fronteira, e o mantiveram como refém pelos últimos seis meses, até que você conseguiu escapar e voltar para casa. Eu entendi tudo certo?

Brian acena veementemente com a cabeça, claramente não percebendo o quão fora da realidade e idiota essa história soava.

— Exatamente! Viu, você já sabe o que dizer. Agora, só preciso que você confirme tudo isso para os meus pais, e tudo ficará bem. Por favor, eu preciso de você. Se não fizermos isso parecer plausível, eles chamarão a polícia e eu irei para a cadeia. Não posso ir para a cadeia, Cynthia. Nunca sobreviveria lá! Todos aqueles malucos raivosos e tatuados. Você consegue imaginar o que eles fariam com alguém como eu?!

Estou tão chocada por tudo o que sai da sua boca que não presto atenção quando ele se levanta e se aproxima de mim. Não até que ele gentilmente passa as mãos pelos meus braços, aí eu acordo e me livro do seu toque.

— VOCÊ MERECE IR PARA A CADEIA, DEPOIS DE TUDO O QUE VOCÊ FEZ! DIVIRTA-SE. SÓ CUIDADO NO BANHO, PARA O SABONETE NÃO CAIR. BOA SORTE EM VIRAR A PUTA DE ALGUÉM. TALVEZ ALGUMAS TATUAGENS DE PRESIDIÁRIO NA SUA CARA FAÇAM VOCÊ DEIXAR DE PARECER COMO UM FILHO DA PUTA PATÉTICO, QUE FERROU COM TODA A FAMÍLIA! — grito para ele, meu corpo todo vibrando de raiva.

— O que aconteceu com você, Cynthia, e de onde esse linguajar veio? Essa não é você — Brian murmura, perplexo, balançando a cabeça.

— Surpresa, Brian! Essa *sou* eu. Linguajar chulo e tudo o mais. Pela primeira vez na vida, finalmente estou feliz. Feliz o suficiente para odiar você com cada força do meu ser, pois você me fez um favor. Você me fez acordar e perceber que eu estava vivendo uma mentira. Perceber que o que quer que nós tínhamos, era superficial e uma piada. Eu finalmente tenho algo *verdadeiro* na minha vida. Finalmente tenho alguém que se importa *comigo* e que não pensa que eu é que devo fazê-lo parecer melhor. Você não pode aparecer aqui, do nada, depois de me deixar os papéis do divórcio e fugir da cidade, e esperar que eu largue tudo para ajudar você, quando você não se importou em saber se a sua filha e eu estávamos vivas ou mortas ou se tínhamos dinheiro suficiente para ter o que comer. Se manda da minha varanda e da minha vida, Brian.

Movo-me para voltar para dentro de casa e sua mão pega o meu pulso, me impedindo de ir embora.

— O que você quer dizer quando falou que tem alguém que se importa com você? Você está namorando alguém? Quem é ele? A nossa filha já o conheceu? Não posso *acreditar* que você já encontrou outra pessoa!

O choque na sua voz era evidente, e se eu não estivesse tão irritada ou imune ao seu comportamento ridículo, teria ficado ofendida pelo fato de que, para ele, parece tão absurdo que eu seja capaz de encontrar outra pessoa.

Ele olha para mim com os olhos arregalados, e tudo o que eu posso fazer é balançar a cabeça, pensando no quão patético ele é.

— O que eu faço com a minha vida não é mais da sua conta — lhe informo, mais uma vez me livrando da sua mão e aumentando a distância entre nós.

Já é ruim suficiente para a Anastasia ter um pai apodrecendo na cadeia. Não quero ser presa por agressão e adicionar mais essa na lista.

— E caso você tenha esquecido, foi você quem encontrou outra pessoa primeiro. Você tem que ter muita coragem para ficar com raiva de mim por ter feito o mesmo. Agora, cai. Fora. Da. Minha. Casa.

— Cynthia, eu sinto muito. Quantas vezes terei que me desculpar, até que você me perdoe? Brittany foi um erro. Um grande erro. Ela me fez ir em raves. RAVES, Cynthia. E ela sempre tinha que registrar tudo num *SnapGramInstaWeb* sei lá o que. Sempre me fazia tirar selfies e bicos ridículos com a boca. Você tem ideia do quão feia a pessoa fica fazendo esses bicos?! Ela é muito nova para mim. Ela nem quer sair antes da meia-noite. É exaustivo. Quero a minha esposa de volta. Minha calma, tranquila e perfeita esposa, que não me envergonha em público. — Ele divaga. — Fomos jantar com o Skip Wolfman, depois que voltamos para casa. Você lembra do Skip Wolfman, não é? Ele é o presidente de campo. Enfim, ela começou a falar para ele sobre uma coisa chamada Burning Man[16], Cynthia. Estou com medo. Nunca sobreviveria. Terminei tudo com ela, algo que eu deveria ter feito há muito tempo. Por favor, só quero a minha esposa de volta. Só quero que você me perdoe. Quero fazer as coisas darem certo com você e com a Anastasia. Sinto falta da minha vida. Da minha filha. Se você não me ajudar, nunca mais a verei de novo.

Por mais que eu não queira ter mais nada com esse homem, nunca

---

16 **Festival que acontece anualmente no deserto de Black Rock, em Nevada (Estados Unidos), desde 1986, e que tem no seu encerramento uma escultura de madeira queimada. Daí o nome 'Burning Man'.**

mais, suas palavras me param. Não quero ser a pessoa responsável por tirar o Brian da vida da Anastasia para sempre. Uma coisa era a decisão dele e unicamente dele, e eu o odiava mais do que imaginei ser possível, por me colocar nessa situação, mas as coisas mudavam completamente quando eu tinha que pensar sobre o que seria melhor para a minha filha, agora que o pai dela estava de volta.

— Nós nunca, nunca mesmo, vamos voltar, Brian. Preciso que você entenda isso neste momento. E sobre a nossa filha, você precisa me dar tempo para pensar sobre isso. Você a machucou. Você não tem ideia do quanto a machucou, e tenho nojo de mim mesma por dar a ela um pai que a coloca para escanteio tão fácil e que pensa que pode voltar como se nada tivesse acontecido. Vá embora. Vá e me dê tempo para pensar.

Ele acena com a cabeça, rapidamente, e sorri para mim. Lembro da época quando seu sorriso me fazia feliz, mas agora tudo o que sinto é tristeza.

— Vou dar todo o tempo que você precisar — ele responde, contente. — Bem, alguns dias, na verdade. Tenho certeza de que os meus pais vão querer falar com você logo, e eu realmente espero que você tome a decisão certa.

Com essas palavras absurdas, Brian finalmente se afasta e desce os degraus. Enquanto eu o vejo ir embora, fico contente por estar no comando da minha própria vida. Por saber que sou eu quem controla o futuro do Brian, em vez de eu ser a controlada.

Que pena que eu não sei o que fazer com todo esse poder.

Capítulo trinta

PRINCESA BÊBADA

— Ele terminou comigo. — Choramingo, com a respiração trêmula.

— Não, ele apenas está dando maço para você. Saco. *Esfaço*. Puta merda, o que tinha nesse vinho? — Ariel murmura, levantando a nossa terceira garrafa vazia e olhando para dentro dela.

Assim que Brian saiu da minha casa, voltei imediatamente para dentro e liguei para o PJ. Ele ficou preocupado comigo, e tinha o direito de estar. Não acho que consegui formular alguma frase concreta e que não envolvesse, em sua maioria, palavrões, durante os dez minutos que ficamos ao telefone. Não sei nem como ele conseguiu entender o que eu estava falando, com todos aqueles "porra" e "pedaço de merda" que saíam da minha boca.

Ele me perguntou se eu estava bem. Ele me disse para ficar forte.

PJ me disse que viria assim que terminasse as coisas no clube. E embora ele tenha aparecido quando eu mais precisei, agora pensando nisso, tinha algo estranho nele. Pensei que seria ele quem iria xingar o Brian e querer chutar a bunda dele, até mais do que eu. Quero dizer, não que eu precise que alguém lute as minhas batalhas por mim e ele sabe disso, mas eu teria gostado de vê-lo se oferecendo. Ele, ainda assim, me segurou em seus braços e me assegurou de que tudo ficaria bem, mas tinha algo diferente em seu comportamento, e eu não conseguia descobrir o que era. Naquela hora eu estava muito irritada e distraída com a decisão que eu tinha de tomar. Agora que três dias tinham se passado, tudo o que eu consigo fazer é repassar todas as palavras que ele me disse e cada toque que ele me deu.

Liguei para ele um milhão de vezes e mandei milhares de mensagens desde que ele foi embora naquela noite. Ele sempre responde, perguntando se estou bem, mas é só isso. Ele não apareceu, não tomou a iniciativa de entrar em contato comigo, e eu não sei se devo ficar triste ou puta.

PJ fez com que eu me apaixonasse por ele. Me encorajou a ser forte e independente. E agora, quando eu mais preciso dele, o homem se mantém distante, e isso está me deixando fraca e carente. Preciso que ele me diga de novo que tudo vai ficar bem. Que assegure que isso não vai mudar as coisas entre nós. Não mudou nada para mim, disso eu tenho certeza. A primeira palavra que saiu da boca do Brian fez com que eu tivesse vontade de dar um soco na cara dele e depois outro *na minha própria* cara, por pensar que eu estava apaixonada por aquele idiota.

Brian faz com que eu me sinta diminuída e insignificante, completamente o oposto do que o PJ me faz sentir, até agora.

— Não quero ou preciso de espaço. Não entendo. Eu disse para o PJ, quando ele estava aqui, que apenas a visão do Brian me deu vontade de vomitar, e ele sabe que eu chutei o cara para fora e que agora ele está ficando em um hotel até que eu decida o que fazer. Só não entendo por que ele não fala comigo — reclamo, terminando meu cálice de vinho e o segurando para que a Ariel coloque mais.

Ela pega uma nova garrafa, que abrimos mais cedo, e rapidamente preenche meu cálice, derramando um pouco de vinho sobre a minha mão, que lambo antes que o líquido caia no chão.

— Não acredito que aquele pedaço de merda apareceu aqui esperando que você mentisse para ele. Por favor, me diga que parecia que ele comeu o pão que o diabo amassou, com as roupas sujas e amassadas, careca e com uma barriga de cerveja caindo por sobre a calça. — Ariel implora, enquanto se ajeita no meu novo sofá da sala de estar, que eu tinha comprado com o dinheiro das festas de strip.

O sofá é vermelho, arrojado e ousado, e me deixa com vontade de dar uns amassos, de tão lindo que é.

Esta noite deveria ser uma celebração pelo The Naughty Princess Club fazer dinheiro suficiente para eu colocar as contas em dia e comprar um novo sofá, além de ser capaz de dar para Ariel e Belle uma porcentagem dos nossos lucros. Mas depois do estresse dos últimos dias, a noite acabou virando uma sessão de reclamações, em vez de celebração.

— Eu realmente amo o meu sofá — falo, esfregando a palma da mão sobre o suave tecido.

Ariel estala os dedos na frente do meu rosto.

— Foda aqui! Quer dizer, foca aqui! Você ia me dizer o quão horrível o Brian parecia.

— Ele não parecia uma merda — suspiro. — Ele parecia... o Brian. Todo pomposo, tedioso e julgador. E não para de aparecer aqui e de ligar. Ele quer passar um tempo com a Anastasia. Ele teve a coragem de dizer que sente falta da filha e que quer vê-la. Deixei que ela decidisse, e é claro, ela se recusou a chegar perto dele. Queria dar um abraço de urso nela quando disse que não queria ter nada a ver com ele, mas eu não quero ser uma *dessas* mães.

— Um desses limões? — Ariel reclama. — Pelo amor de Deus, tire esse vinho de perto de mim!

Pego o cálice da sua mão e o coloco ao meu lado no chão, já que ainda não saí para comprar novas mesinhas de centro.

— Uma. Dessas. Mães. Que. O. Quê? — Ariel tenta novamente, pronunciando cuidadosamente cada palavra.

— Que ficam falando mal dos ex-maridos na frente dos filhos. Não quero que a minha opinião sobre o Brian influencie a dela — explico para Ariel, encostando a cabeça no sofá e olhando para o teto.

— A opinião dela sobre o pai foi pelo ralo no minuto em que ele abandonou vocês duas. Nada do que você diga mudará isso — Ariel me assegura.

Ainda assim, fico preocupada. Anastasia estava indo tão bem, estávamos nos entendendo a mil maravilhas, e o PJ fez com que ela brilhasse pela primeira vez desde que o Brian foi embora. Agora ela está de volta aos velhos costumes de se vestir toda de preto e ficar trancada no quarto. Odeio o Brian por fazer isso com ela. Eu o odeio por ter ido embora e por ter voltado repentinamente, esperando que tudo fosse como antes.

— Eu a vi essa manhã no mercado, quando eu estava lá comprando vinho — murmuro, imaginando se o meu teto ficaria legal se fosse pintado de vermelho, para combinar com o meu novo sofá.

— Viu quem? — Ariel pergunta do meu lado, se recostando no sofá e também jogando a cabeça para trás.

— Brittany.

Apenas dizer o nome dela me dava vontade de jogar o cálice de vinho na parede.

— A babá de vinte e um anos com quem ele fugiu?

Aceno com a cabeça, concordando e respirando profundamente, para me acalmar, enquanto relembro a nossa conversa e como ela se aproximou de mim, no corredor dos vinhos. Ela falou comigo como se fôssemos velhas amigas e que ela não tinha transado com o meu marido pelas minhas costas, enquanto eu lhe confiava os cuidados da minha filha por *anos*, e fugido do país com ele.

— Ela tem um novo par de airbags e os lábios estão tão cheios de colágeno que fiquei com medo de que fossem explodir na minha cara, enquanto ela estava falando comigo.

— Bem, ao menos agora sabemos para onde foi todo o dinheiro que ele roubou dos pais. — Ariel brinca. — Tetas e lábios novos para a babá.

Eu nem percebi que a data que o Vincent tinha me dado para devolver o dinheiro tinha passado despercebida. Eu estava ocupada demais com o PJ e com o The Naughty Princess Club e tentando pagar todas as contas, para me preocupar com ele e as suas acusações descabidas. E agora que o Brian tinha voltado e contado para eles aquela história ridícula de ter sido sequestrado, obviamente eles perceberam e viram que eu não era a culpada, e esse é o motivo de eu não ter ouvido falar mais deles. O que é uma merda, considerando que eu merecia um enorme pedido de desculpas, principalmente do Vincent e da Claudia.

E isso significava que eu também não tinha com o que me preocupar. O trabalho ia bem, eu não estava mais afundada em dívidas, e o Brian podia fazer o que quisesse, contanto que me deixasse fora disso. Não vou pegar o telefone e ligar para o Vincent e para a Claudia, para ajudá-lo com a sua mentira, mas se me perguntarem, acho que sou madura o bastante e posso ajudá-lo a reparar a relação com a filha, desde que ele saiba que estou fazendo isso por *ela* e não para livrá-lo da prisão. Não vou mantê-lo afastado da filha, mas também não vou forçar a Anastasia a uma situação a qual ela não quer. Ela já tem idade suficiente para decidir se quer ou não dar uma segunda chance ao pai. Eu deveria estar feliz por ter permanecido forte em relação ao Brian e apenas responder as suas mensagens quando eram sobre a nossa filha, mas não estou. Nada disso me faz feliz, porque o PJ não está aqui. E eu não entendo o porquê.

— Você deveria ir lá e confrontá-lo — Ariel diz, subitamente, levantando a cabeça do sofá.

— No hotel do Brian? Ahm, nem se o inferno congelasse. O showzinho que aconteceu na minha varanda é todo o confronto que eu precisava, muito obrigada.

— Não esse idiota, o outro.

— PJ? Ele não é um idiota. Como você disse, ele apenas está me dando espaço.

Odeio essa palavra, espaço. Como que colocar uma distância entre você e alguém com quem você se importa, ajudaria em alguma coisa? Não ajuda. Apenas dá mais espaço para dúvidas e para deixar que a imaginação da pessoa voe solta, e não para um lugar muito legal. Eu sabia que ele gostava de mim, mas talvez isso fosse demais para ele.

PJ nunca teve um relacionamento sério, e do nada, ele está namorando uma mãe solteira que tem uma filha adolescente que é um anjinho, mas também um capetinha de salto alto, que precisa desesperadamente de uma figura paterna na sua vida. E então o pedaço de merda do ex-marido aparece, e ele percebe que não consegue lidar com tudo isso.

— Espaço uma ova. Vocês precisam ser uma frente unida. Eu sei que você é forte o suficiente para lidar com o Brian sozinha, mas precisa. Você tem alguém que lhe dá apoio e que acredita em você, e o PJ deveria estar do seu lado durante tudo isso — Ariel fala, acaloradamente.

Antes que eu consiga inventar outra desculpa para justificar o porquê de o PJ estar me evitando, Ariel se levanta e se afasta do sofá, pegando o celular do chão.

— O que você está fazendo?

— Vou chamar um Uber. Você irá até lá, na casa dele, baterá na porta e vai dizer para ele deixar de ser idiota — Ariel responde, seu celular apitando alguns segundos depois. — Pronto. O Uber chega aqui em cinco minutos.

Quero protestar, mas ela está certa. Não sou a mesma pessoa que era alguns meses atrás e não vou deixar que esse espaço se instale entre nós, e não vou deixar de explicar para PJ o que está acontecendo. Vou dizer que *ele* é quem eu quero, contanto que ele possa lidar com o drama temporário que a minha vida virou.

Porque será temporário. Brian é o meu passado. Um passado estúpido, entediante e cheio de arrependimento. PJ é o meu futuro.

— Você é realmente lindo e legal e eu aaaaaaaaamo você.

— Cindy, pare de tocar no cabelo do motorista — Ariel reclama, pegando meu braço e me puxando de volta para sentar ao seu lado no banco.

— Está tudo bem, senhorita. Não é a primeira vez que uma mulher linda e bêbada toca no meu cabelo — o motorista do Uber responde, nos dando um sorriso pelo retrovisor.

— Ah, ele disse que eu sou linda. — Rio e encosto a cabeça no ombro da Ariel.

— Ele também disse que você estava bêbada. Eu provavelmente não deveria encorajá-la a trazer a garrafa de vinho junto.

— Vocês sabiam que beber vinho melhora a vida sexual? — Belle pergunta, se inclinando no banco do outro lado de Ariel para olhar para nós. — Um estudo italiano mostrou que mulheres que bebem dois cálices de vinho diariamente aproveitam o prazer físico muito mais intensamente do que as mulheres que não bebem.

Assim que o motorista do Uber nos pegou, ligamos para a Belle e dissemos para ela sair do porão da casa do pai e nos esperar na entrada da garagem. Para a nossa surpresa, ela disse que estava na biblioteca e que deveríamos buscá-la lá. O que ela estava fazendo àquela hora na biblioteca estava fora do meu entendimento, e agora que ela parecia a boa e velha Belle, contando fatos aleatórios que tinham a ver com o que estávamos conversando, tenho certeza de que ela está bem. E honestamente, estou bêbada demais para pensar direito.

Levanto a garrafa vazia e a balanço no ar.

— Acabooooooou! Parece que terei todo o prazer físico para mim. Upa lê lê.

— Cacete, você bebeu a garrafa toda? — Ariel pergunta, chocada.

Aceno, concordando, mas logo percebo que eu não deveria ter feito isso quando um pouquinho de vômito sobe pela minha garganta e eu tenho que engolir para evitar um desastre maior.

— Chegamos — nosso motorista avisa, assim que o carro para.

Viro rapidamente a cabeça e bato com ela na janela, soltando um gemido de dor enquanto seguro a maçaneta da porta, incapaz de fazê-la funcionar.

Ariel se inclina sobre mim e rapidinho abre a porta, me empurrando para fora do carro enquanto ela e Belle seguem logo atrás de mim.

Encosto-me na porta depois que Belle a fecha e olho para a casa do PJ. Esqueci o quão bonita ela era, especialmente de noite, com as luzes ligadas e as pequenas lanternas iluminando o caminho. Não vim aqui desde aquela noite desastrosa do aniversário dele. Minha casa é mais perto do Charming's, e já que eu precisava levar a Anastasia para a escola todos os dias, era mais fácil para nós ficarmos por lá.

Uma parte de mim sabe que provavelmente não é uma boa ideia eu estar aqui agora, quando eu mal posso me manter de pé sem ajuda, e a casa do PJ se transforma em dez e eu tenho que piscar para que tudo volte ao foco.

— É como um castelo — sussurro quando Ariel pega no meu braço e me leva pela entrada da garagem e Belle anda silenciosamente atrás de nós.

— Sim, e você é a Princesa Bêbada, indo para casa para pegar o seu Príncipe Encantado.

Ela me ajuda a subir os degraus da varanda, entre um tropeço e outro, me encostando na parede enquanto Ariel toca a campainha. Escuto um barulho vindo de dentro da casa e o vinho e o nervosismo começam a duelar no meu estômago, me fazendo tapar a boca com a mão.

— Você se lembra do que ensaiamos quando estávamos no caminho? — Ariel pergunta.

Aceno, mas paro rapidamente quando a escada da varanda começa a girar, e lentamente tiro a minha mão do rosto.

— Dizer a ele que ele é o meu futuro. Que não quero o Brian. E para ele parar de ser um idiota — respondo, com uma risadinha.

— É, você está pronta.

Ela pega o meu braço e me afasta da parede, e me segura de pé quando ouvimos barulhos de pisadas vindos de dentro da casa.

PJ abre a porta e sinto uma vontade imensa de me inclinar e lamber o seu rosto. Parece que ele tinha acabado de sair do chuveiro. Ele está usando a minha calça jeans preferida, que tem cintura baixa, e uma camiseta que molda o seu peito deliciosamente musculoso. O seu cabelo está bagunçado e ainda está úmido.

— Oi! — cumprimento-o com uma voz alta e animada. — Meu futuro Brian pode ser idiota.

Ariel e Belle resmungam e PJ olha, confuso, para todas nós. Tento ser toda sexy e caminhar na sua direção, mas tropeço no degrau da porta e caio de cara no seu peito. Ele rapidamente passa os braços ao meu redor, me segurando e evitando que eu caia no chão.

— Nosso trabalho está feito. Ela é toda sua. Por favor, segure o cabelo para trás quando ela vomitar — Ariel fala para o PJ e eu continuo com a minha bochecha esmagada no seu peito.

— Não quebre o coração dela ou eu vou partir a sua cara. — Belle adiciona, mostrando uma coragem não muito usual para ela, enquanto aponta um dedo para ele.

Sopro um beijo para as duas enquanto elas dão os braços, descem os degraus e vão em direção ao Uber, que ainda estava esperando por elas na entrada da garagem.

Com os braços ainda ao meu redor, ele me leva para dentro da casa e fecha a porta.

— Você cheira bem — falo para ele, respirando na sua camiseta antes de ele abrir os braços e gentilmente me afastar dele, para que possa olhar para mim.

Estou tão ocupada, tentando lembrar de como usar as minhas pernas, e me segurando para não ficar cheirando-o todinho, que não percebo que tem uma pessoa parada atrás dele no corredor, até que ela se faz notar com um bufo irritado.

— Não sabia que você estava esperando visita.

Melissa, a Barbie Malibu Filha da Puta, me olha por cima do ombro do PJ, e a minha consciência bêbada clareia o suficiente para que eu dê um soco no peito do PJ e me afaste dele.

— Você está brincando comigo? — grito, desejando que a minha voz soasse rouca e sensual como a da vaca da Melissa, em vez de soar esganiçada, como se eu tivesse pisado no rabo de um gato.

— Cynthia, não é...

Interrompo PJ, levantando uma das minhas mãos. Meu coração quase dói ao escutá-lo dizer o meu nome, em vez do apelido que ele sempre usa, quando deveria estar quebrada porque encontrei outra mulher na sua casa. Uma mulher que, segundo ele, era o tipo de mulher com quem ele costumava ficar.

Mentiroso, pego com a porra da boca na botija. Era difícil recitar ditados quando se estava bêbada.

— Então acho que é por isso que você não tem retornado as minhas ligações e nem respondido as minhas mensagens nesses últimos dias.

Quando a minha voz falha e a minha garganta começa a queimar, enquanto tento segurar o choro, eu quase tenho vontade de que ela saísse esganiçada novamente. Preferiria estar puta com ele neste momento a parecer uma idiota na frente dele e dessa vaca, que está olhando para mim por trás dele.

Não consigo acreditar que o achei tão gostoso quando abriu a porta, parecendo que tinha acabado de sair do banho. Um banho que ele provavelmente dividiu com *essazinha* peituda aí.

— Melissa apareceu cinco minutos antes de você chegar aqui e já estava indo embora. — PJ rosna irritado, seu olhar nunca deixando o meu.

Não quero acreditar nele. Tenho que ser uma idiota para acreditar em tudo, considerando o que o Brian tinha feito em todos aqueles anos, bem debaixo do meu nariz. Mas PJ continua ignorando Melissa enquanto ela fica bufando, cruzando os braços e batendo os pés e praticamente fazendo manha no corredor dele, até que a mulher percebe que ele não vai dizer mais nenhuma palavra para ela.

— Estou vendo que você está com as mãos ocupadas. Passo aqui outro dia — ela finalmente diz, me dando outro olhar assassino enquanto pega a bolsa da mesa e sai pela porta, e consigo escutar o som dos seus saltos batendo no chão.

— Se você passar aqui qualquer outro dia, vou fazer você vomitar o meu pé enquanto chuto você para fora — grito, assim que ela passa. — Posso ser pequena, mas não se meta comigo!

Com isso, vou até a porta e a fecho com força.

Quando volto a olhar o PJ, ele me dá um sorriso triste.

Meus olhos se enchem de lágrimas e todo o vinho que tomei está se revirando no meu estômago e subindo para a minha cabeça, fazendo o corredor rodar. Balanço um pouco sobre meus pés.

— Você está bem? — PJ pergunta, baixinho, rapidamente diminuindo a distância entre nós.

O som da sua voz faz a minha coluna arrepiar, mas as suas palavras me irritam.

— Ugh, pare de me perguntar isso. Estou bem. Estou ótima. Foi incrível vir aqui e ver o motivo pelo qual você tem me ignorado. Maravilhoso. Pode deixar que eu sei o caminho da porta.

Dou um passo para trás, me afastando dele, tentando endireitar meus pensamentos e lembrar o que era para dizer a ele, mas meus pés se enroscam um no outro e eu quase vou pro chão de novo, porém PJ se adianta e me segura.

O corredor gira, mas dessa vez não é por causa do vinho. E sim porque o PJ se inclina, passa um braço por baixo dos meus joelhos e me levanta nos seus braços, se virando e indo na direção da escada.

— Eu não convidei Melissa para vir aqui e não aconteceu nada, juro pela minha vida. Ela simplesmente apareceu aqui, exatamente como eu disse, logo antes de você chegar, e eu estava lhe dizendo que ela precisava ir embora quando você tocou a campainha.

Posso perceber a sinceridade nas suas palavras, e é tão bom estar de novo em seus braços que eu deixo o vinho tomar todas as minhas decisões. PJ faz com que eu me sinta tão segura e cuidada que eu relaxo instintivamente, passando meus braços ao redor do seu pescoço e encostando minha cabeça no seu ombro. Não percebo, mas devem ter se passado vários segundos até que sinto que estou sendo deitada em uma cama.

Abro meus olhos e vejo PJ pairando sobre mim, usando as pontas dos dedos para tirar o cabelo do meu rosto. Ele parece tão triste, inclinado sobre mim e tocando gentilmente o meu rosto. Por que ele está triste? Eu estou aqui. Acabei com a distância. Se ele não se importasse de me ajudar, eu tirava minhas roupas de boa vontade e diminuiria ainda mais o espaço entre nós.

Na minha cabeça, me imagino sentada e me despindo, mas, na realidade, me acomodo na montanha de travesseiros que o PJ tem na cama. São tão macios e confortáveis.

Sinto-o colocando o cobertor sobre mim, e quando a cama balança, abro meus olhos e o vejo se afastar de mim. Rapidamente levanto uma das minhas mãos e seguro o seu braço.

— Fica. Não vai embora — sussurro.

Aquele olhar triste está de volta ao seu semblante, e eu não entendo. Não tem nada com o que ficar triste. Vou tirar as minhas roupas e vamos transar, e tudo voltará ao normal.

Com as mãos ainda no colchão ao meu lado, ele se inclina sobre a cama. Eu tento, com todas as minhas forças, manter meus olhos abertos e lembrar o que eu deveria dizer para ele, mas PJ está tão triste e lindo, que eu só quero beijá-lo e fazer com que tudo fique bem.

— Eu não posso me colocar no meio de uma família, Cin. Posso não ser o homem mais honroso do mundo, ou um cara decente, mas de maneira nenhuma posso fazer isso — ele diz, suavemente.

Suas palavras entram todas desconexas na minha mente, e eu não entendo nem metade do que ele diz. Apenas sei que tenho que dizer algo.

— Não se atreva a mudar por ele. Continue sendo a mesma mulher incrível, sensual e independente que você é, entendeu? — ele pergunta, baixinho.

— Sim, isso parece bom — murmuro, não fazendo ideia do que ele disse para mim, mas que parecia certo.

Eu provavelmente deveria dizer mais, mas a cama é tão confortável.

Fecho meus olhos e espero que ele se deite ao meu lado e me puxe para os seus braços, mas nada acontece.

Capítulo trinta e um

ELES SÃO CHAMADOS DE PEITOS, BRIAN

— Sinto que vou vomitar. Por que deixei você me convencer a fazer isso de novo? — pergunto para Ariel enquanto tiro nossos ingressos da minha bolsinha azul e entrego para o segurança na porta.

A Liga Protetora dos Animais local promovia uma festa beneficente todos os anos, e eu sempre tinha ido com o Brian desde que nos casamos, porque era uma causa muito querida para mim. Eu tinha me esquecido da festa, até que os ingressos chegaram pelos correios ontem de manhã.

Já se passaram cinco dias desde que eu acordei de ressaca e sozinha na cama do PJ, sem nem sinal do dito cujo. Isso foi depois de eu encontrar uma mulher na casa dele. Uma mulher que ele jurou que não convidou para a sua casa e que nada tinha acontecido.

Eu acreditei nele. É claro que acreditei, e não porque eu sou uma idiota. Acreditei nele porque eu podia ver a verdade em seus olhos. Acho que essa era a questão, cheguei a um nível em que eu consigo ver um mentiroso e um traidor de longe. Tenho treze anos de experiência no currículo. Treze anos com um homem que não fazia contato visual quando eu perguntava onde ele tinha estado na noite anterior. Treze anos com ele passando as mãos pela gola da camisa, tropeçando nas palavras e reagindo defensivamente quando eu perguntava por que ele estava com o perfume de outra mulher. Mesmo que eu não consiga me lembrar de tudo o que aconteceu naquela noite na casa do PJ, lembro da maneira como o seu olhar nunca desviou do meu, sem nem piscar, mesmo quando a Melissa bufava e saía da casa.

Sempre compramos quatro ingressos para o evento e vínhamos com outros casais, por isto fiquei tentada em ligar para o PJ e perguntar se ele queria vir comigo, mas eu ainda estava muito envergonhada pelo que eu posso ou não ter feito naquela noite na sua casa, já que eu não tinha ouvido falar dele desde então. Em vez disso, chamei a cavalaria na forma de Ariel e Belle.

Pensei que nos encontraríamos no local, já que Belle disse que tinha que resolver uma coisa na biblioteca e que seria contramão para que a pegássemos lá. Mas com a Ariel a história foi diferente. Ela bateu o pé e me disse que iria comigo e me apoiaria quando eu mais precisava, e então guardamos um lugar na mesa para Belle.

— Você não vai vomitar. Você já enfrentou a sua primeira caminhada da vergonha e deveria estar orgulhosa — ela me diz, enquanto entramos no salão de festas do hotel.

— Não foi uma caminhada da vergonha. Não fiz nada vergonhoso naquela noite.

Ao menos não que eu me lembre. Tenho quase certeza de que não transamos, e nos últimos cinco dias, fragmentos do que aconteceu naquela noite começaram a aparecer na minha memória, me fazendo encolher de vergonha pela maneira como me comportei. Ameacei brigar com a Melissa. E mesmo que isso fosse justificado, nada poderia superar se ela tivesse resolvido partir para a briga.

— Não dizer o que você foi lá para dizer e desmaiar na cama do cara é bem vergonhoso — Ariel retruca, enquanto nos misturamos com as pessoas, procurando pela nossa mesa. — Ao menos você estará gostosa quando finalmente ficar cara a cara com os seus ex-sogros novamente.

Gemo, me lembrando do motivo de eu ter deixado Ariel me convencer a vir a esse jantar. Brian tinha me enviado uma mensagem ontem, perguntando se podíamos conversar de novo, e já que eu sabia que a sua família compareceria ao evento, achei que essa seria uma maneira segura para falar com ele — em um salão cheio de gente usando vestidos chiques e smokings caros, e eu não me sentiria tentada a gritar e xingá-lo.

No passado, eu sempre tinha usado vestidos bem conservadores nesses eventos, de estilistas, e ridiculamente caros, que eram basicamente vestidos de manga comprida e classudos, que cobriam tudo. Passaria o dia no salão de beleza, com um profissional fazendo a minha maquiagem e meu cabelo preso em um coque elegante.

Nesta noite, eu precisava me sentir bem. Precisava me sentir sexy e confiante. Quando Ariel trouxe um vestido azul-claro, sem alças e de lantejoulas, eu soube imediatamente que tinha que usá-lo esta noite. Meus seios estavam projetados para cima, graças à ajuda de um sutiã push-up; o vestido servia como uma luva nas minhas curvas, e é tão curto que provavelmente não conseguirei me sentar sem mostrar alguma coisa. Deixei meu cabelo solto em ondas volumosas, e minhas pernas estão incríveis neste sapato de salto alto combinando. E em vez das joias caras e elegantes que eu normalmente usaria — e que de qualquer maneira não poderia usá-las, já que tive que vender para pagar as contas — coloquei no pescoço um colar choker de veludo preto, da minha fantasia sexy de Cinderela. Eu precisava de algo que me lembrasse quem eu sou agora: uma mulher sexy e independente que tomou as rédeas da própria vida e que se reergueu.

Eu estou ótima. Não, estou mais que ótima. Só queria me sentir assim.

Quando finalmente chegamos na nossa mesa, solto um rosnado baixo ao ver Vincent parado bem ao lado, conversando com algumas pessoas. Esperava ter um pouco mais de tempo para conseguir reunir coragem suficiente antes de topar com ele, mas acho que essa não é uma opção. Assim que coloco a minha bolsa na mesa, Vincent se vira e me vê.

— Você é uma mulher linda e gostosa. Aguente firme — Ariel sussurra na minha orelha assim que o meu ex-sogro começa a caminhar na nossa direção e me cumprimenta com um sorriso.

— Cynthia, é bom ver você aqui esta noite. Você está... adorável — ele diz, tentando esconder a expressão no seu rosto quando vê o meu vestido. — Eu gostaria de me desculpar por toda a confusão sobre o dinheiro. Brian explicou o que aconteceu, e estamos tão contentes por ter o nosso menino de volta, depois dos horrores que ele passou. Obviamente foi só um mal entendido bobo. Você sabe como é.

Ele ri, suavemente, enquanto continua a sorrir para mim, e aquele olhar condescendentemente idiota no seu rosto faz com que eu me esqueça de que estamos em um salão cheio de pessoas de classe e que eu estou tentando fingir o mesmo. Tudo o que aconteceu nos últimos meses é demais para mim e sinto que não consigo respirar. Apaixonar-me pelo PJ, o Brian aparecendo de volta, a Anastasia se trancando no quarto, PJ não querendo saber de mim, eu aparecer na casa dele e dar de cara com uma mulher lá, mesmo ele tendo jurado que nada aconteceu... todas essas coisas pesam como chumbo no meu peito, até que eu não aguento mais. Não aguento mais a cara idiota do Vincent sorrindo para mim, ou o seu pedido de desculpa deslavado, a maneira como ele olha para mim neste vestido, como se eu fosse uma desqualificada.

— Na verdade, Vincent, eu não entendo e não aceito o seu pedido de desculpa — falo baixo, observando seu sorriso sumir enquanto digo para ele tudo o que queria dizer desde que ele apareceu na minha casa. — Você era como um pai para mim. Você me acusou de roubar vocês. A sua neta e eu lutamos por *meses*, e onde diabos você estava?

Ele se aproxima de mim, olhando sobre o ombro e sorrindo nervosamente para algumas pessoas que ainda estavam ao redor da nossa mesa, observando tudo o que estava acontecendo.

— Mantenha a sua voz baixa. Aqui não é o local e nem a hora para esse seu comportamento ridículo — ele sussurra enquanto Claudia, minha ex-sogra, se aproxima e para ao seu lado.

— Vincent, está tudo bem por aqui? — ela pergunta, dando uma olhada para o meu vestido da mesma maneira que o marido fez.

— Está tudo ótimo, Claudia. Eu apenas estava me preparando para mandar o seu marido SE FODER! — grito e sinto uma sensação maravilhosa ao ver seus rostos ficando pálidos. — Você sabe o que é ridículo, Vincent? Não me ajudar quando eu mais precisei. Não ligar nem para ver se a sua neta estava bem, em todos esses meses. Você pode pegar o seu *próprio* comportamento ridículo e enfiar no cú!

Começo a me virar, mas lembro de mais uma coisa.

— Ah, e Claudia? Talvez você queira manter o seu marido na rédea curta. Ele gosta de passear por clubes de strip e ganhar danças no colo enquanto você está dormindo — digo para ela, com um sorriso, antes de me virar para o Vincent. — Ah, e para a sua informação, aquela loira com uma *bela bunda*, algumas semanas atrás, no Charming's? Era eu. Tenham uma maravilhosa noite, seus julgadores do caralho.

Respiro fundo, me viro e finalmente vou embora, com Ariel me seguindo.

— Puta merda, acho que você fez as cabeças deles explodirem. Aquilo foi incrível. Para onde estamos indo? — ela pergunta, enquanto tento me desvencilhar das pessoas para chegar ao outro lado do salão.

— Para o bar. Eu preciso de uma bebida — murmuro.

Assim que conseguimos chegar ao bar, Ariel pega duas taças de champanhe e me entrega uma. Levanto até a minha boca e viro, bebendo metade do conteúdo em um gole só.

— Isso é ótimo, maravilhoso. Eu me sinto ótima. Você se sente ótima? — pergunto para a Ariel, sentindo meu sangue correr numa velocidade alarmante, bombeando adrenalina pelo meu corpo após o confronto com os meus ex-sogros.

— Eu me sentiria muito melhor se você tivesse continuado o discurso por mais cinco minutos — ela murmura, olhando para trás de mim.

Começo a lhe perguntar sobre o que ela estava falando, quando Brian se aproxima atrás de mim.

— Cynthia, estou feliz que você tenha vindo. Você está... — Ele para quando me viro para encará-lo. — Esse vestido é... bem revelador.

— Eles são chamados de peitos, Brian. Todas as mulheres têm — retruco, cerrando os olhos enquanto dou a primeira olhada completa em seu rosto, depois de nove meses.

Ele estava usando óculos escuros quando apareceu na minha casa, semanas atrás, e desde então conversei com ele apenas por mensagens e curtos telefonemas.

— O que aconteceu com os seus olhos? — pergunto, com nojo, notando pontos avermelhados na pele ao redor deles, as pálpebras inchadas, e alguma coisa nojenta nos cantos dos olhos.

— Está tudo bem. É só uma pequena infecção. Você sabe, do *sequestro*. O médico disse que logo vai melhorar — ele fala e vejo suas bochechas ficarem vermelhas. — Eu só...

Ariel sai de trás de mim, fazendo Brian engasgar com as palavras. Seus olhos nojentos se arregalam em choque.

Enquanto ele tosse e bate com as mãos no peito, sorrio para Ariel e então volto a olhar para o Brian, ainda tentando se controlar.

— Brian, deixe-me apresentar você à... ah, espera. Você já sabe quem ela é, já que você transou com ela pelas minhas costas — falo, docemente, e finalizo com um sorriso tão doce quanto.

— A pior transa da minha vida — Ariel murmura, mostrando o dedinho e balançando. — E aí, Pinto Pequeno?

Levanto minha taça de champanhe e bato contra a da Ariel em um brinde, e viramos mais um gole.

— Eu não... eu... acho que deveríamos ir para um lugar mais calmo, para conversar — ele balbucia, gaguejando nas palavras, pois provavelmente a sua cabeça estava a ponto de explodir por ver eu e Ariel juntas, sabendo que um dos seus segredinhos sujos não ficou em segredo por muito tempo.

— Puta merda, o seu olho está nojento — Ariel fala para ele.

— É só uma pequena infecção! — Brian fala alto, fechando a boca logo em seguida e olhando nervosamente ao redor, para as pessoas que estavam no bar, escutando tudo o que dizíamos.

— Oi, gente, o que eu perdi? — Belle pergunta, se aproximando de nós. Levo um minuto para observar o quão bonita ela está, com um vestido longo amarelo-claro, que era bem conservador e algo que eu teria usado um ano atrás.

Apresento-a para o Brian.

— Belle, este é o Imbecil. Imbecil, esta é a Belle.

Ela sorri, educadamente, estendendo a mão e então a recolhendo quando ela olha para o rosto dele.

— Isso é clamídia! Ai, meu Deus, você tem clamídia nos olhos! Viu, eu falei que não era uma lenda urbana! — Belle diz, animada, apontando para os olhos do Brian.

Ariel e eu apertamos os olhos e inclinamos nossos pescoços para olhar os olhos dele mais de perto, enquanto Brian tenta bloqueá-los com as mãos.

— Puta merda, você tem razão. Com certeza é clamídia. Você é o cara em quem a stripper mijou no rosto, na Tailândia! — Ariel grita, animada.

— Você pode, por favor, falar mais baixo?! — Brian sussurra alto, ainda olhando nervosamente para as pessoas que estavam ao nosso redor. — Eu estava no *México, sendo mantido contra a minha vontade, lembra?* — Ele limpa a garganta algumas vezes. — Podemos ir para algum lugar mais privado e conversar, por favor? — Ele implora.

Ele tenta pegar meu braço, mas consigo me esquivar a tempo.

— O que quer que você tenha a dizer para mim, você pode falar bem aqui. Não vou a lugar algum com você — digo para ele.

Brian solta a respiração, irritado, mexendo na gravata borboleta do smoking, de forma nervosa. Eu costumava pensar que era adorável ele insistir em vestir aquele tipo de gravata e a faixa na cintura em todos os eventos que íamos, mas agora ele só parece um idiota. Como um *crianção* de trinta e seis anos, que estava passando por uma crise de meia-idade e que tinha ferrado com a própria família.

— Posso ajudar vocês? — Brian pergunta, irritado, olhando para Ariel e Belle, que ainda estavam paradas ao meu lado, nos observando.

— Ah, não. Estou bem. Pode continuar — Ariel responde, com um sorriso, bebendo outro gole de champanhe.

— Também estou bem. Isso é fascinante. — Belle adiciona.

Brian revira os olhos e dá outro passo, se aproximando de mim, baixando a sua voz.

— Olha, eu não quero brigar. Só quero a chance de conversar mais, mas você mal fala quando eu ligo e se recusa a se encontrar comigo.

— Você tem trinta segundos.

— Cynthia — Brian reclama.

— Dei treze anos da minha vida e você foi embora, me deixando com nada e ainda me fazendo mentir para as pessoas sobre para aonde você tinha ido e o que estava fazendo. Você tem sorte de eu estar lhe concedendo mais trinta segundos. Fala logo. E faça isso rápido.

Ele franze os lábios e bufa, irritado, enquanto eu passo a minha taça de champanhe para a Ariel segurar, cruzo os braços e olho para o relógio de prata no meu pulso.

— Vinte segundos. — Eu o lembro, batendo meu salto contra o chão de mármore.

— Tudo bem. Eu só quero me desculpar mais uma vez, e que você saiba que estou falando sério. Sinto muito por tudo. Cometi um erro, mas agora eu estou aqui, e isso é o que importa.

Uma pequena risada sobe pela minha garganta, e quando rapidamente se transforma em uma gargalhada, jogo minha cabeça para trás e rio. Rio tanto que meus olhos se enchem de lágrimas, então eu as seco com a mão e a minha risada morre com um ronco. Inclino a cabeça para o lado e olho para o idiota na minha frente.

— A qual erro você está se referindo exatamente? Transar com a nossa vizinha, mentir para ela e contar uma historinha sobre como você estava de coração partido e que estávamos separados, se aproveitando dela? Transar com a nossa babá? Fugir com a dita babá para outro país? Roubar dinheiro dos seus pais e me deixar levar a culpa? Ignorar a sua filha? Nos deixar sem um tostão, até que eu tive que vender quase tudo para pagar a hipoteca? Me diga, Brian. Sobre qual erro você está se desculpando?

Ele abre e fecha a boca diversas vezes, tentando encontrar algo para dizer. Fico cansada de esperar e estou cansada das suas merdas. Começo a me afastar quando ele finalmente decide falar novamente.

— Você pode manter a sua voz baixa? Meus pais podem ouvir você! Sinto muito por tudo, ok? Eu fui um idiota, nunca deveria ter deixado você. Mas tudo vai ficar bem, eu vou consertar tudo — ele fala, enquanto eu continuo me afastando e ele continua me seguindo. — Meu pai já deu um jeito na bagunça com o homem *daquele clube*, então é menos um problema para se preocupar.

Meus pés param quando escuto suas palavras e eu me viro para enfrentá-lo.

— O que você fez? — sussurro, com raiva, enquanto Ariel e Belle se postam ao meu lado.

— O que *eu* fiz? — ele pergunta, com ódio destilando na sua voz. — O que *você* fez? Descobri tudo sobre esse seu negocinho de strip e do homem que você deixou ficar na minha casa, com a nossa filha. Que tipo de exemplo você quer dar a ela? Como eu disse, meu pai já cuidou disso. Ele falou com o cara e disse que o seu marido tinha voltado para casa e que ele deveria se afastar e nos dar tempo para sermos uma família novamente.

Meu coração para e minhas mãos começam a tremer, com tanto ódio e dor, que de maneira alguma conseguirei me conter. Tudo o que aconteceu naquela noite em que fui na casa do PJ volta à minha mente de uma vez só, e o meu corpo oscila. Sinto Ariel passando os braços ao redor da minha cintura, para me segurar no lugar.

Eu não posso me colocar no meio de uma família, Cin.

Não se atreva a mudar por ele. Continue sendo a mesma mulher incrível, sensual e independente que você é, entendeu?

Eu lembro de todas as coisas que ele disse naquela noite, e agora tudo faz sentido. Agora eu sei por que ele tem me evitado. Agora eu sei por que ele me deixou sozinha na cama, depois de eu ter aparecido bêbada na sua casa. Lembro de tudo o que ele disse, e também lembro de tudo o que eu não disse.

— Como você pode fazer isso? — Rosno para ele.

Dando um impulso na minha mão, dou um soco no seu braço.

— Ai! Pra que isso? O que está acontecendo com você, Cynthia? — Brian reclama, esfregando o local onde bati nele.

— Deixe de ser arrogante, Brian! — grito para o desgraçado.

— Essa é a minha garota — Ariel fala, me dando tapinha nas costas.

— Aquele clube de strip é um negócio bem-sucedido e que emprega mães solteiras, como eu.

— Você não é solteira, você tem a mim — Brian responde, suavizando a voz. — Obviamente aquele homem era uma má influência para você e para a nossa filha. Veja só a maneira como você está vestida e como está falando comigo. É inadmissível, Cynthia.

Os braços da Ariel me apertam mais forte, me segurando quando tento voar no pescoço do Brian e socar o seu rosto nojento. Um dos meus sapatos brilhantes sai voando do meu pé e vai parar Deus sabe aonde, enquanto eu tento me soltar.

Depois de alguns segundos de luta, eu finalmente desisto e vou andando diretamente para o Brian, um pé com o sapato e o outro descalço.

— Seu filho da puta. — Rosno. — Seu patético e idiota filho da puta. Como você se *atreve* a tomar uma decisão dessas? Como você se *atreve* a meter o nariz nos MEUS assuntos pessoais dessa maneira?

— Eu sou o seu marido! — ele grita, obviamente não se importando mais com a multidão nos cercando e observando o circo pegar fogo.

— Você ERA meu marido, e foram os treze anos mais miseráveis da minha vida! Foi *você* quem escolheu ir embora, deixar os papéis do divórcio e fugir com a sua babá piriguete. *Você* abandonou a sua filha e nos deixou sem nada, e agora é você quem tem que conviver com esses erros.

Sinto-me mais viva agora do que me senti na semana passada. Esqueci do quão boa era a sensação de me fazer ser ouvida.

— Sim, eu conheci um homem que é dono de um clube de strip-tease, e ele é uma influência muito melhor do que você jamais foi. Conheci um homem que fez com que eu me sentisse viva pela primeira vez na minha vida — engulo o choro e as lágrimas que começam a nublar a minha visão, e continuo a dar vazão aos meus pensamentos. — Estou louca e perdidamente apaixonada pelo homem que me deixa ser quem eu quero ser, que nunca me julga, que nunca me olha com nada mais que orgulho, que nunca fez com que eu sentisse que não era boa o suficiente, e que se afastaria de algo incrivelmente maravilhoso só porque pensa que está fazendo a coisa certa.

Não consigo segurar o soluço que sai da minha boca, sentindo tanto a falta do PJ que tudo dói.

— Você, honestamente, escolheria *ele* a mim? — Brian pergunta, incrédulo, claramente não escutando uma palavra do que eu tinha acabado de dizer.

— Eu escolheria ele a *qualquer um*. Ele me dá tudo o que eu nunca pensei que queria, porque você é um patético projeto de homem. Ele me deu conhecimento e confiança, e você sabe o que mais ele me deu? ORGASMOS! — eu grito.

— Eita, merda — Ariel murmura do meu lado.

— Você não conseguiria encontrar o meu clitóris nem mesmo com uma lanterna e com o Google Mapas!

Meu incrível discurso desce ladeira abaixo rapidamente, mas eu não me importo. Estou tão cansada. Cansada do Brian e de toda a merda dele, cansada do sumiço do PJ, e cansada de tudo isso.

— Você me ama?

Viro o meu corpo na velocidade da luz, quando escuto a voz que tem o poder de me deixar de joelhos.

Capítulo trinta e dois

PRÍNCIPE ENCANTADO

PJ está parado atrás de mim, usando um smoking que parece ter sido feito para ele, com uma gravata normal, como um homem normal.

— O que você está fazendo aqui? — sussurro, em choque, meu coração praticamente saltando do peito só por ele estar no mesmo local que eu.

— O clube doa muito dinheiro para a Liga Protetora dos Animais. Eles me pediram para ser o orador principal — ele fala, dando de ombros, se aproximando de mim, até que eu posso sentir o cheiro do seu perfume e o calor do seu corpo.

— Com licença, Cynthia e eu estamos no meio de uma conversa — Brian reclama.

— CALE A BOCA, BRIAN! — PJ e eu gritamos ao mesmo tempo, afastando o olhar do meu ex e travando em nossos olhares.

— Você está incrivelmente linda. Esse vestido foi feito para você — PJ diz, suavemente, se aproximando ainda mais, até que nossos pés se tocam e meu peito está pressionado contra o dele.

— O quanto você ouviu? — pergunto, imaginando se eu deveria me incomodar em ficar envergonhada por todas as coisas que saíram da minha boca nos últimos minutos.

— Cheguei bem na parte do *"Deixe de ser arrogante, Brian"*. Você tem um soco de direita assustador — ele me diz, sorrindo, a covinha na sua bochecha fazendo com que eu queira me inclinar e beijá-la, mas eu ainda estou um pouco brava com ele.

Sua mão sobe entre nós e ele pressiona a palma no lado do meu rosto, acariciando minha bochecha com o dedão.

— Você está realmente apaixonada por mim? — ele sussurra.

Aconchego-me na sua mão antes de levantar o olhar para ele.

— Claro que estou, seu idiota. Estou tão apaixonada por você que me deixa apavorada. Mas você me deixou. — Eu o lembro.

— Eu sinto muito. Sinto muito mesmo. — Ele se desculpa. — Pensei que estava fazendo a coisa certa. Vincent veio no clube falando um monte de merda sobre família e união, e tudo o que eu podia pensar era em você no meu carro naquele dia em que conheceu a minha mãe e como tudo o que você queria era uma família. Eu não poderia ficar no meio disso. Não queria ser o responsável por tirar de você algo que você sempre quis, mesmo que isso me deixasse puto e eu soubesse que aquele pedaço de merda não merecia nem mesmo respirar o mesmo ar que você. Eu sabia que você nunca voltaria para ele nem em um milhão de anos, mas ele é o pai da Anastasia. Não queria ficar no meio e confundi-la. Eu não tenho nenhum direito sobre ela, e não quero que ela pense que precisa escolher entre ele e eu. Eu a adoro, e adoro a mãe dela, só não queria tornar as coisas mais complicadas para nenhuma de vocês e fazer com que ela se sentisse culpada por escolher aquela merda que ela tem como pai.

— Ei! — Brian reclama de algum lugar atrás de mim.

— Sério, cale a porra da sua boca, Brian!

Todos nós viramos e olhamos embasbacados para Belle.

— Desculpe! Isso é tudo tão romântico, e eu não quero que nada estrague o momento — ela explica, acenando para que nós continuássemos.

PJ volta a olhar para mim.

— Quando o Vincent falou que aquele imbecil queria passar mais tempo com a Anastasia e não queria qualquer distração enquanto eles tentavam reparar a relação de pai e filha, eu sabia que precisava dar espaço para vocês e me afastar.

Levanto as mãos e seguro as lapelas do smoking, puxando-o para mais perto de mim.

— Tudo bem, então você teve que se afastar da minha filha, mas e quanto a mim? Por que você também se afastou de *mim?* — pergunto, minha voz carregada de emoção.

PJ inclina a cabeça e pressiona a testa contra a minha.

— Porque estou tão apaixonado por você que me deixa apavorado — ele responde, repetindo as palavras que eu tinha acabado de dizer para ele. — E eu não queria ficar no meio e tornar as coisas ainda mais confusas para você.

— Desculpe, mas você espera que eu fique aqui e assista a vocês dois professarem amor um pelo outro? E eu? — Brian exclama, interrompendo nosso momento.

Com um grunhido irritado, afasto meu rosto da mão do PJ e olho por cima do meu ombro.

— Eu realmente estou pouco me lixando, Brian. Vá procurar outra babá para pegar, ou alguém para ajudar você a deixar de ser um grande babaca.

Viro meu rosto para o PJ e vejo que ele está observando Brian com ódio.

— Ei, está tudo bem. Ele não vale a pena — falo para ele, suavemente.

— Olha, eu sei que você é capaz de lutar suas próprias batalhas, e ver você colocá-lo no seu maldito lugar me dá um tesão danado. Mas preciso fazer algo, e preciso que você me perdoe assim que o fizer.

Com isso, PJ vai na direção de Brian e lhe dá um soco no nariz. A cabeça do Brian voa para trás, com a força do soco, e ele cai no chão, gritando e segurando o nariz enquanto o sangue escorre.

— Ele quebrou o meu nariz! — Brian chora, curvado no chão em posição fetal, enquanto a multidão ao redor apenas observa a cena patética no chão. — Eu fui mantido contra a minha vontade por *meses*, mas bravamente escapei dos meus captores e voltei para a minha família, e esse neandertal quebra o meu nariz!

Brian continua fazendo uma cena, se assegurando de que a sua voz seja ouvida no salão inteiro, no caso de os seus pais estarem ouvindo.

PJ se inclina sobre ele, enquanto Brian continua a choramingar e gemer de dor e reclamar sobre os horrores pelos quais passou quando foi mantido refém em outro país, finalmente se calando quando PJ ficou a centímetros dele.

— Isso é por ter dado a ela treze anos miseráveis, obrigando-a a ser quem não era só para agradar você; por ferrar com ela e a deixar sem nada, e dar as costas para a adolescente mais incrível, doce, sarcástica e brilhante que eu já conheci. E pelo amor de Deus, homem, aprenda onde fica o clitóris.

PJ se afasta e vem na minha direção, se inclina e pega algo nas mãos, mas estou ocupada demais observando o seu rosto para ver o que é. Quando ele para na minha frente, ele imediatamente se ajoelha e sorri para mim. Minha boca se abre em choque e meus olhos se arregalam, fico surpresa por eles não pularem das órbitas.

— O que você está fazendo?! — sussurro.

Podemos ter acabado de nos declarar, mas nem a pau estamos prontos para *isso*. Eu nem ao mesmo sei o que diabos PJ significa!

Com uma piscadinha, PJ se inclina e pega o meu pé descalço e o coloca no seu joelho dobrado.

— Calma aí, princesa. Só quero ter certeza de que cabe.

Ele coloca o meu sapato azul, que eu perdi no meio da minha briga, no meu pé, e rapidamente se levanta e passa os braços ao redor da minha cintura, me puxando para si.

— Você é o meu cavaleiro de armadura brilhante — falo para ele, com um sorriso, e ele se inclina para me beijar.

Afastando a cabeça, olho para ele e levanto uma sobrancelha.

— Acho que ganhei o direito de saber o que PJ significa, então desembucha, amigão.

Com um profundo suspiro, ele inclina a cabeça para o lado e me aperta nos braços.

— Princeton James Charming — ele murmura.

Tudo o que eu consigo fazer é ficar parada e espantada, piscando rapidamente enquanto Ariel e Belle se aproximam de nós.

— Ai, meu Deus. Ele é o seu Príncipe Encantado[17]. — Belle diz, com um suspiro sonhador.

— Ei, Cindy. Qual é o seu nome do meio? — Ariel pergunta.

— Ella. Cynthia Ella — eu sussurro, olhando para PJ com os olhos arregalados.

— Cindy Ella[18] e Prince Charming! É como um conto de fadas! — Belle exclama.

— Mas terá um final feliz? — PJ pergunta, enquanto enlaço seus ombros com os meus braços.

— Pode ter certeza de que sim — respondo, juntando minhas mãos atrás da sua cabeça e puxando sua boca para a minha.

---

17 Príncipe Encantado em inglês é 'Prince Charming', aqui a autora fez uma brincadeira com o nome do personagem. Princeton (Prince) James Charming.

18 Cindy Ella – outra brincadeira que a autora fez com o nome da personagem, fazendo referência à Cinderela.

A The Gift Box é uma editora brasileira, com publicações de autores nacionais e internacionais, que surgiu no mercado em janeiro de 2018. Nossos livros estão sempre entre os mais vendidos da Amazon e já receberam diversos destaques em blogs literários e na própria Amazon.

Somos uma empresa jovem, cheia de energia e paixão pela literatura de romance e queremos incentivar cada vez mais a leitura e o crescimento de nossos autores e parceiros.

Acompanhe a The Gift Box nas redes sociais para ficar por dentro de todas as novidades.

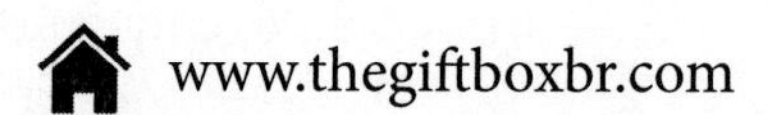

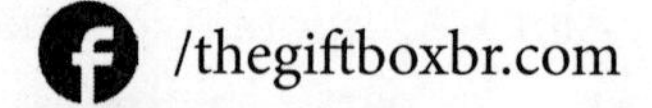

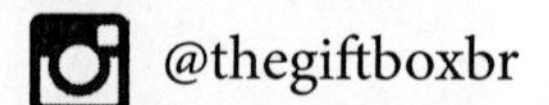

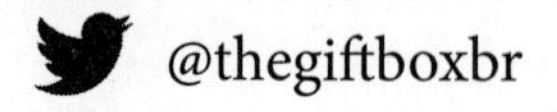

Impressão e acabamento